RELIURE SERREE
Absence de marges
intérieures

VALABLE POUR TOUT OU PARTIE DU
DOCUMENT REPRODUIT

SANS FAMILLE

TOME PREMIER

OUVRAGES
DE
HECTOR MALOT

COLLECTION GRAND IN-18 JÉSUS
ROMANS

LES VICTIMES D'AMOUR : LES AMANTS...............	1	vol.
— — LES ÉPOUX...............	1	—
— — LES ENFANTS.............	1	—
LES AMOURS DE JACQUES......................	1	—
UN BEAU-FRÈRE..........................	1	—
ROMAIN KALBRIS.........................	1	—
MADAME OBERNIN.........................	1	—
UNE BONNE AFFAIRE.......................	1	—
UN CURÉ DE PROVINCE.....................	1	—
UN MIRACLE.............................	1	—
SOUVENIRS D'UN BLESSÉ. — SUZANNE...............	1	—
— — MISS CLIFTON..........	1	—
UN MARIAGE SOUS LE SECOND EMPIRE.............	1	—
LA BELLE MADAME DONIS......................	1	—
CLOTILDE MARTORY........................	1	—
LE MARIAGE DE JULIETTE.....................	1	—
UNE BELLE-MÈRE.........................	1	—
LE MARI DE CHARLOTTE.....................	1	—
LA FILLE DE LA COMÉDIENNE...................	1	—
L'HÉRITAGE D'ARTHUR......................	1	—
L'AUBERGE DU MONDE : LE COLONEL CHAMBERLAIN...	1	—
— — LA MARQUISE DE LUCILLIÈRE.	1	—
— — IDA ET CARMELITA..........	1	—
— — THÉRÈSE.................	1	—
LES BATAILLES DU MARIAGE : UN BON JEUNE HOMME..	1	—
— — COMTE DU PAPE.......	1	—
— — MARIÉ PAR LES PRÊTRES.	1	—
CARA.................................	1	—

ÉTUDES

LA VIE MODERNE EN ANGLETERRE...............	1	—

F. Aureau. — Imprimerie de Lagny.

SANS FAMILLE

PAR

HECTOR MALOT

———

TOME PREMIER

TROISIÈME ÉDITION

PARIS

E. DENTU, ÉDITEUR

LIBRAIRE DE LA SOCIÉTÉ DES GENS DE LETTRES

PALAIS-ROYAL, 15-17-19, GALERIE D'ORLÉANS

—

1879

A LUCIE MALOT

Pendant que j'ai écrit ce livre, j'ai constamment pensé à toi, mon enfant, et ton nom m'est venu à chaque instant sur les lèvres. — Lucie sentira-t-elle cela? — Lucie prendra-t-elle intérêt à cela? Lucie, toujours. Ton nom, prononcé si souvent, doit donc être inscrit en tête de ces pages : je ne sais la fortune qui leur est réservée, mais quelle qu'elle soit, elles m'auront donné des plaisirs qui valent tous les succès, — la satisfaction de penser que tu peux les lire, — la joie de te les offrir.

HECTOR MALOT.

SANS FAMILLE

PREMIÈRE PARTIE

I

AU VILLAGE

Je suis un enfant trouvé.

Mais jusqu'à huit ans j'ai cru que, comme tous les autres enfants, j'avais une mère, car lorsque je pleurais, il y avait une femme qui me serrait si doucement dans ses bras, en me berçant, que mes larmes s'arrêtaient de couler.

Jamais je ne me couchais dans mon lit, sans qu'une femme vînt m'embrasser, et, quand le vent de décembre collait la neige contre les vitres blanchies, elle me prenait les pieds entre ses deux mains et elle restait à me les réchauffer en me chantant une chanson, dont je retrouve encore dans ma mémoire l'air et quelques paroles.

Quand je gardais notre vache le long des chemins herbus ou dans les brandes, et que j'étais surpris par une pluie d'orage, elle accourait au-devant de moi et me forçait à m'abriter sous son jupon de laine relevé qu'elle me ramenait sur la tête et sur les épaules.

Enfin quand j'avais une querelle avec un de mes camarades, elle me faisait conter mes chagrins, et presque toujours elle trouvait de bonnes paroles pour me consoler ou me donner raison.

Par tout cela et par bien d'autres choses encore, par la façon dont elle me parlait, par la façon dont elle me regardait, par ses caresses, par la douceur qu'elle mettait dans ses gronderies, je croyais qu'elle était ma mère.

Voici comment j'appris qu'elle n'était que ma nourrice.

Mon village, ou pour parler plus justement, le village où j'ai été élevé, car je n'ai pas eu de village à moi, pas de lieu de naissance, pas plus que je n'ai eu de père et de mère, le village enfin où j'ai passé mon enfance se nomme Chavanon; c'est l'un des plus pauvres du centre de la France.

Cette pauvreté, il la doit non à l'apathie ou à la paresse de ses habitants, mais à sa situation même dans une contrée peu fertile. Le sol n'a pas de profondeur, et pour produire de bonnes récoltes il lui faudrait des engrais ou des amendements qui manquent dans le pays. Aussi ne rencontre-t-on (ou tout au moins ne rencontrait-on à l'époque dont je parle) que peu de champs cultivés, tandis qu'on voit partout de vastes étendues de *brandes* dans lesquelles ne croissent que des bruyères et des genêts. Là où les brandes cessent, les landes commencent; et sur ces landes élevées les vents âpres rabougrissent les maigres bouquets d'arbres qui dressent çà et là leurs branches tordues et tourmentées.

Pour trouver de beaux arbres, il faut abandonner les hauteurs et descendre dans les plis du terrain, sur les bords des rivières, où dans d'étroites prairies poussent de grands châtaigniers et des chênes vigoureux.

C'est dans un de ces replis de terrain, sur les bords d'un ruisseau qui va perdre ses eaux rapides dans un des affluents de la Loire que se dresse la maison où j'ai passé mes premières années.

Jusqu'à huit ans, je n'avais jamais vu d'homme dans cette maison; cependant ma mère n'était pas veuve, mais son mari qui était tailleur de pierre, comme un grand nombre d'autres ouvriers de la contrée, travaillait à Paris, et il n'était pas revenu au pays depuis que j'étais en âge de voir ou de comprendre ce qui m'entourait. De temps en temps seulement, il envoyait de ses nouvelles par un de ses camarades qui rentrait au village.

— Mère Barberin, votre homme va bien; il m'a chargé de vous dire que l'ouvrage marche fort, et de vous remettre l'argent que voilà; voulez-vous compter?

Et c'était tout. Mère Barberin se contentait de ces nouvelles : son homme était en bonne santé; l'ouvrage donnait; il gagnait sa vie.

De ce que Barberin était resté si longtemps à Paris, il ne faut pas croire qu'il était en mauvaise amitié avec sa femme. La question de désaccord n'était pour rien dans cette absence. Il demeurait à Paris parce que le travail l'y retenait; voilà tout. Quand il serait vieux, il reviendrait vivre près de sa vieille femme, et avec l'argent qu'ils auraient amassé, ils seraient à l'abri de la misère pour le temps où l'âge leur aurait enlevé la force et la santé.

Un jour de novembre, comme le soir tombait, un homme, que je ne connaissais pas, s'arrêta devant notre barrière. J'étais sur le seuil de la maison occupé à casser une bourrée. Sans pousser la barrière, mais en levant sa tête par-dessus en me regardant, l'homme me demanda si ce n'était pas là que demeurait la mère Barberin.

Je lui dis d'entrer.

Il poussa la barrière qui cria dans sa hart, et à pas lents il s'avança vers la maison.

Jamais je n'avais vu un homme aussi crotté; des plaques de boue, les unes encore humides, les autres déjà sèches, le couvraient des pieds à la tête, et à le regarder l'on comprenait que depuis longtemps il marchait dans les mauvais chemins.

Au bruit de nos voix, mère Barberin accourut, et au moment où il franchissait notre seuil, elle se trouva face à face avec lui.

— J'apporte des nouvelles de Paris, dit-il.

C'étaient là des paroles bien simples et qui déjà plus d'une fois avaient frappé nos oreilles, mais le ton avec lequel elles furent prononcées ne ressemblait en rien à celui qui autrefois accompagnait les mots: « Votre homme va bien, l'ouvrage marche. »

— Ah! mon Dieu! s'écria mère Barberin en joignant les mains, un malheur est arrivé à Jérôme.

— Eh bien, oui, mais il ne faut pas vous rendre malade de peur; votre homme a été blessé voilà la vérité; seulement il n'est pas mort. Pourtant il sera peut-être estropié. Pour le moment il est à l'hôpital. J'ai été son voisin de lit, et comme je rentrais au pays il m'a demandé de vous conter la chose en passant. Je ne peux pas m'arrêter, car j'ai encore trois lieues à faire et la nuit vient vite.

Mère Barberin, qui voulait en savoir plus long, pria l'homme de rester à souper; les routes étaient mauvaises; on parlait de loups qui s'étaient montrés dans les bois; il repartirait le lendemain matin.

Il s'assit dans le coin de la cheminée et tout en mangeant, il nous raconta comment le malheur était arrivé: Barberin avait été à moitié écrasé par des échafaudages qui s'étaient abattus, et comme on avait prouvé qu'il ne devait pas se trouver à la place où il avait été blessé, l'entrepreneur refusait de lui payer aucune indemnité.

— Pas de chance, le pauvre Barberin, dit-il, pas de chance; il y a des malins qui auraient trouvé là-dedans un moyen pour se faire faire des rentes, mais votre homme n'aura rien.

Et tout en séchant les jambes de son pantalon qui devenait raide sous leur enduit de boue durcie, il répétait ce mot: « pas de chance » avec une peine sincère, qui montrait que pour lui, il se fût fait volontiers estropier dans l'espérance de gagner ainsi de bonnes rentes.

— Pourtant, dit-il en terminant son récit, je lui ai

donné le conseil de faire un procès à l'entrepreneur.

— Un procès, cela coûte gros.

— Oui, mais quand on le gagne !

Mère Barberin aurait voulu aller à Paris, mais c'était une terrible affaire qu'un voyage si long et si coûteux.

Le lendemain matin nous descendîmes au village pour consulter le curé. Celui-ci ne voulut pas la laisser partir sans savoir avant si elle pouvait être utile à son mari. Il écrivit à l'aumônier de l'hôpital où Barberin était soigné, et quelques jours après il reçut une réponse, disant que mère Barberin ne devait pas se mettre en route, mais qu'elle devait envoyer une certaine somme d'argent à son mari, parce que celui-ci allait faire un procès à l'entrepreneur chez lequel il avait été blessé.

Les journées, les semaines s'écoulèrent et de temps en temps il arriva des lettres qui toutes demandaient de nouveaux envois d'argent; la dernière, plus pressante que les autres, disait que s'il n'y avait plus d'argent, il fallait vendre la vache pour s'en procurer.

Ceux-là seuls qui ont vécu à la campagne avec les paysans savent ce qu'il y a de détresses et de douleurs dans ces trois mots : « vendre la vache. »

Pour le naturaliste, la vache est un animal ruminant; pour le promeneur, c'est une bête qui fait bien dans le paysage lorsqu'elle lève au-dessus des herbes son mufle noir humide de rosée; pour l'enfant des villes, c'est la source du café au lait et du fromage à la crème; mais pour le paysan, c'est bien plus et bien mieux encore. Si pauvre qu'il puisse être et si nombreuse que soit sa famille, il est assuré de ne pas souffrir de la faim tant qu'il a une vache dans son étable. Avec une longe ou même avec une simple hart nouée autour des cornes, un enfant promène la vache le long des chemins herbus, là où la pâture n'appartient à personne, et le soir la famille entière a du beurre dans sa soupe et du lait pour mouiller ses pommes de terre : le père, la mère, les enfants, les grands comme les petits, tout le monde vit de la vache.

Nous vivions si bien de la nôtre, mère Barberin et moi, que jusqu'à ce moment je n'avais presque jamais mangé de viande. Mais ce n'était pas seulement notre nourrice qu'elle était, c'était encore notre camarade, notre amie, car il ne faut pas s'imaginer que la vache est une bête stupide, c'est au contraire un animal plein d'intelligence et de qualités morales d'autant plus développées qu'on les aura cultivées par l'éducation. Nous caressions la nôtre, nous lui parlions, elle nous comprenait, et de son côté, avec ses grands yeux ronds pleins de douceur, elle savait très-bien nous faire entendre ce qu'elle voulait ou ce qu'elle ressentait.

Enfin nous l'aimions et elle nous aimait, ce qui est tout dire.

Pourtant il fallut s'en séparer, car c'était seulement par « la vente de la vache » qu'on pouvait satisfaire Barberin.

Il vint un marchand à la maison et après avoir bien examiné la *Roussette*, après l'avoir longuement palpée en secouant la tête d'un air mécontent, après avoir dit et répété cent fois qu'elle ne lui convenait pas du tout, que c'était une vache de pauvres gens qu'il ne pourrait pas revendre, qu'elle n'avait pas de lait, qu'elle faisait du mauvais beurre, il avait fini par dire qu'il voulait bien la prendre, mais seulement par bonté d'âme et pour obliger mère Barberin qui était une brave femme.

La pauvre *Roussette*, comme si elle comprenait ce qui se passait, avait refusé de sortir de son étable et elle s'était mise à meugler.

— Passe derrière et chasse-la, m'avait dit le marchand en me tendant le fouet qu'il portait passé autour de son cou.

— Pour ça non, avait dit mère Barberin.

Et, prenant la vache par la longe, elle lui avait parlé doucement.

— Allons, ma belle, viens, viens.

Et *Roussette* n'avait plus résisté; arrivée sur la route, le marchand l'avait attachée derrière sa voiture, et il avait bien fallu qu'elle suivît le cheval.

Nous étions rentrés dans la maison. Mais longtemps encore nous avions entendu ses beuglements.

Plus de lait, plus de beurre. Le matin un morceau de pain; le soir des pommes de terre au sel.

Le mardi gras arriva justement peu de temps après la vente de *Roussette*; l'année précédente, pour le mardi gras, mère Barberin m'avait fait un régal avec des crêpes et des beignets; et j'en avais tant mangé, tant mangé qu'elle en avait été toute heureuse.

Mais alors nous avions *Roussette*, qui nous avait donné le lait pour délayer la pâte et le beurre pour mettre dans la poêle.

Plus de *Roussette*, plus de lait, plus de beurre, plus de mardi gras ; c'était ce que je m'étais dit tristement.

Mais mère Barberin m'avait fait une surprise ; bien qu'elle ne fût pas emprunteuse, elle avait demandé une tasse de lait à l'une de nos voisines, un morceau de beurre à une autre et quand j'étais rentré, vers midi, je l'avais trouvée en train de verser de la farine dans un grand poêlon en terre.

— Tiens ! de la farine, dis-je en m'approchant d'elle.

— Mais oui, fit-elle en souriant, c'est bien de la farine, mon petit Rémi, de la belle farine de blé ; tiens, vois comme elle fleure bon.

Si j'avais osé, j'aurais demandé à quoi devait servir cette farine ; mais précisément parce que j'avais grande envie de le savoir, je n'osais pas en parler. Et puis d'un autre côté je ne voulais pas dire que je savais que nous étions au mardi gras pour ne pas faire de la peine à mère Barberin.

— Qu'est-ce qu'on fait avec de la farine ? dit-elle me regardant.

— Du pain.

— Et puis encore ?

— De la bouillie.

— Et puis encore ?

— Dame... Je ne sais pas.

— Si, tu sais bien. Mais comme tu es un bon petit garçon, tu n'oses pas le dire. Tu sais que c'est aujourd'hui mardi gras, le jour des crêpes et des beignets. Mais comme tu sais aussi que nous n'avons ni beurre, ni lait, tu n'oses pas en parler. C'est vrai ça ?

— Oh ! mère Barberin.

— Comme d'avance j'avais deviné tout cela, je me suis arrangée pour que mardi gras ne te fasse pas vilaine figure. Regarde dans la huche.

Le couvercle levé, et il le fut vivement, j'aperçus le lait, le beurre, des œufs et trois pommes.

— Donne-moi les œufs, me dit-elle, et, pendant que je les casse, pèle les pommes.

Pendant que je coupais les pommes en tranches, elle cassa les œufs dans la farine et se mit à battre le tout, en versant dessus, de temps en temps, une cuillerée de lait.

Quand la pâte fut délayée, mère Barberin posa la terrine sur les cendres chaudes, et il n'y eut plus qu'à attendre le soir, car c'était à notre souper que nous devions manger les crêpes et les beignets.

Pour être franc, je dois avouer que la journée me parut longue et que plus d'une fois j'allai soulever le linge qui recouvrait la terrine.

— Tu vas faire prendre froid à la pâte, disait mère Barberin, et elle lèvera mal.

Mais elle levait bien, et de place en place se montraient des renflements, des sortes de bouillons qui venaient crever à la surface. De toute la pâte en fermentation se dégageait une bonne odeur d'œufs et de lait.

— Casse de la bourrée, me disait-elle ; il nous faut un bon feu clair, sans fumée.

Enfin, la chandelle fut allumée.

— Mets du bois au feu ! me dit-elle.

Il ne fut pas nécessaire de me répéter deux fois

cette parole que j'attendais avec tant d'impatience. Bientôt une grande flamme monta dans la cheminée, et sa lueur vacillante emplit la cuisine.

Alors mère Barberin décrocha de la muraille la poêle à frire et la posa au-dessus de la flamme.

— Donne-moi le beurre.

Elle en prit, au bout de son couteau, un morceau gros comme une petite noix et le mit dans la poêle, où il fondit en grésillant.

Ah ! c'était vraiment une bonne odeur qui chatouillait d'autant plus agréablement notre palais que depuis longtemps nous ne l'avions pas respirée.

C'était aussi une joyeuse musique que celle produite par les grésillements et les sifflements du beurre.

Cependant, si attentif que je fusse à cette musique, il me sembla entendre un bruit de pas dans la cour.

Qui pouvait venir nous déranger à cette heure ? Une voisine sans doute, pour nous demander du feu.

Mais je ne m'arrêtai pas à cette idée, car mère Barberin qui avait plongé la cuiller à pot dans la terrine, venait de faire couler dans la poêle une nappe de pâte blanche, et ce n'était pas le moment de se laisser aller aux distractions.

Un bâton heurta le seuil, puis aussitôt la porte s'ouvrit brusquement.

— Qui est-là ? demanda mère Barberin sans se retourner.

Un homme était entré, et la flamme qui l'avait éclairé en plein m'avait montré qu'il était vêtu d'une blouse blanche et qu'il tenait à la main un gros bâton.

— On fait donc la fête ici? Ne vous gênez pas, dit-il d'un ton rude.

— Ah! mon Dieu! s'écria mère Barberin en posant vivement sa poêle à terre, c'est toi, Jérôme?

Puis me prenant par le bras elle me poussa vers l'homme qui s'était arrêté sur le seuil.

— C'est ton père.

II

UN PÈRE NOURRICIER

Je m'étais approché pour l'embrasser à mon tour, mais du bout de son bâton il m'arrêta :

— Qu'est-ce que c'est que celui-là ?

— C'est Remi.

— Tu m'avais dit...

— Eh bien oui, mais... ce n'était pas vrai, parce que...

— Ah ! pas vrai, pas vrai.

Il fit quelques pas vers moi son bâton levé et instinctivement je reculai.

Qu'avais-je fait ? De quoi étais-je coupable ? Pourquoi cet accueil lorsque j'allais à lui pour l'embrasser ?

Je n'eus pas le temps d'examiner ces diverses questions qui se pressaient dans mon esprit troublé.

— Je vois que vous faisiez mardi gras, dit-il, ça se trouve bien, car j'ai une solide faim. Qu'est-ce que tu as pour souper ?

— Je faisais des crêpes.

— Je vois bien ; mais ce n'est pas des crêpes que tu vas donner à manger à un homme qui a dix lieues dans les jambes.

— C'est que je n'ai rien : nous ne t'attendions pas.

— Comment rien ; rien à souper ?

Il regarda autour de lui.

— Voilà du beurre.

Il leva les yeux au plafond à l'endroit où l'on accrochait le lard autrefois ; mais depuis longtemps le crochet était vide ; et à la poutre pendaient seulement maintenant quelques glanes d'ail et d'oignon.

— Voilà de l'oignon, dit-il, en faisant tomber une glane avec son bâton ; quatre ou cinq oignons, un morceau de beurre et nous aurons une bonne soupe. Retire ta crêpe et fricasse-nous les oignons dans la poêle.

Retirer la crêpe de la poêle ! mère Barberin ne répliqua rien. Au contraire elle s'empressa de faire ce que son homme demandait tandis que celui-ci s'asseyait sur le banc qui était dans le coin de la cheminée.

Je n'avais pas osé quitter la place où le bâton m'avait amené, et, appuyé contre la table, je le regardais.

C'était un homme d'une cinquantaine d'années environ, au visage rude, à l'air dur ; il portait la tête inclinée sur l'épaule droite par suite de la blessure qu'il avait reçue, et cette difformité contribuait à rendre son aspect peu rassurant.

Mère Barberin avait replacé la poêle sur le feu.

— Est-ce que c'est avec ce petit morceau de beurre que tu vas nous faire la soupe ? dit-il.

Alors prenant lui-même l'assiette où se trouvait le beurre, il fit tomber la motte entière dans la poêle.

Plus de beurre, dès lors plus de crêpes.

En tout autre moment, il est certain que j'aurais été profondément touché par cette catastrophe, mais je ne pensais plus aux crêpes ni aux beignets et l'idée qui occupait mon esprit, c'était que cet homme qui paraissait si dur était mon père.

— Mon père, mon père! C'était là le mot que je me répétais machinalement.

Je ne m'étais jamais demandé d'une façon bien précise ce que c'était qu'un père, et vaguement, d'instinct, j'avais cru que c'était une mère à grosse voix, mais en regardant celui qui me tombait du ciel, je me sentis pris d'un effroi douloureux.

J'avais voulu l'embrasser, il m'avait repoussé du bout de son bâton, pourquoi? Mère Barberin ne me repoussait jamais lorsque j'allais l'embrasser, bien au contraire, elle me prenait dans ses bras et me serrait contre elle.

— Au lieu de rester immobile comme si tu étais gelé, me dit-il, mets les assiettes sur la table.

Je me hâtai d'obéir. La soupe était faite. Mère Barberin la servit dans les assiettes.

Alors quittant le coin de la cheminée il vint s'asseoir à table et commença à manger, s'arrêtant seulement de temps en temps pour me regarder.

J'étais si troublé, si inquiet, que je ne pouvais manger, et je le regardais aussi, mais à la dérobée, baissant les yeux quand je rencontrais les siens.

— Est-ce qu'il ne mange pas plus que ça d'ordinaire? dit-il tout à coup en tendant vers moi sa cuiller.

— Ah! si, il mange bien.

— Tant pis; si encore il ne mangeait pas.

Naturellement je n'avais pas envie de parler, et mère Barberin n'était pas plus que moi disposée à la conversation: elle allait et venait autour de la table, attentive à servir son mari.

— Alors tu n'as pas faim? me dit-il.

— Non.

— Eh bien, va te coucher, et tâche de dormir tout de suite; sinon je me fâche.

Mère Barberin me lança un coup d'œil qui me disait d'obéir sans répliquer. Mais cette recommandation était inutile, je ne pensais pas à me révolter.

Comme cela se rencontre dans un grand nombre de maisons de paysans, notre cuisine était en même temps notre chambre à coucher. Auprès de la cheminée tout ce qui servait au manger, la table, la huche, le buffet; à l'autre bout les meubles propres au coucher; dans un angle le lit de mère Barberin, dans le coin opposé le mien qui se trouvait dans une sorte d'armoire entourée d'un lambrequin en toile rouge.

Je me dépêchai de me déshabiller et de me coucher. Mais dormir était une autre affaire.

On ne dort pas par ordre; on dort parce qu'on a sommeil et qu'on est tranquille.

Or je n'avais pas sommeil et n'étais pas tranquille.

Terriblement tourmenté au contraire, et de plus très-malheureux.

Comment cet homme était mon père! Alors pourquoi me traitait-il si durement?

Le nez collé contre la muraille je faisais effort pour chasser ces idées et m'endormir comme il me l'avait ordonné; mais c'était impossible; le sommeil ne venait pas; je ne m'étais jamais senti si bien éveillé.

Au bout d'un certain temps, je ne saurais dire combien, j'entendis qu'on s'approchait de mon lit.

Au pas lent, traînant et lourd je reconnus tout de suite que ce n'était pas mère Barberin.

Un souffle chaud effleura mes cheveux.

— Dors-tu? demanda une voix étouffée.

Je n'eus garde de répondre, car les terribles mots : « je me fâche » retentissaient encore à mon oreille.

— Il dort, dit mère Barberin; aussitôt couché, aussitôt endormi, c'est son habitude; tu peux parler sans craindre qu'il t'entende.

Sans doute, j'aurais dû dire que je ne dormais pas, mais je n'osai point; on m'avait commandé de dormir, je ne dormais pas, j'étais en faute.

— Ton procès, où en est-il? demanda mère Barberin.

— Perdu ! Les juges ont décidé que j'étais en faute de me trouver sous les échafaudages et que l'entrepreneur ne me devait rien.

Là-dessus il donna un coup de poing sur la table et se mit à jurer sans dire aucune parole sensée.

— Le procès perdu, reprit-il bientôt; notre argent perdu, estropié, la misère; voilà ! Et comme si ce n'était pas assez, en rentrant ici je trouve un enfant. M'expliqueras-tu pourquoi tu n'as pas fait comme je t'avais dit de faire?

— Parce que je n'ai pas pu.

— Tu n'as pas pu le porter aux Enfants trouvés?

— On n'abandonne pas comme ça un enfant qu'on a nourri de son lait et qu'on aime.

— Ce n'était pas ton enfant.

— Enfin je voulais faire ce que tu demandais, mais voilà précisément qu'il est tombé malade.

— Malade?

— Oui, malade; ce n'était pas le moment, n'est-ce pas, de le porter à l'hospice pour le tuer?

— Et quand il a été guéri?

— C'est qu'il n'a pas été guéri tout de suite. Après cette maladie en est venue une autre : il toussait, le pauvre petit, à vous fendre le cœur. C'est comme ça que notre petit Nicolas est mort; il me semblait que si je portais celui-là à la ville, il mourrait aussi.

— Mais après?

— Le temps avait marché. Puisque j'avais attendu jusque-là je pouvais bien attendre encore.

— Quel âge a-t-il présentement?

— Huit ans.

— Eh bien! il ira à huit ans là où il aurait dû aller autrefois, et ça ne lui sera pas plus agréable : voilà ce qu'il y aura gagné.

— Ah! Jérôme, tu ne feras pas ça.

— Je ne ferai pas ça! Et qui m'en empêchera? Crois-tu que nous pouvons le garder toujours?

Il y eut un moment de silence et je pus respirer; l'émotion me serrait à la gorge au point de m'étouffer.

Bientôt mère Barberin reprit :

— Ah! comme Paris t'a changé! tu n'aurais pas parlé comme ça avant d'aller à Paris.

— Peut-être. Mais ce qu'il y a de sûr, c'est que si Paris m'a changé, il m'a aussi estropié. Comment gagner sa vie maintenant, la tienne, la mienne? nous n'avons plus d'argent. La vache est vendue. Faut-il que quand nous n'avons pas de quoi manger, nous nourrissions un enfant qui n'est pas le nôtre?

— C'est le mien.

— Ce n'est pas plus le tien que le mien. Ce n'est pas un enfant de paysan. Je le regardais pendant le souper : c'est délicat, c'est maigre, pas de bras, pas de jambes.

— C'est le plus joli enfant du pays.

— Joli, je ne dis pas. Mais solide! Est-ce que c'est sa gentillesse qui lui donnera à manger? Est-ce qu'on est un travailleur avec des épaules comme les siennes? On est un enfant de la ville, et les enfants des villes, il ne nous en faut pas ici.

— Je te dis que c'est un brave enfant, et il a de l'esprit comme un chat, et avec cela bon cœur. Il travaillera pour nous.

— En attendant, il faudra que nous travaillions pour lui, et moi je ne peux plus travailler.

— Et si ses parents le réclament, qu'est-ce que tu diras?

— Ses parents! Est-ce qu'il a des parents? S'il en avait, ils l'auraient cherché, et depuis huit ans trouvé bien sûr. Ah! j'ai fait une fameuse sottise de croire qu'il avait des parents qui le réclameraient un jour, et nous payeraient notre peine pour l'avoir élevé. Je n'ai été qu'un nigaud, qu'un imbécile. Parce qu'il était enveloppé dans de beaux langes avec des dentelles, cela ne voulait pas dire que ses parents le chercheraient. Ils sont peut-être morts, d'ailleurs.

— Et s'ils ne le sont pas? Si un jour ils viennent nous le demander? J'ai dans l'idée qu'il viendront.

— Que les femmes sont donc obstinées!

— Enfin, s'ils viennent?

— Eh bien! nous les enverrons à l'hospice. Mais assez causé. Tout cela m'ennuie. Demain je le conduirai au maire. Ce soir, je vais aller dire bonjour à François. Dans une heure je reviendrai.

La porte s'ouvrit et se referma.

Il était parti.

Alors me redressant vivement, je me mis à appeler mère Barberin.

— Ah! maman.

Elle accourut près de mon lit :

— Est-ce que tu me laisseras aller à l'hospice?

— Non, mon petit Remi, non.

Et elle m'embrassa tendrement en me serrant dans ses bras.

Cette caresse me rendit le courage, et mes larmes s'arrêtèrent de couler.

— Tu ne dormais donc pas? me demanda-t-elle doucement.

— Ce n'est pas ma faute.

— Je ne te gronde pas; alors tu as entendu tout ce qu'a dit Jérôme?

— Oui, tu n'es pas ma maman, mais lui n'est pas mon père.

Je ne prononçai pas ces quelques mots sur le même ton, car si j'étais désolé d'apprendre qu'elle n'était pas ma mère, j'étais heureux, j'étais presque fier de savoir que lui n'était pas mon père. De là une contradiction dans mes sentiments qui se traduisit dans ma voix.

Mais mère Barberin ne parut pas y prendre attention.

— J'aurais peut-être dû, dit-elle, te faire connaître la vérité; mais tu étais si bien mon enfant, que je ne pouvais pas te dire, sans raison, que je n'étais pas ta vraie mère! Ta mère, pauvre petit, tu l'as entendu, on ne la connaît pas. Est-elle vivante, ne l'est-elle plus? On n'en sait rien. Un matin, à Paris, comme Jérôme allait à son travail et qu'il passait dans une rue qu'on appelle l'avenue de Breteuil, qui est large et plantée d'arbres, il entendit les cris d'un enfant. Ils semblaient partir de l'embrasure de la porte d'un jardin. C'était au mois de février; il faisait petit jour. Il s'approcha de la porte et aperçut un enfant couché sur le seuil. Comme il regardait autour de lui pour appeler quelqu'un, il vit un homme sortir de derrière un gros arbre et se sauver. Sans doute cet homme s'était caché là pour voir si l'on trouverait l'enfant qu'il avait lui-même placé dans l'embrasure de la porte. Voilà Jérôme bien embarrassé, car l'enfant criait de toutes ses forces, comme s'il avait compris qu'un secours lui était arrivé, et qu'il ne fallait pas le laisser échapper. Pendant que Jérôme réfléchissait à ce qu'il devait faire, il fut rejoint par d'autres ouvriers, et l'on décida qu'il fallait porter l'enfant chez le commissaire de police. Il ne cessait pas de crier. Sans doute il souffrait du froid. Mais comme dans le bureau du commissaire il faisait très-

chaud, et que les cris continuaient, on pensa qu'il
souffrait de la faim, et l'on alla chercher une voisine
qui voudrait bien lui donner le sein. Il se jeta dessus.
Il était véritablement affamé. Alors on le déshabilla
devant le feu. C'était un beau garçon de cinq ou six
mois, rose, gros, gras, superbe; les langes et les
linges dans lesquels il était enveloppé disaient clairement qu'il appartenait à des parents riches. C'était
donc un enfant qu'on avait volé et ensuite abandonné.
Ce fut au moins ce que le commissaire expliqua. Qu'al-
lait-on en faire? Après avoir écrit tout ce que Jérôme
savait, et aussi la description de l'enfant avec celle de
ses langes qui n'étaient pas marqués, le commissaire
dit qu'il allait l'envoyer à l'hospice des Enfants trouvés, si personne, parmi tous ceux qui étaient là, ne
voulait s'en charger : c'était un bel enfant, sain, solide qui ne serait pas difficile à élever; ses parents qui
bien sûr allaient le chercher, récompenseraient généreusement ceux qui en auraient pris soin. Là-dessus,
Jérôme s'avança et dit qu'il voulait bien s'en charger;
on le lui donna. J'avais justement un enfant du même
âge; mais ce n'était pas pour moi une affaire d'en
nourrir deux. Ce fut ainsi que je devins ta mère.

— Oh! maman.

— Au bout de trois mois, je perdis mon enfant, et
alors je m'attachai à toi davantage. J'oubliais que tu
n'étais pas vraiment notre fils. Malheureusement Jérôme ne l'oublia pas, lui, et, voyant au bout de trois
ans que tes parents ne t'avaient pas cherché, au moins
qu'ils ne t'avaient pas trouvé, il voulut te mettre à
l'hospice. Tu as entendu pourquoi je ne lui ai pas obéi.

— Oh! pas à l'hospice, m'écriai-je en me cram-
ponnant à elle; mère Barberin, pas à l'hospice, je t'en
prie!

— Non, mon enfant, tu n'iras pas. J'arrangerai
cela. Jérôme n'est pas un méchant homme, tu verras;
c'est le chagrin, c'est la peur du besoin qui l'ont
monté. Nous travaillerons, tu travailleras aussi.

— Oui, tout ce que tu voudras. Mais pas l'hospice.

— Tu n'iras pas; mais à une condition, c'est que
tu vas tout de suite dormir. Il ne faut pas, quand il
rentrera, qu'il te trouve éveillé.

Et, après m'avoir embrassé, elle me tourna le nez
contre la muraille.

J'aurais voulu m'endormir; mais j'avais été trop
rudement ébranlé, trop profondément ému pour trouver à volonté le calme et le sommeil.

Ainsi, mère Barberin, si bonne, si douce pour moi
n'était pas ma vraie mère! mais alors qu'était donc
une vraie mère? Meilleure, plus douce encore? Oh!
non, ce n'était pas possible.

Mais ce que je comprenais, ce que je sentais parfaitement, c'est qu'un père eût été moins dur que
Barberin, et ne m'eût pas regardé avec ces yeux
froids, le bâton levé.

Il voulait m'envoyer à l'hospice; mère Barberin
pourrait-elle l'en empêcher?

Qu'était-ce que l'hospice?

Il y avait au village deux enfants qu'on appelait
« les enfants de l'hospice »; ils avaient une plaque de
plomb au cou avec un numéro; ils étaient mal
habillés et sales; on se moquait d'eux; on les battait;

les autres enfants les poursuivaient souvent comme
on poursuit un chien perdu pour s'amuser, et aussi
parce qu'un chien perdu n'a personne pour le défendre.

Ah! je ne voulais pas être comme ces enfants ; je ne
voulais pas avoir un numéro au cou, je ne voulais
pas qu'on courût après moi en criant : « A l'hospice! à l'hospice ! »

Cette pensée seule me donnait froid et me faisait
claquer les dents.

Et je ne dormais pas.

Et Barberin allait rentrer.

Heureusement il ne revint pas aussitôt qu'il avait
dit et le sommeil arriva pour moi avant lui.

III

LA TROUPE DU SIGNOR VITALIS

Sans doute je dormis toute la nuit sous l'impression du chagrin et de la crainte, car le lendemain matin en m'éveillant, mon premier mouvement fut de tâter mon lit et de regarder autour de moi, pour être certain qu'on ne m'avait pas emporté.

Pendant toute la matinée, Barberin ne me dit rien, et je commençai à croire que le projet de m'envoyer à l'hospice était abandonné. Sans doute mère Barberin avait parlé ; elle l'avait décidé à me garder.

Mais comme midi sonnait, Barberin me dit de mettre ma casquette et de le suivre.

Effrayé, je tournai les yeux vers mère Barberin pour implorer son secours. Mais, à la dérobée, elle me fit un signe qui disait que je devais obéir ; en même temps un mouvement de sa main me rassura : il n'y avait rien à craindre.

Alors, sans répliquer, je me mis en route derrière Barberin.

La distance est longue de notre maison au village :

il y en a bien pour une heure de marche. Cette heure s'écoula sans qu'il m'adressât une seule fois la parole. Il marchait devant, doucement, en clopinant, sans que sa tête fît un seul mouvement, et de temps en temps il se retournait tout d'une pièce pour voir si je le suivais.

Où me conduisait-il?

Cette question m'inquiétait, malgré le signe rassurant que m'avait fait mère Barberin, et pour me soustraire à un danger que je pressentais sans le connaître, je pensais à me sauver.

Dans ce but, je tâchais de rester en arrière; quand je serais assez loin, je me jetterais dans le fossé, et il ne pourrait pas me rejoindre.

Tout d'abord, il se contenta de me dire de marcher sur ses talons; mais bientôt, il devina sans doute mon intention et me prit par le poignet.

Je n'avais plus qu'à le suivre, ce que je fis.

Ce fut ainsi que nous entrâmes dans le village, et tout le monde sur notre passage se retourna pour nous voir passer, car j'avais l'air d'un chien hargneux qu'on mène en laisse.

Comme nous passions devant le café, un homme qui se trouvait sur le seuil appela Barberin et l'engagea à entrer.

Celui-ci me prenant par l'oreille me fit passer devant lui, et quand nous fûmes entrés il referma la porte.

Je me sentis soulagé; le café ne me paraissait pas un endroit dangereux; et puis d'un autre côté c'était le café, et il y avait longtemps que j'avais envie de franchir sa porte.

Le café, le café de l'auberge Notre-Dame! qu'est-ce
que cela pouvait bien être ?

Combien de fois m'étais-je posé cette question !

J'avais vu des gens sortir du café la figure enluminée et les jambes flageolantes; en passant devant sa
porte, j'avais souvent entendu des cris et des chansons qui faisaient trembler les vitres.

Que faisait-on là dedans ? Que se passait-il derrière
ses rideaux rouges ?

J'allais donc le savoir.

Tandis que Barberin se plaçait à une table avec le
maître du café qui l'avait engagé à entrer, j'allai
m'asseoir près de la cheminée et regardai autour de
moi.

Dans le coin opposé à celui que j'occupais, se trouvait un grand vieillard à barbe blanche, qui portait
un costume bizarre et tel que je n'en avais jamais vu.

Sur ses cheveux qui tombaient en longues mèches
sur ses épaules, était posé un haut chapeau de feutre
gris orné de plumes vertes et rouges. Une peau de
mouton, dont la laine était en dedans, le serrait à la
taille. Cette peau n'avait pas de manches, et, par deux
trous ouverts aux épaules, sortaient les bras vêtus
d'une étoffe de velours qui autrefois avait dû être
bleue. De grandes guêtres en laine lui montaient jusqu'aux genoux, et elles étaient serrées par des rubans
rouges qui s'entre-croisaient plusieurs fois autour
des jambes.

Il se tenait allongé sur sa chaise, le menton appuyé
dans sa main droite ; son coude reposait sur son genou
ployé.

Jamais je n'avais vu une personne vivante dans une attitude si calme ; il ressemblait à l'un des saints en bois de notre église.

Auprès de lui trois chiens tassés sous sa chaise se chauffaient sans remuer. Un caniche blanc, un barbet noir, et une petite chienne grise à la mine futée et douce ; le caniche était coiffé d'un vieux bonnet de police retenu sous son menton par une lanière de cuir.

Pendant que je regardais le vieillard avec une curiosité étonnée, Barberin et le maître du café causaient à demi-voix et j'entendais qu'il était question de moi.

Barberin racontait qu'il était venu au village pour me conduire au maire, afin que celui-ci demandât aux hospices de lui payer une pension pour m garder.

C'était donc là ce que mère Barberin avait pu obtenir de son mari, et je compris tout de suite que si Barberin trouvait avantage à me garder près de lui, je n'avais plus rien à craindre.

Le vieillard, sans en avoir l'air, écoutait aussi ce qui se disait ; tout à coup il étendit la main droite vers moi, et s'adressant à Barberin :

— C'est cet enfant-là qui vous gêne ? dit-il avec un accent étranger.

— Lui-même.

— Et vous croyez que l'administration des hospices de votre département va vous payer des mois de nourrice.

— Dame, puisqu'il n'a pas de parents et qu'il est a

ma charge, il faut bien que quelqu'un paye pour lui ;
c'est juste, il me semble.

— Je ne dis pas non, mais croyez-vous que tout ce
qui est juste se fait?

— Pour ça non.

— Eh bien, je crois bien que vous n'obtiendrez jamais la pension que vous demandez.

— Alors, il ira à l'hospice; il n'y a pas de loi qui
le force à rester quand même dans ma maison si je
n'en veux pas.

— Vous avez consenti autrefois à le recevoir, c'é-
tait prendre l'engagement de le garder.

— Eh bien, je ne le garderai pas; et quand je de-
vrais le mettre dans la rue, je m'en débarrasserai.

— Il y aurait peut-être un moyen de vous en débarrasser tout de suite, dit le vieillard après un moment
de réflexion, et même de gagner à cela quelque
chose.

— Si vous me donnez ce moyen-là, je vous paye
une bouteille, et de bon cœur encore.

— Commandez la bouteille, et votre affaire est
faite.

— Sûrement?

— Sûrement.

Le vieillard quittant sa chaise, vint s'asseoir vis-à-
vis de Barberin. Chose étrange, au moment où il se
leva, sa peau de mouton fut soulevée par un mouvement que je ne m'expliquai pas : c'était à croire qu'il
avait un chien dans le bras gauche.

Qu'allait-il dire ? Qu'allait-il se passer?

Je l'avais suivi des yeux avec une émotion cruelle.

— Ce que vous voulez, n'est-ce pas, dit-il, c'est que cet enfant ne mange pas plus longtemps votre pain; ou bien s'il continue à le manger, c'est qu'on vous le paye.

— Juste; par ce que...

— Oh! le motif, vous savez, ça ne me regarde pas, je n'ai donc pas besoin de le connaître; il me suffit de savoir que vous ne voulez plus de l'enfant; s'il en est ainsi, donnez-le-moi, je m'en charge.

— Vous le donner!

— Dame, ne voulez-vous pas vous en débarrasser?

— Vous donner un enfant comme celui-là, un si bel enfant, car il est bel enfant, regardez-le.

— Je l'ai regardé.

— Remi! viens ici.

Je m'approchai de la table en tremblant.

— Allons n'aie pas peur, petit, dit le vieillard.

— Regardez, continua Barberin.

— Je ne dis pas que c'est un vilain enfant. Si c'était un vilain enfant, je n'en voudrais pas, les monstres ce n'est pas mon affaire.

— Ah! si c'était un monstre à deux têtes, ou seulement un nain...

— Vous ne parleriez pas de l'envoyer à l'hospice. Vous savez qu'un monstre a de la valeur et qu'on peut en tirer profit, soit en le louant, soit en l'exploitant soi-même. Mais celui-là n'est ni nain ni monstre; bâti comme tout le monde il n'est bon à rien.

— Il est bon pour travailler.

— Il est bien faible.

— Lui faible, allons donc, il est fort comme un homme, et solide, et sain ; tenez, voyez ses jambes, en avez-vous jamais vu de plus droites?

Barberin releva mon pantalon.

— Trop mince, dit le vieillard.

— Et ses bras? continua Barberin.

— Les bras sont comme les jambes; ça peut aller; mais ça ne résisterait pas à la fatigue et à la misère.

— Lui, ne pas résister; mais tâtez donc, voyez, tâtez vous-même.

Le vieillard passa sa main décharnée sur mes jambes en les palpant, secouant la tête et faisant la moue.

J'avais déjà assisté à une scène semblable quand le marchand était venu pour acheter notre vache. Lui aussi l'avait tâtée et palpée. Lui aussi avait secoué la tête et fait la moue : ce n'était pas une bonne vache, il lui serait impossible de la revendre, et cependant il l'avait achetée, puis emmenée.

Le vieillard allait-il m'acheter et m'emmener; ah ! mère Barberin, mère Barberin !

Malheureusement elle n'était pas là pour me défendre.

Si j'avais osé j'aurais dit que la veille Barberin m'avait précisément reproché d'être délicat et de n'avoir ni bras ni jambes; mais je compris que cette interruption ne servirait à rien qu'à m'attirer une bourrade, et je me tus.

— C'est un enfant comme il y en a beaucoup, dit le vieillard, voilà la vérité, mais un enfant des villes; aussi est-il bien certain qu'il ne sera jamais bon à

rien pour le travail de la terre; mettez-le un peu devant la charrue à piquer les bœufs, vous verrez combien il durera.

— Dix ans.

— Pas un mois.

— Mais voyez-le donc.

— Voyez-le vous-même.

J'étais au bout de la table entre Barberin et le
vieillard, poussé par l'un, repoussé par l'autre.

— Enfin, dit le vieillard, tel qu'il est je le prends.
Seulement, bien entendu, je ne vous l'achète pas,
je vous le loue. Je vous en donne vingt francs par an.

— Vingt francs !

— C'est un bon prix et je paye d'avance : vous tou-
chez quatre belles pièces de cent sous et vous êtes débarrassé de l'enfant.

— Mais si je le garde, l'hospice me payera plus de
dix francs par mois.

— Mettez-en sept, mettez-en huit, je connais les
prix, et encore faudra-t-il que vous le nourrissiez.

— Il travaillera.

— Si vous le sentiez capable de travailler, vous ne
voudriez pas le renvoyer. Ce n'est pas pour l'argent
de leur pension qu'on prend les enfants de l'hospice,
c'est pour leur travail; on en fait des domestiques
qui payent et ne sont pas payés. Encore un coup, si
celui-là était en état de vous rendre des services, vous
le garderiez.

— En tous cas, j'aurais toujours les dix francs.

— Et si l'hospice au lieu de vous le laisser, le donne
à un autre, vous n'aurez rien du tout; tandis qu'avec

moi, pas de chance à courir : toute votre peine consiste à allonger la main.

Il fouilla dans sa poche et en tira une bourse de
cuir dans laquelle il prit quatre pièces d'argent qu'il
étala sur la table en les faisant sonner.

— Pensez-donc, s'écria Barberin, que cet enfant
aura des parents un jour ou l'autre?

— Qu'importe?

— Il y aura du profit pour ceux qui l'auront élevé;
si je n'avais pas compté là-dessus je ne m'en serais
jamais chargé.

Ce mot de Barberin : « Si je n'avais pas compté sur
ses parents, je ne me serais jamais chargé de lui, »
me fit le détester un peu plus encore. Quel méchant
homme.

— Et c'est parce que vous ne comptez plus sur ses
parents, dit le vieillard, que vous le mettez à la porte.
Enfin à qui s'adresseront-ils, ces parents, si jamais ils
paraissent? à vous, n'est-ce pas, et non à moi qu'ils ne
connaissent pas ?

— Et si c'est vous qui les retrouvez.

— Alors convenons que s'il a des parents un jour,
nous partagerons le profit, et je mets trente francs.

— Mettez-en quarante.

— Non pour les services qu'il me rendra, ce n'est
pas possible.

— Et quels services voulez-vous qu'il vous rende.
Pour de bonnes jambes, il a de bonnes jambes, pour
de bons bras, il a de bons bras, je m'en tiens à ce que
j'ai dit, mais enfin à quoi le trouvez-vous propre ?

Le vieillard regarda Barberin d'un air narquois et vidant son verre à petits coups:

— A me tenir compagnie, dit-il; je me fais vieux et le soir quelquefois après une journée de fatigue, quand le temps est mauvais, j'ai des idées tristes; il me distraira.

— Il est sûr que pour cela les jambes seront assez solides.

— Mais pas trop, car il faudra danser, et puis sauter, et puis marcher, et puis après avoir marché, sau_ ter encore,; enfin il prendra place dans la troupe du signor Vitalis.

— Et où est-elle votre troupe?

— Le signor Vitalis c'est moi, comme vous devez vous en douter; la troupe, je vais vous la montrer, puisque vous désirez faire sa connaissance.

Disant cela il ouvrit sa peau de mouton, et prit dans sa main un animal étrange qu'il tenait sous son bras gauche serré contre sa poitrine.

C'était cet animal qui plusieurs fois avait fait soulever la peau de mouton; mais ce n'était pas un petit chien comme je l'avais pensé.

Quelle pouvait être cette bête ?

Était-ce même une bête ?

Je ne trouvais pas de nom à donner à cette créature bizarre que je voyais pour la première fois, et que je regardais avec stupéfaction.

Elle était vêtue d'une blouse rouge bordée d'un galon doré, mais les bras et les jambes étaient nus, car c'étaient bien des bras et des jambes qu'elle avait et non des pattes; seulement ces bras et ces jambes étaient couverts d'une peau noire, et non blanche ou carnée.

Noire aussi était la tête grosse à peu près comme mon poing fermé ; la face était large et courte, le nez était retroussé avec des narines écartées, les lèvres étaient jaunes ; mais ce qui plus que tout le reste me frappa, ce furent deux yeux très-rapprochés l'un de l'autre, d'une mobilité extrême, brillants comme des miroirs.

— Ah ! le vilain singe ! s'écria Barberin.

Ce mot me tira de ma stupéfaction, car si je n'avais jamais vu des singes j'en avais au moins entendu parler ; ce n'était donc pas un enfant noir que j'avais devant moi, c'était un singe.

— Voici le premier sujet de ma troupe, dit Vitalis, c'est M. Joli-Cœur. Joli-Cœur, mon ami, saluez la société.

Joli-Cœur porta sa main fermée à ses lèvres et nous envoya à tous un baiser.

— Maintenant, continua Vitalis étendant sa main vers le caniche blanc, à un autre : le signor Capi va avoir l'honneur de présenter ses amis à l'estimable société ici présente.

A ce commandement le caniche qui jusque-là n'avait pas fait le plus petit mouvement, se leva vivement et se dressant sur ses pattes de derrière il croisa ses deux pattes de devant sur sa poitrine, puis il salua son maître si bas que son bonnet de police toucha le sol.

Ce devoir de politesse accompli, il se tourna vers ses camarades, et d'une patte, tandis qu'il tenait toujours l'autre sur sa poitrine, il leur fit signe d'approcher.

Les deux chiens, qui avaient les yeux attachés sur leur camarade, se dressèrent aussitôt, et se donnant chacun une patte de devant, comme on se donne la main dans le monde, ils firent gravement six pas en avant puis après trois pas en arrière, et saluèrent la société.

— Celui que j'appelle Capi, continua Vitalis, autrement dit *Capitano* en italien, est le chef des chiens, c'est lui qui, comme le plus intelligent, transmet mes ordres. Ce jeune élégant à poil noir est le signor Zerbino, ce qui signifie le galant, nom qu'il mérite à tous les égards. Quant à cette jeune personne à l'air modeste, c'est la signora Dolce, une charmante Anglaise qui n'a pas volé son nom de douce. C'est avec ces sujets remarquables à des titres différents que j'ai l'avantage de parcourir le monde en gagnant ma vie plus ou moins bien, suivant les hasards de la bonne ou de la mauvaise fortune. Capi !

Le caniche croisa les pattes.

— Capi, venez ici, mon ami et soyez assez aimable, je vous prie, — ce sont des personnages bien élevés à qui je parle toujours poliment, — soyez assez aimable pour dire à ce jeune garçon qui vous regarde avec des yeux ronds comme des billes, quelle heure il est.

Capi décroisa les pattes, s'approcha de son maître, écarta la peau de mouton, fouilla dans la poche du gilet, en tira une grosse montre en argent, regarda le cadran et jappa deux fois distinctement ; puis après ces deux jappements bien accentués, d'une voix forte et nette, il en poussa trois autres plus faibles.

Il était en effet deux heures et trois quarts.

— C'est bien, dit Vitalis, je vous remercie, signor Capi ; et, maintenant, je vous prie d'inviter la signora Dolce à nous faire le plaisir de danser un peu à la corde.

Capi fouilla aussitôt dans la poche de la veste de son maître et en tira une corde. Il fit un signe à Zerbino et celui-ci alla vivement lui faire vis-à-vis. Alors Capi lui jeta un bout de la corde, et tous deux se mirent gravement à la faire tourner.

Quand le mouvement fut régulier, Dolce s'élança dans le cercle et sauta légèrement en tenant ses beaux yeux tendres sur les yeux de son maître.

— Vous voyez, dit celui-ci, que mes élèves sont intelligents ; mais l'intelligence ne s'apprécie à toute sa valeur que par la comparaison. Voilà pourquoi j'engage ce garçon dans ma troupe ; il fera le rôle d'une bête et l'esprit de mes élèves n'en sera que mieux apprécié.

— Oh ! pour faire la bête, interrompit Barberin.

— Il faut avoir de l'esprit, continua Vitalis, et je crois que ce garçon n'en manquera pas quand il aura pris quelques leçons. Au reste nous verrons bien. Et pour commencer nous allons en avoir tout de suite une preuve. S'il est intelligent il comprendra qu'avec le signor Vitalis on a la chance de se promener, de parcourir la France et dix autres pays, de mener une vie libre au lieu de rester derrière des bœufs, à marcher tous les jours dans le même champ, du matin au soir. Tandis que s'il n'est pas intelligent, il pleurera, il criera, et comme le signor Vitalis n'aime pas les enfants méchants, il ne l'emmènera pas avec lui. Alors l'enfant méchant ira à l'hospice où il faut travailler dur et manger peu.

J'étais assez intelligent pour comprendre ces paroles, mais de la compréhension à l'exécution, il y avait une terrible distance à franchir.

Assurément les élèves du signor Vitalis étaient bien drôles, bien amusants, et ce devait être bien amusant aussi de se promener toujours; mais pour les suivre et se promener avec eux il fallait quitter mère Barberin.

Il est vrai que si je refusais, je ne resterais peut-être pas avec mère Barberin, on m'enverrait à l'hospice.

Comme je demeurais troublé, les larmes dans les yeux, Vitalis me frappa doucement du bout du doigt sur la joue.

— Allons, dit-il, l'enfant comprend puisqu'il ne crie pas, la raison entrera dans cette petite tête, et demain...

— Oh! monsieur, m'écriai-je; laissez-moi à maman Barberin, je vous en prie!

Mais avant d'en avoir dit davantage, je fus interrompu par un formidable aboiement de Capi.

En même temps le chien s'élança vers la table sur laquelle Joli-Cœur était resté assis.

Celui-ci, profitant d'un moment où tout le monde était tourné vers moi, avait doucement pris le verre de son maître, qui était plein de vin, et il était en train de le vider. Mais Capi, qui faisait bonne garde, avait vu cette friponnerie du singe, et, en fidèle serviteur qu'il était, il avait voulu l'empêcher.

— Monsieur Joli-Cœur, dit Vitalis, d'une voix sévère, vous êtes un gourmand et un fripon ; allez vous mettre là-bas, dans le coin, le nez tourné contre la muraille, et vous, Zerbino, montez la garde devant lui ; s'il bouge, donnez-lui une bonne claque. Quant à vous, monsieur Capi, vous êtes un bon chien ; tendez-moi la patte que je vous la serre.

Tandis que le singe obéissait en poussant des petits cris étouffés, le chien, heureux, fier, tendait la patte à son maître.

— Maintenant, continua Vitalis, revenons à nos affaires. Je vous donne donc trente francs.

— Non, quarante.

Une discussion s'engagea ; mais bientôt Vitalis l'interrompit :

— Cet enfant doit s'ennuyer ici, dit-il ; qu'il aille donc se promener dans la cour de l'auberge et s'amuser.

En même temps il fit un signe à Barberin.

— Oui, c'est cela, dit celui-ci, va dans la cour, mais n'en bouge pas avant que je t'appelle, ou sinon je me fâche.

Je n'avais qu'à obéir, ce que je fis.

J'allai donc dans la cour, mais je n'avais pas le cœur à m'amuser. Je m'assis sur une pierre et restai à réfléchir.

C'était mon sort qui se décidait en ce moment même.

Quel allait-il être ? Le froid et l'angoisse me faisait grelotter.

La discussion entre Vitalis et Barberin dura longtemps, car il s'écoula plus d'une heure avant que celui-ci vînt dans la cour.

Enfin je le vis paraître : il était seul. Venait-il me chercher pour me remettre aux mains de Vitalis?

— Allons, me dit-il, en route pour la maison.

La maison ! Je ne quitterais donc pas mère Barberin ?

J'aurais voulu l'interroger, mais je n'osai pas, car il paraissait de fort mauvaise humeur.

La route se fit silencieusement.

Mais environ dix minutes avant d'arriver, Barberin qui marchait devant s'arrêta :

— Tu sais, me dit-il en me prenant rudement par l'oreille, que si tu racontes un seul mot de ce que tu as entendu aujourd'hui, tu le payeras cher; ainsi, attention !

IV

LA MAISON MATERNELLE

— Eh bien ! demanda mère Barberin quand nous rentrâmes, qu'a dit le maire ?

— Nous ne l'avons pas vu.

— Comment, vous ne l'avez pas vu ?

— Non, j'ai rencontré des amis au café Notre-Dame, et quand nous sommes sortis, il était trop tard ; nous y retournerons demain.

Ainsi Barberin avait bien décidément renoncé à son marché avec l'homme aux chiens.

En route je m'étais plus d'une fois demandé s'il n'y avait pas une ruse dans ce retour à la maison, mais ces derniers mots chassèrent les doutes qui s'agitaient confusément dans mon esprit troublé. Puisque nous devions retourner le lendemain au village pour voir le maire, il est certain que Barberin n'avait pas accepté les propositions de Vitalis.

Cependant malgré ses menaces j'aurais parlé de mes doutes à mère Barberin, si j'avais pu me trouver seul un instant avec elle, mais de toute la soirée Barberin ne quitta pas la maison, et je me couchai sans avoir pu trouver l'occasion que j'attendais.

Je m'endormis en me disant que ce serait pour le lendemain.

Mais le lendemain, quand je me levai, je n'aperçus point mère Barberin.

Comme je la cherchais en rôdant autour de la maison, Barberin me demanda ce que je voulais.

— Maman.

—Elle est au village, elle ne reviendra qu'après midi.

Sans savoir pourquoi, cette absence m'inquiéta. Elle n'avait pas dit la veille qu'elle irait au village. Comment n'avait elle pas attendu pour nous accompagner, puisque nous devions y aller après midi? Serait-elle revenue quand nous partirions?

Une crainte vague me serra le cœur; sans me rendre compte du danger qui me menaçait, j'eus cependant le pressentiment d'un danger.

Barberin me regardait d'un air étrange, peu fait pour me rassurer.

Voulant échapper à ce regard, je m'en allai dans le jardin.

Ce jardin, qui n'était pas grand, avait pour nous une valeur considérable, car c'était lui qui nous nourrissait, nous fournissant, à l'exception du blé, à peu près tout ce que nous mangions : pommes de terre, fèves, choux, carottes, navets. Aussi n'y trouvait-on pas de terrain perdu. Cependant mère Barberin m'en avait donné un petit coin dans lequel j'avais réuni une infinité de plantes, d'herbes, de mousse arrachées le matin à la lisière des bois ou le long des haies pendant que je gardais notre vache, et replantées l'après-midi dans mon jardin, pêle-mêle, au hasard, les unes à côté des autres.

Assurément ce n'était point un beau jardin avec des allées bien sablées et des plates-bandes divisées au cordeau, pleines de fleurs rares; ceux qui passaient dans le chemin ne s'arrêtaient point pour le regarder par-dessus la haie d'épine tondue au ciseau, mais tel qu'il était, il avait ce mérite et ce charme de m'appartenir; il était ma chose, mon bien, mon ouvrage; je l'arrangeais comme je voulais, selon ma fantaisie de l'heure présente, et quand j'en parlais, ce qui m'arrivait vingt fois par jour, je disais « mon jardin »

C'était pendant l'été précédent que j'avais récolté et planté ma collection, c'était donc au printemps qu'elle devait sortir de terre, les espèces précoces sans même attendre la fin de l'hiver, les autres successivement.

De là ma curiosité, en ce moment vivement excitée.

Déjà les jonquilles montraient leurs boutons, dont la pointe jaunissait, les lilas de terre poussaient leurs petites hampes pointillées de violet, et du centre des feuilles ridées des primevères sortaient des bourgeons qui semblaient prêts à s'épanouir.

Comment tout cela fleurirait-il ?

C'était ce que je venais voir tous les jours avec curiosité.

Mais il y avait une autre partie de mon jardin que j'étudiais avec un sentiment plus vif que la curiosité, c'est-à-dire avec une sorte d'anxiété.

3.

Dans cette partie de jardin j'avais planté un légume qu'on m'avait donné et qui était presque inconnu dans notre village, — des topinambours. On m'avait dit qu'il produisait des tubercules bien meilleurs que ceux des pommes de terre, car ils avaient le goût de l'artichaut, du navet et plusieurs autres légumes encore. Ces belles promesses m'avaient inspiré l'idée d'une surprise à faire à mère Barberin. Je ne lui disais rien de ce cadeau, je plantais mes tubercules dans mon jardin ; quand ils poussaient des tiges je lui laissait croire que c'était des fleurs ; puis un beau jour, quand le moment de la maturité était arrivé, je profitais de l'absence de mère Barberin pour arracher mes topinambours, je les faisais cuire moi-même, comment?je ne savais pas trop, mais mon imagination ne s'inquiétait pas d'un aussi petit détail, et quand mère Barberin rentrait pour souper, je lui servais mon plat.

Qui était bien étonnée? Mère Barberin.

Qui était bien contente ? Encore mère Barberin.

Car nous avions un nouveau mets pour remplacer nos éternelles pommes de terre, et mère Barberin n'avait plus autant à souffrir de la vente de la pauvre *Roussette.*

Et l'inventeur de ce nouveau mets, c'était moi, moi Rémi ; j'étais donc utile dans la maison.

Avec un pareil projet dans la tête, on comprend combien je devais être attentif à la levée de mes topinambours ; tous les jours je venais regarder le coin dans lequel je les avais plantés, et il semblait à mon impatience qu'ils ne pousseraient jamais.

J'étais à deux genoux sur la terre, appuyé sur mes mains, le nez baissé dans mes topinambours, quand j'entendis crier mon nom d'une voix impatiente. C'était Barberin qui m'appelait.

Que me voulait-il ?

Je me hâtai de rentrer à la maison.

Quelle ne fut pas ma surprise d'apercevoir devant la cheminée Vitalis et ses chiens.

Instantanément je compris ce que Barberin voulait de moi.

Vitalis venait me chercher, et c'était pour que mère Barberin ne pût pas me défendre que le matin Barberin l'avait envoyée au village.

Sentant bien que je n'avais ni secours ni pitié à attendre de Barberin, je courus à Vitalis :

— Oh ! monsieur, m'écriai-je, je vous en prie, ne m'emmenez pas.

Et j'éclatai en sanglots.

— Allons, mon garçon, me dit-il assez doucement, tu ne seras pas malheureux avec moi, je ne bats point les enfants, et puis tu auras la compagnie de mes élèves qui sont très-amusants. Qu'as-tu à regretter ?

— Mère Barberin ! mère Barberin !

— En tous cas, tu ne resteras pas ici, dit Barberin, en me prenant rudement par l'oreille ; monsieur ou l'hospice, choisis !

— Non ! mère Barberin !

— Ah ! tu m'ennuies à la fin, s'écria Barberin, qui se mit dans une terrible colère ; s'il faut te chasser d'ici à coups de bâton, c'est ce que je vais faire.

— Cet enfant regrette sa mère Barberin, dit Vitalis; il ne faut pas le battre pour cela; il a du cœur, c'est bon signe.

— Si vous le plaignez, il va hurler plus fort.

— Maintenant, aux affaires.

Disant cela, Vitalis étala sur la table huit pièces de cinq francs, que Barberin en un tour de main, fit disparaître dans sa poche.

— Où est le paquet? demanda Vitalis.

— Le voilà, répondit Barberin en montrant un mouchoir en cotonnade bleue noué par les quatre coins.

Vitalis défit ces nœuds et regarda ce que renfermait le mouchoir; il s'y trouvait deux de mes chemises et un pantalon de toile.

— Ce n'est pas de cela que nous étions convenus, dit Vitalis, vous deviez me donner ses affaires et je ne trouve là que des guenilles.

— Il n'en a pas d'autres.

— Si j'interrogeais l'enfant, je suis sûr qu'il dirait que ce n'est pas vrai. Mais je ne veux pas disputer là-dessus. Je n'ai pas le temps. Il faut se mettre en route. Allons, mon petit. Comment se nomme-t-il?

— Rémi.

— Allons, Rémi, prend ton paquet, et passe devant Capi, en avant, marche!

Je tendis les mains vers lui, puis vers Barberin, mais tous deux détournèrent la tête, et je sentis que Vitalis me prenait par le poignet.

Il fallut marcher.

Ah! la pauvre maison, il me sembla, quand j'en

franchis le seuil, que j'y laissais un morceau de ma peau.

Vivement, je regardai autour de moi, mes yeux obscurcis par les larmes ne virent personne à qui demander secours : personne sur la route, personne dans les prés d'alentour.

Je me mis à appeler :

— Maman, mère Barberin !

Mais personne ne répondit à ma voix, qui s'éteignit dans un sanglot.

Il fallut suivre Vitalis, qui ne m'avait pas lâché le poignet.

— Bon voyage ! cria Barberin.

Et il rentra dans la maison.

Hélas ! c'était fini.

— Allons, Rémi, marchons, mon enfant, dit Vitalis.

Et sa main tira mon bras.

Alors je me mis à marcher près de lui. Heureusement il ne pressa point son pas, et même je crois bien qu'il le régla sur le mien.

Le chemin que nous suivions s'élevait en lacets le long de la montagne, et, à chaque détour, j'apercevais la maison de mère Barberin qui diminuait, diminuait. Bien souvent j'avais parcouru ce chemin et je savais que quand nous serions à son dernier détour, j'apercevrais la maison encore une fois, puis qu'aussitôt que nous aurions fait quelques pas sur le plateau, ce serait fini ; plus rien ; devant moi l'inconnu ; derrière moi la maison où j'avais vécu jusqu'à ce jour si heureux, et que sans doute je ne reverrais jamais.

Heureusement la montée était longue ; cependant à force de marcher, nous arrivâmes au haut.

Vitalis ne m'avait pas lâché le poignet.

— Voulez-vous me laisser reposer un peu ? lui dis-je.

— Volontiers, mon garçon.

Et, pour la première fois, il desserra la main.

Mais, en même temps, je vis son regard se diriger vers Capi, et faire un signe que celui-ci comprit.

Aussitôt, comme un chien de berger, Capi abandonna la tête de la troupe et vint se placer derrière moi.

Cette manœuvre acheva de me faire comprendre ce que le signe m'avait déjà indiqué : Capi était mon gardien ; si je faisais un mouvement pour me sauver, il devait me sauter aux jambes.

J'allai m'asseoir sur le parapet gazonné, et Capi me suivit de près.

Assis sur le parapet, je cherchai de mes yeux obscurcis par les larmes la maison de mère Barberin.

Au-dessous de nous descendait le vallon que nous venions de remonter, coupé de prés et de bois, puis tout au bas se dressait isolée la maison maternelle, celle où j'avais été élevé.

Elle était d'autant plus facile à trouver au milieu des arbres, qu'en ce moment même une petite colonne de fumée jaune sortait de sa cheminée, et, montant droit dans l'air tranquille, s'élevait jusqu'à nous.

Soit illusion du souvenir, soit réalité, cette fumée m'apportait l'odeur des feuilles de chêne qui avaient séché autour des branches des bourrées avec lesquelles nous avions fait du feu pendant tout l'hiver : il me sembla que j'étais encore au coin du foyer, sur mon petit banc, les pieds dans les cendres quand le vent s'engouffrant dans la cheminée nous rabattait la fumée au visage.

Malgré la distance et la hauteur à laquelle nous nous trouvions, les choses avaient conservé leurs formes nettes et distinctes, diminuées, rapetissées seulement.

Sur le fumier, notre poule, la dernière qui restât, allait de çà de là, mais elle n'avait plus sa grosseur ordinaire, et si je ne l'avais pas bien connue je l'aurais prise pour un petit pigeon. Au bout de la maison je voyais le poirier au tronc crochu que pendant si longtemps j'avais transformé en cheval. Puis à côté du ruisseau qui traçait une ligne blanche dans l'herbe verte, je devinais le canal de dérivation que j'avais eu tant de peine à creuser pour qu'il allât mettre en mouvement une roue de moulin, fabriquée de mes mains ; laquelle roue, hélas ! n'avais jamais pu tourner malgré tout le travail qu'elle m'avait coûté.

Tout était là à sa place ordinaire, et ma brouette, et ma charrue faite d'une branche torse, et la niche dans laquelle j'élevais des lapins quand nous avions des lapins, et mon jardin, mon cher jardin.

Qui les verrait fleurir, mes pauvres fleurs ? Qui les arrangerait, mes topinambours ? Barberin sans doute, le méchant Barberin.

Encore un pas sur la route et à jamais tout cela disparaissait.

Tout à coup dans le chemin q   du village monte à

la maison, j'aperçus au loin une coiffe blanche. Elle disparut derrière un groupe d'arbres ; puis elle reparut bientôt.

La distance était telle que je ne distinguais que la blancheur de la coiffe, qui comme un papillon printanier aux couleurs pâles, voltigeait entre les branches.

Mais il y a des moments où le cœur voit mieux et plus loin que les yeux les plus perçants : je reconnus mère Barberin ; c'était elle ; j'en étais certain ; je sentais que c'était elle.

— Eh bien ? demanda Vitalis, nous mettons-nous en route ?

— Oh ! monsieur, je vous en prie.

— C'est donc faux ce qu'on disait, tu n'as pas de jambes ; pour si peu, déjà fatigué ; cela ne nous promet pas de bonnes journées.

Mais je ne répondis pas, je regardais.

C'était mère Barberin ; c'était sa coiffe, c'était son jupon bleu, c'était elle.

Elle marchait à grands pas, comme si elle avait hâte de rentrer à la maison.

Arrivée devant notre barrière, elle la poussa et entra dans la cour qu'elle traversa rapidement.

Aussitôt je me levai debout sur le parapet, sans penser à Capi qui sauta près de moi.

Mère Barberin ne resta pas longtemps dans la maison. Elle ressortit et se mit à courir de çà de là, dans la cour, les bras étendus.

Elle me cherchait.

Je me penchai en avant, et de toutes mes forces, je me mis à crier :

— Maman ! maman !

Mais ma voix ne pouvait ni descendre, ni dominer le murmure du ruisseau, elle se perdit dans l'air.

— Qu'as-tu donc, demanda Vitalis, deviens-tu fou?

Sans répondre, je restai les yeux attachés sur mère Barberin; mais elle ne me savait pas si près d'elle et elle ne pensa pas à lever la tête.

Elle avait traversé la cour, et revenue sur le chemin, elle regardait de tous côtés.

Je criai plus fort, mais comme la première fois, inutilement.

Alors Vitalis, soupçonnant la vérité, monta aussi sur le parapet.

Il ne lui fallut pas longtemps pour apercevoir la coiffe blanche.

— Pauvre petit, dit-il à demi-voix.

— Oh! je vous en prie, m'écriai-je encouragé par ces mots de compassion, laissez-moi retourner.

Mais il me prit par le poignet et me fit descendre sur la route.

— Puisque tu es reposé, dit-il, en marche, mon garçon.

Je voulus me dégager, mais il me tenait solidement.

— Capi, dit-il, Zerbino !

Et les deux chiens m'entourèrent : Capi derrière, Zerbino devant.

Il fallut suivre Vitalis.

Au bout de quelques pas, je tournai la tête.

Nous avions dépassé la crête de la montagne, et je

ne vis plus ni notre vallée, ni notre maison; tout au loin seulement des collines bleuâtres semblaient remonter jusqu'au ciel : mes yeux se perdirent dans des espaces sans bornes.

V

EN ROUTE

Pour acheter les enfants quarante francs, il n'en résulte pas nécessairement qu'on est un ogre et qu'on fait provision de chair fraîche afin de la manger.

Vitalis ne voulait pas me manger, et, par une exception rare chez les acheteurs d'enfants, ce n'était pas un méchant homme.

J'en eus bientôt la preuve.

C'était sur la crête même de la montagne qui sépare le bassin de la Loire de celui de la Dordogne qu'il m'avait repris le poignet, et, presque aussitôt nous avions commencé à descendre sur le versant exposé au Midi.

Après avoir marché environ un quart d'heure, il m'abandonna le bras.

— Maintenant, dit-il, chemine doucement près de moi; mais n'oublie pas que, si tu voulais te sauver, Capi et Zerbino t'auraient bien vite rejoint; ils ont les dents pointues.

Me sauver, je sentais que c'était maintenant impossible et que par suite il était inutile de le tenter.

Je poussai un soupir.

— Tu as le cœur gros, continua Vitalis, je com
prends cela et ne t'en veux pas. Tu peux pleurer librement si tu en as envie. Seulement tâche de sentir
que ce n'est pas pour ton malheur que je t'emmène.
Que serais-tu devenu? Tu aurais été très-probablement à l'hospice. Les gens qui t'ont élevé ne sont pas
tes père et mère. Ta maman, comme tu dis, a été
bonne pour toi et tu l'aimes, tu es désolé de la quitter, tout cela c'est bien; mais fais réflexion qu'elle
n'aurait pas pu te garder malgré son mari. Ce mari,
de son côté, n'est peut-être pas aussi dur que tu crois.
Il n'a pas de quoi vivre; il est estropié; il ne peut plus
travailler, et il calcule qu'il ne peut pas se laisser
mourir de faim pour te nourrir. Comprends aujour-
d'hui, mon garçon, que la vie est trop souvent une
bataille dans laquelle on ne fait pas ce qu'on veut.

Sans doute c'étaient là des paroles de sagesse, ou
tout au moins d'expérience. Mais il y avait un fait qui
en ce moment, criait plus fort que toutes les paroles, —
la séparation.

Je ne verrais plus celle qui m'avait élevé, qui m'a-
vait caressé, celle que j'aimais, — ma mère.

·Et cette pensée me serrait à la gorge, m'étouffait.

Cependant je marchais près de Vitalis, cherchant à
me répéter ce qu'il venait de me dire.

Sans doute, tout cela était vrai; Barberin n'était
pas mon père, et il n'y avait pas de raisons qui l'o-
bligeassent à souffrir la misère pour moi : il avait
bien voulu me recueillir et m'élever; si maintenant il

me renvoyait, c'était parce qu'il ne pouvait plus me garder. Ce n'était pas de la présente journée que je devais me souvenir en pensant à lui, mais des années passées dans sa maison.

— Réfléchis à ce que je t'ai dit, petit, répétait de temps en temps Vitalis, tu ne seras pas trop malheureux avec moi.

Après avoir descendu une pente assez rapide, nous étions arrivés sur une vaste lande qui s'étendait plate et monotone à perte de vue. Pas de maisons, pas d'arbres. Un plateau couvert de bruyères rousses, avec çà et là des grandes nappes de genêts rabougris qui ondoyaient sous le souffle du vent.

— Tu vois, me dit Vitalis étendant la main sur la lande, qu'il serait inutile de chercher à te sauver, tu serais tout de suite repris par Capi et Zerbino.

Me sauver! Je n'y pensais plus. Où aller d'ailleurs? Chez qui?

Après tout, ce grand vieillard à barbe blanche n'était peut-être pas aussi terrible que je l'avais cru d'abord; et s'il était mon maître, peut-être ne serait-il pas un maître impitoyable.

Longtemps nous cheminâmes au milieu de tristes solitudes, ne quittant les landes que pour trouver des champs de brandes, et n'apercevant tout autour de nous, aussi loin que le regard s'étendait, que quelques collines arrondies aux sommets stériles.

Je m'étais fait une tout autre idée des voyages, et quand parfois dans mes rêveries enfantines j'avais quitté mon village, c'avait été pour de belles contrées qui ne ressemblaient en rien à celle que la réalité me montrait.

C'était la première fois que je faisais une pareille marche d'une seule traite et sans me reposer.

Mon maître s'avançait d'un grand pas régulier, portant Joli Cœur sur son épaule ou sur son sac, et autour de lui les chiens trottinaient sans s'écarter.

De temps en temps Vitalis leur disait un mot d'amitié, tantôt en français, tantôt dans une langue que je ne connaissais pas.

Ni lui, ni eux ne paraissaient penser à la fatigue. Mais il n'en était pas de même pour moi. J'étais épuisé. La lassitude physique s'ajoutant au trouble moral, m'avait mis à bout de forces.

Je traînais les jambes et j'avais la plus grande peine à suivre mon maître. Cependant je n'osais pas demander à m'arrêter.

— Ce sont tes sabots qui te fatiguent, me dit-il; à Ussel je t'achèterai des souliers.

Ce mot me rendit le courage.

En effet, des souliers avaient toujours été ce que j'avais le plus ardemment désiré. Le fils du maire et aussi le fils de l'aubergiste avaient des souliers, de sorte que le dimanche, quand ils arrivaient à la messe, ils glissaient sur les dalles sonores, tandis que nous autres paysans, avec nos sabots, nous faisions un tapage assourdissant.

— Ussel, c'est encore loin?

— Voilà un cri du cœur, dit Vitalis en riant; tu as donc bien envie d'avoir des souliers, mon garçon? Eh bien! je t'en promets avec des clous dessous. Et je te promets aussi un culotte de velours, une veste et un chapeau. Cela va **sécher tes larmes**, j'espère, et te donner des jambes pour faire les six lieues qui nous restent.

Des souliers avec des clous dessous! Je fus ébloui. C'était déjà une chose prodigieuse pour moi que ces souliers, mais quand j'entendis parler de clous, j'oubliai mon chagrin.

Non, bien certainement, mon maître n'était pas un méchant homme.

Est-ce qu'un méchant se serait aperçu que mes sabots me fatiguaient?

Des souliers, des souliers à clous! une culotte de velours! une veste! un chapeau!

Ah! si mère Barberin me voyait, comme elle serait contente, comme elle serait fière de moi!

Quel malheur qu'Ussel fût encore si loin!

Malgré les souliers et la culotte de velours qui étaient au bout des six lieues qui nous restaient à faire, il me sembla que je ne pourrais pas marcher si loin.

Heureusement le temps vint à mon aide.

Le ciel, qui avait été bleu depuis notre départ, s'emplit peu à peu de nuages gris, et bientôt il se mit à tomber une pluie fine qui ne cessa plus.

Avec sa peau de mouton, Vitalis était assez bien protégé, et il pouvait abriter Joli-Cœur qui, à la première goutte de pluie, était promptement rentré dans sa cachette. Mais les chiens et moi, qui n'avions rien pour nous couvrir, nous n'avions pas tardé à être mouillés jusqu'à la peau; encore les chiens pou-

vaient-ils de temps en temps se secouer, tandis que
ce moyen naturel n'étant pas fait pour moi, je devais
marcher sous un poids qui m'écrasait et me glaçait.

— T'enrhumes-tu facilement? me demanda mon
maître.

— Je ne sais pas; je ne me rappelle pas avoir été
jamais enrhumé.

— Bien cela, bien; décidément il y a du bon en toi.
Mais je ne veux pas t'exposer inutilement, nous n'i-
rons pas plus loin aujourd'hui. Voilà un village là-bas,
nous y coucherons.

Mais il n'y avait pas d'auberge dans ce village, et
personne ne voulut recevoir une sorte de mendiant qui
traînait avec lui un enfant et trois chiens aussi crottés
les uns que les autres.

— On ne loge pas ici, nous disait-on.

Et l'on nous fermait la porte au nez. Nous allions
d'une maison à l'autre, sans qu'aucune s'ouvrît.

Faudrait-il donc faire encore, et sans repos, les
quatre lieues qui nous séparaient d'Ussel? La nuit arrivait, la pluie nous glaçait, et pour moi je sentais mes
jambes raides comme des barres de bois.

Ah! la maison de mère Barberin!

Enfin un paysan plus charitable que ses voisins,
voulut bien nous ouvrir la porte d'une grange. Mais
avant de nous laisser entrer il nous imposa la condition de ne pas avoir de lumière.

— Donnez-moi vos allumettes, dit-il à Vitalis, je
vous les rendrai demain, quand vous partirez.

Au moins nous avions un toit pour nous abriter et
la pluie ne nous tombait plus sur le corps.

Vitalis était un homme de précaution qui ne se mettait pas en route sans provisions. Dans le sac de soldat qu'il portait sur ses épaules se trouvait une grosse miche de pain qu'il partagea en quatre morceaux.

Alors je vis pour la première fois comment il maintenait l'obéissance et la discipline dans sa troupe.

Pendant que nous errions de porte en porte, cherchant notre gîte, Zerbino était entré dans une maison, et il en était ressorti aussitôt rapidement, portant une croûte dans sa gueule. Vitalis n'avait dit qu'un mot :

— A ce soir, Zerbino.

Je ne pensais plus à ce vol, quand je vis, au moment où notre maître coupait la miche, Zerbino prendre une mine basse.

Nous étions assis sur deux bottes de fougère, Vitalis et moi, à côté l'un de l'autre, Joli-Cœur entre nous deux ; les trois chiens étaient alignés devant nous, Capi et Dolce les yeux attachés sur ceux de leur maître, Zerbino le nez incliné en avant, les oreilles rasées.

— Que le voleur sorte des rangs, dit Vitalis d'une voix de commandement, et qu'il aille dans un coin ; il se couchera sans souper.

Aussitôt Zerbino quitta sa place et marchant en rampant, il alla se cacher dans le coin que la main de son maître lui avait indiqué ; il se fourra tout entier sous un amas de fougère, et nous ne le vîmes plus, mais nous l'entendions souffler plaintivement avec des petits cris étouffés.

Cette exécution accomplie, Vitalis me tendit mon

pain, et tout en mangeant le sien, il partagea par petites bouchées entre Joli-Cœur, Capi et Dolce les morceaux qui leur étaient destinés.

Pendant les derniers mois que j'avais vécu auprès
de mère Barberin, je n'avais certes pas été gâté ; cependant le changement me parut rude.

Ah! comme la soupe chaude que mère Barberin
nous faisait tous les soirs, m'eût paru bonne, même
sans beurre !

Comme le coin du feu m'eût été agréable ; comme
je me serais glissé avec bonheur dans mes draps, en
remontant les couvertures jusqu'à mon nez!

Mais, hélas ! il ne pouvait être question ni de draps,
ni de couverture, et nous devions nous trouver encore
bien heureux d'avoir un lit de fougère.

Brisé par la fatigue, les pieds écorchés par mes
sabots, je tremblais de froid dans mes vêtements
mouillés.

La nuit était venue tout à fait, mais je ne pensais
pas à dormir.

— Tes dents claquent, dit Vitalis ; tu as froid?

— Un peu.

Je l'entendis ouvrir son sac.

— Je n'ai pas une garde-robe bien montée, dit-il,
mais voici une chemise sèche et un gilet dans lesquels
tu pourras t'envelopper après avoir défait tes vêtements mouillés ; puis tu t'enfonceras sous la fougère, tu ne tarderas pas à te réchauffer et à t'endormir.

Cependant, je ne me réchauffai pas aussi vite que
Vitalis le croyait ; longtemps je me tournai et me re-

tournai sur mon lit de fougère, trop endolori, trop malheureux pour pouvoir m'endormir.

Est-ce qu'il en serait maintenant tous les jours ainsi ? marcher sans repos sous la pluie, coucher dans une grange, trembler de froid, n'avoir pour souper qu'un morceau de pain sec, personne pour me plaindre, personne à aimer, plus de mère Barberin ?

Comme je réfléchissais tristement, le cœur gros et les yeux pleins de larmes, je sentis un souffle tiède me passer sur le visage.

J'étendis la main en avant et je rencontrai le poil laineux de Capi.

Il s'était doucement approché de moi, s'avançant avec précaution sur la fougère, et il me sentait ; il reniflait doucement ; son haleine me courait sur la figure et dans les cheveux.

Que voulait-il ?

Il se coucha bientôt sur la fougère, tout près de moi, et délicatement il se mit à me lécher la main.

Tout ému de cette caresse, je me soulevai à demi et l'embrassai sur son nez froid.

Il poussa un petit cri étouffé, puis, vivement, il mit sa patte dans ma main et ne bougea plus.

Alors j'oubliai fatigue et chagrins ; ma gorge contractée se desserra ; je respirai ; je n'étais plus seul : j'avais un ami.

VI

MES DÉBUTS

Le lendemain nous nous mîmes en route de bonne heure.

Plus de pluie ; un ciel bleu, et, grâce au vent sec qui avait soufflé pendant la nuit, peu de boue. Les oiseaux chantaient joyeusement dans les buissons du chemin et les chiens gambadaient autour de nous. De temps en temps, Capi se dressait sur ses pattes de derrière et il me lançait au visage deux ou trois aboiements dont je comprenais très-bien la signification.

— Du courage, du courage ! disaient-ils.

Car c'était un chien fort intelligent, qui savait tout comprendre et toujours se faire comprendre. Bien souvent j'ai entendu dire qu'il ne lui manquait que la parole. Mais je n'ai jamais pensé ainsi. Dans sa queue seule il y avait plus d'esprit et d'éloquence que dans la langue ou dans les yeux de bien des gens. En tout cas la parole n'a jamais été utile entre lui et moi ;

du premier jour nous nous sommes tout de suite compris.

N'étant jamais sorti de mon village, j'étais curieux de voir une ville.

Mais je dois avouer qu'Ussel ne m'éblouit point. Ses vieilles maisons à tourelles, qui font sans doute le bonheur des archéologues, me laissèrent tout à fait indifférent.

Il est vrai de dire que dans ces maisons ce que je cherchais ce n'était point le pittoresque.

Une idée emplissait ma tête et obscurcissait mes yeux, ou tout au moins ne leur permettait de voir qu'une seule chose : une boutique de cordonnier.

Mes souliers, les souliers promis par Vitalis, l'heure était venue de les chausser.

Où était la bienheureuse boutique qui allait me les fournir?

C'était cette boutique que je cherchais : le reste, tourelles, ogives, colonnes n'avait aucun intérêt pour moi.

Aussi le seul souvenir qui me reste d'Ussel est-il celui d'une boutique sombre et enfumée située auprès des halles. Il y avait en étalage devant sa devanture des vieux fusils, un habit galonné sur les coutures avec des épaulettes en argent, beaucoup de lampes, et dans des corbeilles de la ferraille, surtout des cadenas et des clefs rouillées.

Il fallait descendre trois marches pour entrer, et alors on se trouvait dans une grande salle, où la lumière du soleil n'avait assurément jamais pénétré depuis que le toit avait été posé sur la maison.

Comment une aussi belle chose que des souliers pouvait-elle se vendre dans un endroit aussi affreux !

Cependant Vitalis savait ce qu'il faisait en venant dans cette boutique, et bientôt j'eus le bonheur de chausser mes pieds dans des souliers ferrés qui pesaient bien dix fois le poids de mes sabots

La générosité de mon maître ne s'arrêta pas là ; après les souliers, il m'acheta une veste de velours bleu, un pantalon de laine et un chapeau de feutre ; enfin tout ce qu'il m'avait promis.

Du velours pour moi, qui n'avais jamais porté que de la toile ; des souliers ; un chapeau quand je n'avais eu que mes cheveux pour coiffure ; décidément c'était le meilleur homme du monde, le plus généreux et le plus riche.

Il est vrai que le velours était froissé, il est vrai que la laine était râpée ; il est vrai aussi qu'il était fort difficile de savoir quelle avait été la couleur primitive du feutre, tant il avait reçu de pluie et de poussière, mais ébloui par tant de splendeurs, j'étais insensible aux imperfections qui se cachaient sous leur éclat.

J'avais hâte de revêtir ces beaux habits, mais avant de me les donner Vitalis leur fit subir une transformation qui me jeta dans un étonnement douloureux.

En rentrant à l'auberge, il prit des ciseaux dans son sac et coupa les deux jambes de mon pantalon à la hauteur des genoux.

Comme je le regardais avec des yeux ébahis :

— Ceci est à seule fin, me dit-il, que tu ne ressembles pas à tout le monde. Nous sommes en France, je t'habille en Italien ; si nous allons en Italie, ce qui est possible, je t'habillerai en Français.

Cette explication ne faisant pas cesser mon étonnement, il continua :

— Que sommes-nous? Des artistes, n'est-ce pas? des comédiens qui par leur seul aspect doivent provoquer la curiosité. Crois-tu que si nous allions tantôt sur la place publique habillés comme des bourgeois ou des paysans, nous forcerions les gens à nous regarder et à s'arrêter autour de nous? Non, n'est-ce pas? Apprends donc que dans la vie le paraître est quelquefois indispensable ; cela est fâcheux, mais nous n'y pouvons rien.

Voilà comment de Français que j'étais le matin, je devins Italien avant le soir.

Mon pantalon s'arrêtant au genou, Vitalis attacha mes bas avec des cordons rouges croisés tout le long de la jambe ; sur mon feutre il croisa aussi d'autres rubans, et il l'orna d'un bouquet de fleurs en laine.

Je ne sais pas ce que d'autres auraient pu penser de moi, mais pour être sincère je dois déclarer que je me trouvai superbe ; et cela devait être, car mon ami Capi, après m'avoir longuement contemplé, me tendit la patte d'un air satisfait.

L'approbation que Capi donnait à ma transformation me fut d'autant plus agréable que pendant que j'endossais mes nouveaux vêtements, Joli-Cœur s'était campé devant moi, et avait imité mes mouvements en les exagérant. Ma toilette terminée, il s'était posé les mains sur les hanches et renversant sa tête en ar-

rière il s'était mis à rire en poussant des petits cris
moqueurs.

J'ai entendu dire que c'était une question scientifi-
que intéressante de savoir si les singes riaient. Je
pense que ceux qui se sont posé cette question sont
des savants en chambre, qui n'ont jamais pris la
peine d'étudier les singes. Pour moi qui pendant
longtemps ai vécu dans l'intimité de Joli-Cœur, je puis
affirmer qu'il riait et souvent même d'une façon qui
me mortifiait. Sans doute son rire n'était pas exactement semblable à celui de l'homme, Mais enfin lorsqu'un sentiment quelconque provoquait sa gaieté, on
voyait les coins de sa bouche se tirer en arrière, ses
paupières se plissaient, ses mâchoires remuaient rapidement, et ses yeux noirs semblaient lancer des flammes comme des petits charbons sur lesquels on aurait soufflé.

Au reste, je fus bientôt à même d'observer en lui
ces signes caractéristiques du rire dans des conditions assez pénibles pour mon amour-propre.

— Maintenant que voilà ta toilette terminée, me dit
Vitalis quand je me fus coiffé de mon chapeau, nous
allons nous mettre au travail, afin de donner demain,
jour de marché, une grande représentation dans laquelle tu débuteras.

Je demandai ce que c'était que débuter, et Vitalis
m'expliqua que c'était paraître pour la première fois
devant le public en jouant la comédie.

— Nous donnerons demain notre première représentation, dit-il, et tu y figureras. Il faut donc que je
te fasse répéter le rôle que je te destine.

Mes yeux étonnés lui dirent que je ne le comprenais pas.

— J'entends par rôle ce que tu auras à faire dans cette représentation. Si je t'ai emmené avec moi, ce n'est pas précisément pour te procurer le plaisir de la promenade. Je ne suis pas assez riche pour cela. C'est pour que tu travailles. Et ton travail consistera à jouer la comédie avec mes chiens et Joli-Cœur.

— Mais je ne sais pas jouer la comédie! m'écriai-je effrayé.

— C'est justement pour cela que je dois te l'apprendre. Tu penses bien que ce n'est pas naturellement que Capi marche si gracieusement sur ses deux pattes de derrière, pas plus que ce n'est pour son plaisir que Dolce danse à la corde. Capi a appris à se tenir debout sur ses pattes, et Dolce a appris aussi à danser à la corde; ils ont même dû travailler beaucoup et longtemps pour acquérir ces talents, ainsi que ceux qui les rendent d'habiles comédiens. Eh bien! toi aussi, tu dois travailler pour apprendre les différents rôles que tu joueras avec eux. Mettons-nous donc à l'ouvrage.

J'avais à cette époque des idées tout à fait primitives sur le travail. Je croyais que pour travailler il fallait bêcher la terre, ou fendre un arbre, ou tailler la pierre, et n'imaginais point autre chose.

— La pièce que nous allons représenter, continua Vitalis, a pour titre *le Domestique de M. Joli-Cœur* ou *le Plus bête des deux n'est pas celui qu'on pense*. Voici le sujet : M. Joli-Cœur a eu jusqu'à ce jour un domestique dont il est très-content, c'est Capi. Mais Capi devient vieux; et, d'un autre côté, M. Joli-Cœur veut un nouveau domestique. Capi se charge de lui en procurer un. Mais ce ne sera pas un chien qu'il se donnera pour successeur, ce sera un jeune garçon, un paysan nommé Rémi.

— Comme moi?

— Non, comme toi; mais toi-même. Tu arrives de ton village pour entrer au service de Joli-Cœur.

— Les singes n'ont pas de domestiques.

— Dans les comédies ils en ont. Tu arrives donc, et M. Joli-Cœur trouve que tu as l'air d'un imbécile.

— Ce n'est pas amusant, cela.

— Qu'est-ce que cela te fait, puisque c'est pour rire? D'ailleurs, figure-toi que tu arrives véritablement chez un monsieur pour être domestique et qu'on te dit, par exemple, de mettre la table. Précisément en voici une qui doit servir dans notre représentation. Avance et dispose le couvert.

Sur cette table, il y avait des assiettes, un verre, un couteau, une fourchette et du linge blanc.

Comment devait-on arranger tout cela?

Comme je me posais ces questions, et restais les bras tendus, penché en avant, la bouche ouverte, ne sachant par où commencer, mon maître battit des mains en riant aux éclats.

— Bravo, dit-il, bravo, c'est parfait. Ton jeu de physionomie est excellent. Le garçon que j'avais avant toi prenait une mine futée et son air disait clairement: « Vous allez voir comme je fais bien la bête; » tu ne dis rien, toi, tu es, ta naïveté est admirable.

— Je ne sais pas ce que je dois faire.

— Et c'est par là précisément que tu es excellent. Demain, dans quelques jours tu sauras à merveille ce que tu devras faire. C'est alors qu'il faudra te rappeler l'embarras que tu éprouves présentement, et feindre ce que tu ne sentiras plus. Si tu peux retrouver ce jeu de physionomie et cette attitude, je te prédis le plus beau succès. Qu'est ton personnage dans ma comédie? celui d'un jeune paysan qui n'a rien vu et qui ne sait rien; il arrive chez un singe et il se trouve plus ignorant et plus maladroit que ce singe; de là mon sous-titre : « le plus bête des deux n'est pas celui qu'on pense; » plus bête que Joli-Cœur, voilà ton rôle; pour le jouer dans la perfection, tu n'aurais qu'à rester ce que tu es en ce moment, mais comme cela est impossible, tu devras te rappeler ce que tu as été et devenir artistiquement ce que tu ne seras plus naturellement.

Le Domestique de M. Joli-Cœur n'était pas une grande comédie, et sa représentation ne prenait pas plus de vingt minutes. Mais notre répétition dura près de trois heures; Vitalis nous faisant recommencer deux fois, quatre fois, dix fois la même chose, aux chiens comme à moi.

Ceux-ci, en effet, avaient oublié certaines parties de eur rôle, et il fallait les leur apprendre de nouveau.

Je fus alors bien surpris de voir la patience et la douceur de notre maître. Ce n'était point ainsi qu'on traitait les bêtes dans mon village, où les jurons et les coups étaient les seuls procédés d'éducation qu'on employât à leur égard.

Pour lui, tant que se prolongea cette longue répétition, il ne se fâcha pas une seule fois ; pas une seule fois il ne jura.

— Allons, recommençons, disait-il sévèrement, quand ce qu'il avait demandé n'était pas réussi ; c'est mal, Capi ; vous ne faites pas attention, Joli-Cœur, vous serez grondé.

Et c'était tout ; mais cependant c'était assez.

— Eh bien, me dit-il, quand la répétition fut terminée, crois-tu que tu t'habitueras à jouer la comédie ?

— Je ne sais pas.

— Cela t'ennuie-t-il ?

— Non, cela m'amuse.

— Alors tout ira bien ; tu as de l'intelligence, et ce qui est plus précieux encore peut-être, de l'attention ; avec de l'attention et de la docilité, on arrive à tout. Vois mes chiens et compare-les à Joli-Cœur. Joli-Cœur a peut-être plus de vivacité et d'intelligence, mais il n'a pas de docilité. Il apprend facilement ce qu'on lui enseigne, mais il l'oublie aussitôt. D'ailleurs ce n'est jamais avec plaisir qu'il fait ce qu'on lui demande ; volontiers il se révolterait, et toujours il est contrariant. Cela tient à sa nature, et voilà pourquoi je ne me fâche pas contre lui : le singe n'a pas, comme le chien, la conscience du devoir, et par là il lui est très-inférieur. Comprends-tu cela ?

— Il me semble.

— Sois donc attentif, mon garçon ; sois docile ; fais de ton mieux ce que tu dois faire. Dans la vie, tout est là ?

Causant ainsi, je m'enhardis à lui dire que ce qui

m'avait le plus étonné dans cette répétition, ç'avait
été l'inaltérable patience dont il avait fait preuve
aussi bien avec Joli-Cœur et les chiens, qu'avec moi.

Il se mit alors à sourire doucement :

— On voit bien, me dit-il, que tu n'as vécu jusqu'à
ce jour qu'avec des paysans durs aux bêtes et qui
croient qu'on doit conduire celles-ci le bâton toujours
levé. C'est là une erreur fâcheuse : on obtient peu
de chose par la brutalité, tandis qu'on obtient beaucoup pour ne pas dire tout par la douceur. Pour moi,
c'est en ne me fâchant jamais contre mes bêtes que
j'ai fait d'elles ce qu'elles sont. Si je les avais battues,
elles seraient craintives, et la crainte paralyse l'intelligence. Au reste en me laissant aller à la colère avec
elles, je ne serais pas moi-même ce que je suis, et je
n'aurais pas acquis cette patience à toute épreuve qui
m'a gagné ta confiance. C'est que qui instruit les autres, s'instruit soi-même. Mes chiens m'ont donné autant de leçons qu'ils en ont reçu de moi. J'ai déve-
loppé leur intelligence, ils m'ont formé le caractère.

Ce que j'entendais me parut si étrange, que je me
mis à rire.

— Tu trouves cela bien bizarre, n'est-ce pas, qu'un
chien puisse donner des leçons à un homme? Et cependant rien n'est plus vrai. Réfléchis un peu. Ad-
mets-tu qu'un chien subisse l'influence de son maître.

— Oh ! bien sûr.

— Alors tu vas comprendre que le maître est obligé de
veiller sur lui-même quand il entreprend l'éducation
d'un chien. Ainsi suppose un moment qu'en instrui-
sant Capi je me sois abandonné à l'emportement et à la

colère. Qu'aura fait Capi? il aura pris l'habitude de la colère et de l'emportement. C'est-à-dire qu'en se modelant sur mon exemple, il se sera corrompu. Le chien est presque toujours le miroir de son maître; et qui voit l'un, voit l'autre. Montre-moi ton chien; je dirai qui tu es. Le brigand a pour chien, un gredin; le voleur, un voleur; le paysan sans intelligence, un chien grossier; l'homme poli et affable un chien aimable.

Mes camarades, les chiens et le singe, avaient sur moi le grand avantage d'être habitués à paraître en public, de sorte qu'ils virent arriver le lendemain sans crainte. Pour eux il s'agissait de faire ce qu'ils avaient déjà fait cent fois, mille fois peut-être.

Mais pour moi, je n'avais pas leur tranquille assurance. Que dirait Vitalis, si je jouais mal mon rôle? Que diraient nos spectateurs?

Cette préoccupation troubla mon sommeil et quand je m'endormis, je vis en rêve des gens qui se tenaient les côtes à force de rire, tant ils se moquaient de moi.

Aussi mon émotion était-elle vive, lorsque le lendemain nous quittâmes notre auberge pour nous rendre sur la place, où devait avoir lieu notre représentation.

Vitalis ouvrait la marche, la tête haute, la poitrine cambrée, et il marquait le pas des deux bras et des pieds en jouant une valse sur un fifre en métal.

Derrière lui venait Capi, sur le dos duquel se prélassait M. Joli-Cœur, en costume de général anglais, habit et pantalon rouge galonné d'or, avec un chapeau à claque surmonté d'un large plumet.

Puis, à une distance respectueuse s'avançaient sur une même ligne Zerbino et Dolce.

Enfin je formais la queue du cortége, qui, grâce à l'espacement indiqué par notre maître, tenait une certaine place dans la rue.

Mais ce qui mieux encore que la pompe de notre défilé provoquait l'attention, c'étaient les sons perçants du fifre qui allaient jusqu'au fond des maisons éveiller la curiosité des habitants d'Ussel. On accourait sur les portes pour nous voir passer, les rideaux de toutes les fenêtres se soulevaient rapidement.

Quelques enfants s'étaient mis à nous suivre, des paysans ébahis s'étaient joints à eux, et quand nous étions arrivés sur la place, nous avions derrière nous et autour de nous un véritable cortége.

Notre salle de spectacle fut bien vite dressée; elle consistait en une corde attachée à quatre arbres, de manière à former un carré long, au milieu duquel nous nous plaçâmes.

La première partie de la représentation consista en différents tours exécutés par les chiens; mais ce que furent ces tours, je ne saurais le dire, occupé que j'étais à me répéter mon rôle et troublé par l'inquiétude.

Tout ce que je me rappelle, c'est que Vitalis avait abandonné son fifre et l'avait remplacé par un violon au moyen duquel il accompagnait les exercices des chiens, tantôt avec des airs de danse, tantôt avec une musique douce et tendre.

La foule s'était rapidement amassée contre nos cordes, et quand je regardais autour de moi, machi-

nalement bien plus qu'avec une intention déterminée,
je voyais une infinité de prunelles qui, toutes fixées
sur nous, semblaient projeter des rayons.

La première pièce terminée, Capi prit une sébile
entre ses dents, et marchant sur ses pattes de derrière,
commença à faire le tour « de l'honorable société. »
Lorsque les sous ne tombaient pas dans la sébile, il
s'arrêtait et plaçant celle-ci, dans l'intérieur du cercle
hors la portée des mains, il posait ses deux pattes de
devant sur le spectateur récalcitrant, poussait deux
ou trois aboiements, et frappait des petits coups sur
la poche qu'il voulait ouvrir.

Alors dans le public c'étaient des cris, des propos
joyeux et des railleries.

— Il est malin, le caniche, il connaît ceux qui ont
le gousset garni.

— Allons, la main à la poche !

— Il donnera !

— Il donnera pas !

— L'héritage de votre oncle vous le rendra.

Et le sous était finalement arraché des profondeurs
où il se cachait.

Pendant ce temps, Vitalis, sans dire un mot, mais
ne quittant pas la sébile des yeux, jouait des airs
joyeux sur son violon qu'il levait et qu'il baissait selon la mesure.

Bientôt Capi revint auprès de son maître, portant
fièrement la sébile pleine.

C'était à Joli-Cœur et à moi à entrer en scène.

— Mesdames et messieurs, dit Vitalis en gesticul-
lant d'une main avec son archet et de l'autre avec

son violon, nous allons continuer le spectacle par une charmante comédie intitulée : *le Domestique de M. Joli-Cœur*, ou *Le plus bête des deux n'est pas celui qu'on pense.* Un homme comme moi ne s'abaisse pas à faire d'avance l'éloge de ses pièces et de ses acteurs ; je ne vous dis donc qu'une chose : écarquillez les yeux, ouvrez les oreilles et préparez vos mains pour applaudir.

Ce qu'il appelait « une charmante comédie » était en réalité une pantomime, c'est-à-dire une pièce jouée avec des gestes et non avec des paroles. Et cela devait être ainsi, par cette bonne raison que deux des principaux acteurs, Joli-Cœur et Capi, ne savaient pas parler, et que le troisième (qui était moi-même) aurait été parfaitement incapable de dire deux mots.

Cependant, pour rendre le jeu des comédiens plus facilement compréhensible, Vitalis l'accompagnait de quelques paroles qui préparaient les situations de la pièce et les expliquaient.

Ce fut ainsi que jouant en sourdine un air guerrier, il annonça l'entrée de M. Joli-Cœur, général anglais qui avait gagné ses grades et sa fortune dans les guerres des Indes. Jusqu'à ce jour, M. Joli-Cœur n'avait eu pour domestique que le seul Capi, mais il voulait se faire servir désormais par un homme, ses moyens lui permettant ce luxe : les bêtes avaient été assez longtemps les esclaves des hommes, il était temps que cela changeât.

En attendant que ce domestique arrivât, le général Joli-Cœur se promenait en long et en large, et fumait son cigare. Il fallait voir comme il lançait sa fumée au nez du public !

Il s'impatientait, le général, et il commençait à rouler de gros yeux comme quelqu'un qui va se mettre en colère; il se mordait les lèvres et frappait la terre du pied.

Au troisième coup de pied, je devais entrer en scène, amené par Capi.

Si j'avais oublié mon rôle, le chien me l'aurait rappelé. Au moment voulu, il me tendit la patte et m'introduisit auprès du général.

Celui-ci, en m'apercevant, leva les deux bras d'un air désolé. Eh quoi! c'était là le domestique qu'on lui présentait? Puis il vint me regarder sous le nez et tourner autour de moi en haussant les épaules.

Sa mine fut si drôlatique que tout le monde éclata de rire : on avait compris qu'il me prenait pour un parfait imbécile; et c'était aussi le sentiment des spectateurs.

La pièce était, bien entendu, bâtie pour montrer cette imbécilité sous toutes les faces; dans chaque scène je devais faire quelque balourdise nouvelle, tandis que Joli-Cœur, au contraire, devait trouver une occasion pour développer son intelligence et son adresse.

Après m'avoir examiné longuement, le général, pris de pitié, me faisait servir à déjeuner.

— Le général croit que quand ce garçon aura mangé il sera moins bête, disait Vitalis, nous allons voir cela.

Et je m'asseyais devant une petite table sur laquelle le couvert était mis, une serviette posée sur mon assiette.

Que faire de cette serviette?

Capi m'indiquait que je devais m'en servir.

Mais comment?

Après avoir bien cherché, je me mouchai dedans.

Là-dessus le général se tordit de rire, et Capi tomba les quatre pattes en l'air renversé par ma stupidité.

Voyant que je me trompais, je contemplais de nouveau la serviette, me demandant comment l'employer.

Enfin une idée m'arriva; je roulai la serviette et m'en fis une cravate.

Nouveaux rires du général, nouvelle chute de Capi.

Et ainsi de suite jusqu'au moment où le général exaspéré m'arracha de ma chaise, s'assit à ma place et mangea le déjeuner qui m'était destiné.

Ah! il savait se servir d'une serviette, le général. Avec quelle grâce il la passa dans une boutonnière de son uniforme et l'étala sur ses genoux. Avec quelle élégance il cassa son pain, et vida son verre!

Mais où ses belles manières produisirent un effet irrésistible, ce fut lorsque, le déjeuner terminé, il demanda un cure-dent et le passa rapidement entre ses dents.

Alors les applaudissements éclatèrent de tous les côtés et la représentation s'acheva dans un triomphe.

Comme le singe était intelligent! comme le domestique était bête!

En revenant à notre auberge, Vitalis me fit ce compliment, et j'étais déjà si bien comédien, que je fus fier de cet éloge.

VII

J'APPRENDS A LIRE

C'étaient assurément des comédiens du plus grand talent, que ceux qui composaient la troupe du signor Vitalis, — je parle des chiens et du singe, — mais ce talent n'était pas très-varié.

Lorsqu'ils avaient donné trois ou quatre représentations, on connaissait tout leur répertoire; ils ne pouvaient plus que se répéter.

De là résultait la nécessité de ne pas rester longtemps dans une même ville.

Trois jours après notre arrivée à Ussel, il fallut donc se remettre en route.

Où allions-nous?

Je m'étais assez enhardi avec mon maître pour me permettre cette question.

— Tu connais le pays? me répondit-il en me regardant.

— Non.

— Alors pourquoi me demandes-tu où nous allons?

— Pour savoir.

— Savoir quoi?

Je restai interloqué regardant, sans trouver un mot, la route blanche qui s'allongeait devant nous au fond d'un vallon boisé.

— Si je te dis, continua-t-il, que nous allons à Aurillac pour nous diriger ensuite sur Bordeaux et de Bordeaux sur les Pyrénées, qu'est-ce que cela t'apprendra?

— Mais vous, vous connaissez donc le pays?

— Je n'y suis jamais venu.

— Et pourtant vous savez où nous allons?

Il me regarda encore longuement comme s'il cherchait quelque chose en moi.

— Tu ne sais pas lire, n'est-ce pas? me dit-il.

— Non.

— Sais-tu ce que c'est qu'un livre?

— Oui; on emporte les livres à la messe pour dire ses prières quand on ne récite pas son chapelet; j'en ai vu, des livres, et des beaux, avec des images dedans et du cuir tout autour.

— Bon; alors tu comprends qu'on peut mettre des prières dans un livre?

— Oui.

— On peut y mettre autre chose encore. Quand tu récites ton chapelet, tu récites des mots que ta mère t'a mis dans l'oreille, et qui de ton oreille ont été s'entasser dans ton esprit pour revenir ensuite sur ta langue quand tu les appelles. Eh bien, ceux qui disent leurs prières avec des livres ne tirent point les mots dont se composent ces prières de leur mémoire; mais

ils les prennent avec leurs yeux dans les livres où ils
ont été mis, c'est-à-dire qu'ils lisent.

— J'ai vu lire, dis-je avec un ton glorieux comme
une personne qui n'est point une bête, et qui sait parfaitement ce dont on lui parle.

— Ce qu'on fait pour les prières, on le fait pour
tout. Dans un livre que je vais te montrer quand nous
nous reposerons, nous trouverons les noms et l'histoire des pays que nous traversons. Des hommes qui
ont habité ou parcouru ces pays, ont mi   ans mon
livre ce qu'ils avaient vu ou appris; si bien que je
n'ai qu'à ouvrir ce livre et à le lire pour connaître ces
pays, je les vois comme si je les regardais avec mes
propres yeux; j'apprends leur histoire comme si on
me la racontait.

J'avais été élevé comme un véritable sauvage qui
n'a aucune idée de la vie civilisée. Ces paroles furent
pour moi une sorte de révélation, confuse d'abord,
mais qui peu à peu s'éclaircit.

Il est vrai cependant qu'on m'avait envoyé à l'école.
Mais ce n'avait été que pour un mois. Et pendant ce
mois on ne m'avait pas mis un livre entre les mains,
on ne m'avait parlé ni de lecture, ni d'écriture, on ne
m'avait donné aucune leçon de quelque genre que
ce fût.

Il ne faut pas conclure de ce qui se passe actuelle-
ment dans les écoles, que ce que je dis là est impossible. A l'époque dont je parle, il y avait un grand
nombre de communes en France qui n'avaient pas
d'écoles, et parmi celles qui existaient, il s'en trouvait qui étaient dirigées par des maîtres qui, pour

une raison ou pour une autre, parce qu'ils ne savaient. rien, ou bien parce qu'ils avaient autre chose à faire, ne donnaient aucun enseignement aux enfants qu'on leur confiait.

C'était là le cas du maître d'école de notre village. Savait-il quelque chose? c'est possible; et je ne veux pas porter contre lui une accusation d'ignorance. Mais la vérité est que pendant le temps que je restai chez lui, il ne nous donna pas la plus petite leçon, ni à mes camarades, ni à moi; il avait autre chose à faire, étant de son véritable métier, sabotier. C'était à ses sabots qu'il travaillait, et du matin au soir, on le voyait faire voler autour de lui les copeaux de hêtre et de noyer. Jamais il né nous adressait la parole si ce n'est pour nous parler de nos parents, ou bien du froid, ou bien de la pluie; mais de lecture, de calcul, jamais un mot. Pour cela il s'en remettait à sa fille, qui était chargée de le remplacer et de nous faire la classe. Mais comme celle-ci de son véritable métier était couturière, elle faisait comme son père, et tandis qu'il manœuvrait sa plane ou sa cuiller elle poussait vivement son aiguille.

Il fallait bien vivre, et comme nous étions douze élèves payant chacun cinquante centimes par mois, ce n'était pas six francs qui pouvaient nourrir deux personnes pendant trente jours : les sabots et la couture complétaient ce que l'école ne pouvait pas fournir.

Je n'avais donc absolument rien appris à l'école, pas même mes lettres.

— C'est difficile de lire? demandai-je à Vitali.

après avoir marché assez longtemps en réfléchissant.

— C'est difficile pour ceux qui ont la tête dure, et plus difficile encore pour ceux qui ont mauvaise volonté. As-tu la tête dure?

— Je ne sais pas; mais il me semble que si vouliez m'apprendre à lire, je n'aurais pas mauvaise volonté.

— Eh bien, nous verrons; nous avons du temps devant nous.

Du temps devant nous! Pourquoi ne pas commencer aussitôt? Je ne savais pas combien il est difficile d'apprendre à lire et je m'imaginais que tout de suite j'allais ouvrir un livre et voir ce qu'il y avait dedans.

Le lendemain, comme nous cheminions, je vis mon maître se baisser et ramasser sur la route un bout de planche à moitié recouvert par la poussière.

— Voilà le livre dans lequel tu vas apprendre à lire, me dit-il.

Un livre, cette planche! Je le regardai pour voir s'il ne se moquait pas de moi. Puis comme je le trouvai sérieux, je regardai attentivement sa trouvaille.

C'était bien une planche, rien qu'une planche de bois de hêtre, longue comme le bras, large comme les deux mains, bien polie; il ne se trouvait dessus aucune inscription, aucun dessin.

Comment lire sur cette planche, et quoi lire?

— Ton esprit travaille, me dit Vitalis en riant.

— Vous voulez vous moquer de moi?

— Jamais, mon garçon; la moquerie peut avoir du bon pour réformer un caractère vicieux, mais lorsqu'elle s'adresse à l'ignorance, elle est une marque de sottise chez celui qui l'emploie. Attends que nous soyons arrivés à ce bouquet d'arbres qui est là-bas ; nous nous y reposerons, et tu verras comment je peux t'enseigner la lecture avec ce morceau de bois.

Nous arrivâmes rapidement à ce bouquet d'arbres et nos sacs mis à terre, nous nous assîmes sur le gazon qui commençait à reverdir et dans lequel des pâque-rettes se montraient çà et là. Joli-Cœur, débarrassé de sa chaîne, s'élança sur un des arbres en secouant les branches les unes après les autres, comme pour en faire tomber des noix, tandis que les chiens, plus tranquilles et surtout plus fatigués, se couchaient en rond autour de nous.

Alors Vitalis tirant son couteau de sa poche, essaya de détacher de la planche une petite lame de bois aussi mince que possible. Ayant réussi, il polit cette lame sur ses deux faces, dans toute sa longueur, puis cela fait, il la coupa en petits carrés, de sorte qu'elle lui donna une douzaine de petits morceaux plats d'égale grandeur.

Je ne le quittais pas des yeux, mais j'avoue que mal-gré ma tension d'esprit je ne comprenais pas du tout comment avec ces petits morceaux de bois il voulait faire un livre ; car enfin, si ignorant que je fusse, je savais qu'un livre se composait d'un certain nombre de feuilles de papier sur lesquelles étaient tracés des signes noirs. Où étaient les feuilles de papier ? Où étaient les signes noirs ?

— Sur chacun de ces petits morceaux de bois, me dit-il, je creuserai demain, avec la pointe de mon couteau, une lettre de l'alphabet. Tu apprendras ainsi

la forme des lettres et quand tu les sauras bien sans te
tromper, de manière à les reconnaître rapidement à
première vue, tu les réuniras les unes au bout des
autres de manière à former des mots. Quand tu pourras
ainsi former les mots que je te dirai, tu seras en état
de lire dans un livre.

Bientôt j'eus mes poches pleines d'une collection de
petits morceaux de bois, et je ne tardai pas à connaître
les lettres de l'alphabet, mais pour savoir lire ce fut
une autre affaire, les choses n'allèrent pas si vite, et il
arriva même un moment où je regrettai d'avoir voulu
apprendre à lire.

Je dois dire cependant, pour être juste envers moi-
même, que ce ne fut pas la paresse qui m'inspira ce
regret, ce fut l'amour-propre.

En m'apprenant les lettres de l'alphabet, Vitalis
avait pensé qu'il pourrait les apprendre en même
temps à Capi; puisque le chien avait bien su se mettre
les chiffres des heures dans la tête, pourquoi ne s'y
mettrait-il pas les lettres?

Et nous avions pris nos leçons en commun; j'étais
devenu le camarade de classe de Capi, ou le chien était
devenu le mien, comme on voudra.

Bien entendu Capi ne devait pas appeler les lettres
qu'il voyait, puisqu'il n'avait pas la parole, mais lorsque nos morceaux de bois étaient étalés sur l'herbe, il
devait avec sa patte tirer les lettres que notre maître
nommait.

Tout d'abord j'avais fait des progrès plus rapides
que lui; mais si j'avais l'intelligence plus prompte, il
avait par contre la mémoire plus sûre : une chose bien

apprise était pour lui une chose sue pour toujours ; il ne l'oubliait plus ; et comme il n'avait pas de distractions, il n'hésitait, ou ne se trompait jamais.

Alors quand je me trouvais en faute, notre maître ne manquait jamais de dire :

— Capi saura lire avant Remi.

Et le chien, comprenant sans doute, remuait la queue d'un air de triomphe.

— Plus bête qu'une bête, c'est bon dans la comédie, disait encore Vitalis, mais dans la réalité c'est honteux.

Cela me piqua si bien, que je m'appliquai de tout cœur, et tandis que le pauvre chien en restait à écrire son nom, en triant les quatre lettres qui le composent parmi toutes les lettres de l'alphabet, j'arrivai enfin à lire dans un livre.

—Maintenant que tu sais lire l'écriture, me dit Vitalis, veux-tu apprendre à lire la musique ?

— Est-ce que quand je saurai lire la musique, je pourrai chanter comme vous?

—Tu voudrais donc chanter comme moi ?

— Oh ! pas comme vous, je sais bien que cela n'est pas possible, mais enfin chanter.

— Tu as du plaisir à m'entendre chanter !

— Le plus grand plaisir qu'on puisse éprouver ; le rossignol chante bien, mais il me semble que vous chantez bien mieux encore : et puis ce n'est pas du tout la même chose ; quand vous chantez, vous faites de moi ce que vous voulez, j'ai envie de pleurer ou bien j'ai envie de rire, et puis je vais vous dire une chose qui va peut-être vous paraître bête : quand vous chantez un air doux ou triste, cela me ramène auprès de mère Barberin, c'est à elle que je pense, c'est elle que je vois dans notre maison ; et pourtant je ne comprends pas les paroles que vous prononcez, puisqu'elles sont italiennes.

Je lui parlais en le regardant, il me sembla voir ses yeux se mouiller ; alors je m'arrêtai et lui demandai si je le peinais de parler ainsi.

— Non, mon enfant, me dit-il d'une voix émue, tu ne me peines pas, bien au contraire, tu me rappelles ma jeunesse, mon beau temps ; sois tranquille, je t'apprendrai à chanter, et comme tu as du cœur, toi aussi tu feras pleurer et tu seras applaudi, tu verras...

Il s'arrêta tout à coup et je crus comprendre qu'il ne voulait point se laisser aller sur ce sujet. Mais les raisons qui le retenaient, je ne les devinai point. Ce fut plus tard seulement que je les ai connues, beaucoup plus tard, et dans des circonstances douloureuses, terribles pour moi, que je raconterai lorsqu'elles se présenteront au cours de mon récit.

Dès le lendemain, mon maître fit pour la musique, ce qu'il avait déjà fait pour la lecture, c'est-à-dire qu'il recommença à tailler des petits carrés de bois, qu'il grava avec la pointe de son couteau.

Mais cette fois son travail fut plus considérable, car les divers signes nécessaires à la notation de la musique offrent des combinaisons plus compliquées que l'alphabet.

Afin d'alléger mes poches, il utilisa les deux faces de ses carrés de bois, et après les avoir rayés toutes deux de cinq lignes qui représentaient la portée, il inscrivit sur une face la clé de sol et sur l'autre la clé de fa.

Puis quand il eut tout préparé, les leçons commencèrent et j'avoue qu'elles ne furent pas moins dures que ne l'avaient été celles de lecture.

Plus d'une fois Vitalis, si patient avec ses chiens, s'exaspéra contre moi.

— Avec une bête, s'écriait-il, on se contient parce qu'on sait que c'est une bête, mais toi tu me feras mourir.

Et alors, levant les mains au ciel dans un mouvement théâtral, il les laissait tomber tout à coup sur ses cuisses où elles claquaient fortement.

Joli-Cœur, qui prenait plaisir à répéter tout ce qu'il trouvait drôle, avait copié ce geste, et comme il assistait presque toujours à mes leçons, j'avais le dépit, lorsque j'hésitais, de le voir lever les bras au ciel et laisser tomber ses mains sur ses cuisses en les faisant claquer.

— Joli-Cœur, lui-même, se moque de toi, s'écriait Vitalis.

Si j'avais osé, j'aurais répliqué qu'il se moquait autant du maître que de l'élève, mais le respect autant qu'une certaine crainte vague, arrêtèrent toujours heureusement cette répartie ; je me contentai de me la dire tout bas, quand Joli-Cœur faisait claquer ses mains avec une mauvaise grimace, et cela me rendait jusqu'à un certain point la mortification moins pénible.

Enfin les premiers pas furent franchis avec plus ou moins de peine, et j'eus la satisfaction de solfier un air écrit par Vitalis sur une feuille de papier.

Ce jour-là il ne fit pas claquer ses mains, mais il me donna deux belles claques amicales sur chaque joue, en déclarant que si je continuais ainsi, je deviendrais certainement un grand chanteur.

Bien entendu, ces études ne se firent pas en un jour, et, pendant des semaines, pendant des mois, mes poches furent constamment remplies de mes petits morceaux de bois.

D'ailleurs, mon travail n'était pas régulier comme celui d'un enfant qui suit les classes d'une école, et c'était seulement à ses moments perdus que mon maître pouvait me donner mes leçons.

Il fallait chaque jour accomplir notre parcours, qui était plus ou moins long, selon que les villages étaient plus ou moins éloignés les uns des autres; il fallait donner nos représentations partout où nous avions chance de ramasser une recette; il fallait faire répéter les rôles aux chiens et à M. Joli-Cœur; il fallait préparer nous-mêmes notre déjeuner ou notre dîner, et c'était seulement après tout cela qu'il était question de lecture ou de musique, le plus souvent dans une halte, au pied d'un arbre, ou bien sur un tas de cailloux, le gazon ou la route servant de table pour étaler mes morceaux de bois.

Cette éducation ne ressemblait guère à celle que reçoivent tant d'enfants, qui n'ont qu'à travailler, et qui se plaignent pourtant de n'avoir pas le temps de faire les devoirs qu'on leur donne.

Mais il faut bien dire qu'il y a quelque chose de plus important encore que le temps qu'on emploie au travail, c'est l'application qu'on y apporte; ce n'est pas l'heure que nous passons sur notre leçon qui met cette leçon dans notre mémoire, c'est la volonté d'apprendre.

Par bonheur, j'étais capable de tendre ma volonté sans me laisser trop souvent entraîner par les distractions qui nous entouraient. Qu'aurais-je appris si je n'avais pu travailler que dans une chambre, les oreilles bouchées avec mes deux mains, les yeux collés sur un livre comme certains écoliers ? Rien, car nous n'avions pas de chambre pour nous enfermer, et en marchant le long des grandes routes je devais regarder au bout de mes pieds sous peine de me laisser souvent choir sur le nez.

Enfin j'appris quelque chose, et en même temps j'appris aussi à faire de longues marches qui ne me furent pas moins utiles que les leçons de Vitalis : j'étais un enfant assez chétif quand je vivais avec mère Barberin, et la façon dont on avait parlé de moi le prouve bien ; « un enfant de la ville, » avait dit Barberin, « avec des jambes et des bras trop minces, » avait dit Vitalis ; auprès de mon maître et vivant de sa vie en plein air, à la dure, mes jambes et mes bras se fortifièrent, mes poumons se développèrent, ma peau se cuirassa et je devins capable de supporter, sans en souffrir, le froid comme le chaud, le soleil comme la pluie, la peine, les privations, les fatigues.

Et ce me fut un grand bonheur que cet apprentissage, il me mit à même de résister aux coups qui plus d'une fois devaient s'abattre sur moi, durs et écrasants, pendant ma jeunesse.

VIII

PAR MONTS ET PAR VAUX

Nous avions parcouru une partie du midi de la
France : l'Auvergne, le Velay, le Vivarais, le Quercy,
le Rouergue, les Cévennes, le Languedoc.

Notre façon de voyager était des plus simples ;
nous allions droit devant nous, au hasard, et quand
nous trouvions un village qui de loin ne nous paraissait pas trop misérable, nous nous préparions pour
faire une entrée triomphale. Je faisais la toilette des
chiens, coiffant Dolce, habillant Zerbino, mettant une
emplâtre sur l'œil de Capi pour qu'il pût jouer le
rôle d'un vieux grognard, enfin je forçais Joli-Cœur à
endosser son habit de général. Mais c'était là la partie
la plus difficile de ma tâche, car le singe qui savait
très-bien que cette toilette était le prélude d'un travail pour lui, se défendait tant qu'il pouvait, et inven-
tait les tours les plus drôles pour m'empêcher de l'ha-
biller. Alors j'appelais Capi à mon aide, et par sa
vigilance, par son instinct et sa finesse, il arrivait
presque toujours à déjouer les malices du singe.

La troupe en grande tenue, Vitalis prenait son fifre, et nous mettant en bel ordre nous défilions par le village.

Si le nombre des curieux que nous entraînions derrière nous était suffisant, nous donnions une représentation ; si, au contraire, il était trop faible pour faire espérer une recette, nous continuions notre marche.

Dans les villes seulement nous restions plusieurs jours, et alors le matin j'avais la liberté d'aller me promener où je voulais. Je prenais Capi avec moi, — Capi, simple chien, bien entendu, sans son costume de théâtre, et nous flânions par les rues.

Vitalis qui d'ordinaire me tenait étroitement près de lui, pour cela me mettait volontiers la bride sur le cou.

— Puisque le hasard, me disait-il, te fait parcourir la France à un âge où les enfants sont généralement à l'école ou au collége, ouvre les yeux, regarde et apprends. Quand tu seras embarrassé, quand tu verras quelque chose que tu ne comprendras pas, si tu as des questions à me faire, adresse-les-moi sans peur. Peut-être ne pourrai-je pas toujours te répondre, car je n'ai pas la prétention de tout connaître, mais peut-être aussi me serait-il possible de satisfaire parfois ta curiosité. Je n'ai pas toujours été directeur d'une troupe d'animaux savants, et j'ai appris autre chose que ce qui m'est en ce moment utile pour « présenter Capi ou M. Joli-Cœur devant l'honorable société. »

— Quoi donc ?

— Nous causerons de cela plus tard. Pour le moment sache seulement qu'un montreur de chiens peut avoir occupé une certaine position dans le monde. En même temps, comprends aussi que si en ce moment tu es sur la marche la plus basse de l'escalier de la vie, tu peux, si tu le veux, arriver peu à peu à une plus haute. Cela dépend des circonstances pour un peu, et pour beaucoup de toi. Ecoute mes leçons, écoute mes conseils, enfant, et plus tard, quand tu seras grand, tu penseras, je l'espère, avec émotion, avec reconnaissance au pauvre musicien qui t'a fait si grande peur quand il t'a enlevé à ta mère nourrice; j'ai dans l'idée que notre rencontre te sera heureuse.

Quelle avait pu être cette position dont mon maître parlait assez souvent avec une retenue qu'il s'imposait? Cette question excitait ma curiosité et faisait travailler mon esprit. S'il avait été sur une marche haute de l'escalier de la vie, comme il disait, pourquoi était-il maintenant sur une marche basse? Il prétendait que je pouvais m'élever si je le voulais, moi qui n'étais rien, qui ne savais rien, qui étais sans famille, qui n'avais personne pour m'aider. Alors pourquoi lui-même était-il descendu?

Après avoir quitté l'Auvergne, nous étions descendus dans les *causses* du Quercy. On appelle ainsi de grandes plaines inégalement ondulées, où l'on ne rencontre guère que des terrains incultes et de maigres taillis. Aucun pays n'est plus triste, plus pauvre. Et ce qui accentue encore cette impression que le voyageur reçoit en le traversant, c'est que presque nulle part il n'aperçoit des eaux. Point de rivières, point de ruisseaux, point d'étangs. Çà et là des lits pierreux de torrents, mais vides. Les eaux se sont engouffrées dans des précipices et elles ont disparu sous terre, pour aller sourdre plus loin et former des rivières ou des fontaines.

Au milieu de cette plaine, brûlée par la sécheresse au moment où nous la traversâmes, se trouve un gros village qui a nom la Bastide-Murat; nous y passâmes la nuit dans la grange d'une auberge.

— C'est ici, me dit Vitalis en causant le soir avant de nous coucher, c'est ici, dans ce pays, et probablement dans cette auberge, qu'est né un homme qui a fait tuer des milliers de soldats et qui ayant commencé la vie par être garçon d'écurie est devenu prince et roi : il s'appelait Murat ; on en a fait un héros et l'on a donné son nom à ce village. Je l'ai connu, et bien souvent je me suis entretenu avec lui.

Malgré moi une interruption m'échappa.

— Quand il était garçon d'écurie ?

— Non, répondit Vitalis en riant, quand il était roi. C'est la première fois que je viens à la Bastide, et c'est à Naples que je l'ai connu, au milieu de sa cour.

— Vous avez connu un roi !

Il est à croire que le ton de mon exclamation fut fort drôle, car le rire de mon maître éclata de nouveau et se prolongea longtemps.

Nous étions assis sur un banc devant l'écurie, le dos appuyé contre la muraille qui gardait la chaleur du jour. Dans un grand sycomore qui nous couvrait de son feuillage des cigales chantaient leur chanson monotone. Devant nous, par-dessus les toits des maisons

la pleine lune qui venait de se lever, montait doucement au ciel. Cette soirée était pour nous d'autant
plus douce que la journée avait été brûlante.

— Veux-tu dormir? me demanda Vitalis, ou bien
veux-tu que je te conte l'histoire du roi Murat?

— Oh! l'histoire du roi, je vous en prie.

Alors il me raconta longuement cette histoire, et
pendant plusieurs heures nous restâmes sur notre
banc; lui, parlant; moi, les yeux attachés sur son
visage, que la lune éclairait de sa pâle lumière.

Eh quoi, tout cela était possible; non-seulement
possible, mais encore vrai!

Je n'avais eu jusqu'alors aucune idée de ce qu'était
l'histoire. Qui m'en eût parlé? Pas mère Barberin, à
coup sûr; elle ne savait même pas ce que c'était. Elle
était née à Chavanon, et elle devait y mourir. Son
esprit n'avait jamais été plus loin que ses yeux. Et
pour ses yeux l'univers tenait dans le pays qu'enfermait l'horizon qui se développait du haut du mont
Audouze.

Mon maître avait vu un roi; ce roi lui avait parlé.

Qu'était donc mon maître, au temps de sa jeunesse?

Et comment était-il devenu ce que je le voyais au
temps de sa vieillesse?

Il y avait là, on en conviendra, de quoi faire travailler une imagination enfantine, éveillée, alerte et
curieuse de merveilleux.

IX

JE RENCONTRE UN GÉANT CHAUSSÉ DE BOTTES DE SEPT LIEUES

En quittant le sol desséché des *causses* et des *garrigues*, je me trouve, par le souvenir, dans une vallée toujours fraîche et verte, celle de la Dordogne, que nous descendons à petites journées, car la richesse du pays fait celle des habitants, et nos représentations sont nombreuses, les sous tombent assez facilement dans la sébile de Capi.

Un pont aérien, léger, comme s'il était soutenu dans le brouillard par des fils de la Vierge, s'élève au-dessus d'une large rivière qui roule doucement ses eaux paresseuses; — c'est le pont de Cubzac, et la rivière est la Dordogne.

Une ville en ruines, avec des fossés, des grottes, des tours, et, au milieu des murailles croulantes d'un cloître, des cigales qui chantent dans les arbustes accrochés çà et là, — c'est Saint-Emilion.

Mais tout cela se brouille confusément dans ma mémoire, tandis que bientôt se présente un spectacle qui la frappe assez fortement pour qu'elle garde l'em-

1.   6

preinte qu'elle a alors reçue et se la représente aujourd'hui avec tout son relief.

Nous avions couché dans un village assez misérable et nous en étions partis le matin, au jour naissant. Longtemps nous avions marché sur une route poudreuse, lorsque tout à coup nos regards, jusque-là enfermés dans un chemin que bordaient des vignes, s'étendirent librement sur un espace immense, comme si un rideau, touché par une baguette magique, s'était subitement abaissé devant nous.

Une large rivière s'arrondissait doucement autour de la colline sur laquelle nous venions d'arriver; et au-delà de cette rivière les toits et les clochers d'une grande ville s'éparpillaient jusqu'à la courbe indécise de l'horizon. Que de maisons! que de cheminées! Quelques-unes plus hautes et plus étroites, élancées comme des colonnes, vomissaient des tourbillons de fumée noire qui, s'envolant au caprice de la brise, formait, au-dessus de la ville, un nuage de vapeur sombre Sur la rivière, au milieu de son cours et le long d'une ligne de quais se tassaient de nombreux navires qui, comme les arbres d'une forêt, emmêlaient les uns dans les autres leurs mâtures, leurs cordages, leurs voiles et leurs drapeaux multicolores qui flottaient au vent. On entendait des ronflements sourds, des bruits de ferraille et de chaudronnerie, des coups de marteaux et par-dessus tout le tapage produit par le roulement de nombreuses voitures qu'on voyait courir çà et là sur les quais.

— C'est Bordeaux, me dit Vitalis.

Pour un enfant, élevé comme moi, qui n'avait vu

jusque-là que les pauvres villages de la Creuse, ou les quelques petites villes que le hasard de la route nous avait fait rencontrer, c'était féerique.

Sans que j'eusse réfléchi, mes pieds s'arrêtèrent, je restai immobile, regardant devant moi, au loin, auprès, tout à l'entour.

Mais bientôt mes yeux se fixèrent sur un point : la rivière et les navires qui la couvraient.

En effet, il se produisait là un mouvement confus qui m'intéressait d'autant plus fortement que je n'y comprenais absolument rien.

Des navires, leurs voiles déployées, descendaient la rivière légèrement inclinés sur un côté, d'autres la remontaient; il y en avait qui restaient immobiles comme des îles, et il y en avait aussi qui tournaient sur eux-mêmes sans qu'on vît ce qui les faisait tourner; enfin il y en avait encore qui, sans mâture, sans voilure, mais avec une cheminée qui déroulait dans le ciel des tourbillons de fumée, se mouvaient rapidement, allant en tous sens et laissant derrière eux, sur l'eau jaunâtre, des sillons d'écume blanche.

— C'est l'heure de la marée, me dit Vitalis, répondant sans que je l'eusse interrogé, à mon étonnement; il y a des navires qui arrivent de la pleine mer, après de longs voyages : ce sont ceux dont la peinture est salie et qui sont comme rouillés; il y en d'autres qui quittent le port; ceux que tu vois au milieu de la rivière, tourner sur eux-mêmes, évitent sur leurs ancres de manière à présenter leur proue au flot montant. Ceux qui courent enveloppés dans des nuages de fumée sont des remorqueurs.

Que de mots étranges pour moi ! que d'idées nouvelles !

Lorsque nous arrivâmes au pont qui fait communiquer la Bastide avec Bordeaux, Vitalis n'avait pas
eu le temps de répondre à la centième partie des
questions que je voulais lui adresser.

Jusque-là nous n'avions jamais fait long séjour dans
les villes qui s'étaient trouvées sur notre passage, car
les nécessités de notre spectacle nous obligeaient à
changer chaque jour le lieu de nos représentations,
afin d'avoir un public nouveau. Avec des comédiens
tels que ceux qui composaient « la troupe de l'illustre
signor Vitalis, » le répertoire ne pouvait pas en effet
être bien varié, et quand nous avions joué le *Domestique de M. Joli-Cœur*, la *Mort du général*, le *Triomphe
du juste*, le *Malade purgé* et trois ou quatre autres pièces,
c'était fini, nos acteurs avaient donné tout ce qu'ils
pouvaient ; il fallait ailleurs recommencer le *Malade
purgé* ou le *Triomphe du juste* devant des spectateurs
qui n'eussent pas vu ces pièces.

Mais Bordeaux est une grande ville, où le public se
renouvelle facilement, et en changeant de quartier,
nous pouvions donner jusqu'à trois et quatre représentations par jour, sans qu'on nous criât, comme
cela nous était arrivé à Cahors :

— C'est donc toujours la même chose ?

De Bordeaux, nous devions aller à Pau. Notre iti-
néraire nous fit traverser ce grand désert qui, des portes de Bordeaux, s'étend jusqu'aux Pyrénées et qu'on
appelle les Landes.

Bien que je ne fusse plus tout à fait le jeune souriceau dont parle la fable et qui trouve dans tout ce qu'il voit un sujet d'étonnement, d'admiration ou d'épouvante, je tombai, dès le commencement de ce voyage, dans une erreur qui fit bien rire mon maître et me valut ses railleries jusqu'à notre arrivée à Pau.

Nous avions quitté Bordeaux depuis sept ou huit jours et, après avoir tout d'abord suivi les bords de la Garonne, nous avions abandonné la rivière à Langon et nous avions pris la route de Mont-de-Marsan, qui s'enfonce à travers les terres. Plus de vignes, plus de prairies, plus de vergers, mais des bois de pins et des bruyères. Bientôt les maisons devinrent plus rares, plus misérables. Puis nous nous trouvâmes au milieu d'une immense plaine qui s'étendait devant nous à perte de vue, avec de légères ondulations. Pas de cultures, pas de bois, la terre grise au loin, et, tout auprès de nous, le long de la route, recouverte d'une mousse veloutée, des bruyères desséchées et des genêts rabougris.

— Nous voici dans les Landes, dit Vitalis; nous avons vingt ou vingt-cinq lieues à faire au milieu de ce désert. Mets ton courage dans tes jambes.

C'était non-seulement dans les jambes qu'il fallait le mettre, mais dans la tête et le cœur; car, à marcher sur cette route qui semblait ne devoir finir jamais, on se sentait envahi par une vague tristesse, une sorte de désespérance.

Depuis cette époque, j'ai fait plusieurs voyages en mer, et toujours, lorsque j'ai été au milieu de l'Océan sans aucune voile en vue, j'ai retrouvé en moi ce sentiment de mélancolie indéfinissable qui me saisit dans ces solitudes.

Comme sur l'Océan, nos yeux couraient jusqu'à l'horizon noyé dans les vapeurs de l'automne, sans apercevoir rien que la plaine grise qui s'étendait devant nous plate et monotone.

Nous marchions. Et lorsque nous regardions machinalement autour de nous, c'était à croire que nous avions piétiné sur place sans avancer, car le spectacle était toujours le même : toujours des bruyères, toujours des genêts, toujours des mousses ; puis des fougères, dont les feuilles souples et mobiles ondulaient sous la pression du vent, se creusant, se redressant, se mouvant comme des vagues.

A de longs intervalles seulement nous traversions des bois de petite étendue, mais ces bois n'égayaient pas le paysage comme cela se produit ordinairement. Ils étaient plantés de pins dont les branches étaient coupées jusqu'à la cime. Le long de leur tronc on avait fait des entailles profondes, et par ces cicatrices rouges s'écoulait leur résine en larmes blanches cristallisées. Quand le vent passait par rafales dans leurs ramures, il produisait une musique si plaintive qu'on croyait entendre la voix même de ces pauvres arbres mutilés qui se plaignaient de leurs blessures.

Vitalis m'avait dit que nous arriverions le soir à un village où nous pourrions coucher.

Mais le soir approchait, et nous n'apercevions rien qui nous signalât le voisinage de ce village : ni champs cultivés, ni animaux pâturant dans la lande, ni au loin une colonne de fumée qui nous aurait annoncé une maison.

J'étais fatigué de la route parcourue depuis le matin, et encore plus abattu par une sorte de lassitude générale: ce bienheureux village ne surgirait-il donc jamais au bout de cette route interminable ?

J'avais beau ouvrir les yeux et regarder au loin, je n'apercevait rien que la lande, et toujours la lande dont les buissons se brouillaient de plus en plus dans l'obscurité qui s'épaississait.

L'espérance d'arriver bientôt nous avait fait hâter le pas, et mon maître lui-même, malgré l'habitude de ses longues marches, se sentait fatigué. Il voulut s'arrêter et se reposer un moment sur le bord de la route.

Mais au lieu de m'asseoir près de lui, je voulus gravir un petit monticule planté de genêts qui se trouvait à une courte distance du chemin, pour voir si de là je n'apercevrais pas quelque lumière dans la plaine.

J'appelai Capi pour qu'il vînt avec moi ; mais Capi, lui aussi, était fatigué et il avait fait la sourde oreille, ce qui était sa tactique habituelle avec moi lorsqu'il ne lui plaisait pas de m'obéir.

— As-tu peur ? demanda Vitalis.

Ce mot me décida à ne pas insister et je partis seul pour mon exploration: je voulais d'autant moins m'exposer aux plaisanteries de mon maître que je ne me sentais pas la moindre frayeur.

Cependant la nuit était venue, sans lune, mais avec des étoiles scintillantes qui éclairaient le ciel et ver-

saient leur lumière dans l'air chargé de légères vapeurs que le regard traversait.

Tout en marchant et en jetant les yeux à droite et
à gauche, je remarquai que ce crépuscule vaporeux
donnait aux choses des formes étranges ; il fallait faire
un raisonnement pour reconnaître les buissons, les
bouquets de genêts et surtout les quelques petits arbres qui çà et là dressaient leurs troncs tordus et leurs
branches contournées ; de loin ces buissons, ces genêts et ces arbres ressemblaient à des êtres vivants
appartenant à un monde fantastique.

Cela était bizarre, et il semblait qu'avec l'ombre la
lande s'était transfigurée comme si elle s'était peuplée
d'apparitions mystérieuses.

L'idée me vint, je ne sais comment, qu'un autre à
ma place aurait peut-être été effrayé par ces apparitions ; cela était possible, après tout, puisque Vitalis
m'avait demandé si j'avais peur ; cependant, en m'in-
terrogeant, je ne trouvai pas en moi cette frayeur.

A mesure que je gravissais la pente du monticule,
les genêts devenaient plus forts, les bruyères et les
fougères plus hautes, leur cime dépassait souvent ma
tête, et parfois j'étais obligé de me glisser sous leur
couvert.

Cependant je ne tardai pas à atteindre le sommet
de ce petit tertre. Mais j'eus beau ouvrir les yeux, je
n'aperçus pas la moindre lumière. Mes regards se
perdaient dans l'obscurité : rien que des formes indé-
cises, des ombres étranges, des genêts qui semblaient
tendre leurs branches vers moi, comme des longs bras
flexibles, des buissons qui dansaient.

Ne voyant rien qui m'annonçât le voisinage d'une maison, j'écoutai pour tâcher de percevoir un bruit quelconque, le meuglement d'une vache, l'aboiement d'un chien.

Après être resté un moment l'oreille tendue, ne respirant pas pour mieux entendre, un frisson me fit tressaillir, le silence de la lande m'avait effaré ; j'avais peur. De quoi ? Je n'en savais rien. Du silence sans doute, de la solitude et de la nuit. En tous cas, je me sentais sous le coup d'un danger.

A ce moment même, regardant autour de moi avec angoisse, j'aperçus au loin une grande ombre se mouvoir rapidement au-dessus des genêts, et en même temps j'entendis comme un bruissement de branches qu'on frôlait.

J'essayai de me dire que c'était la peur qui m'abusait, et que ce que je prenais pour une ombre était sans doute un arbuste, que tout d'abord je n'avais pas aperçu.

Mais ce bruit, quel était-il ?

Il ne faisait pas un souffle de vent.

Les branches, si légères qu'elles soient, ne se meuvent pas seules, il faut que la brise les agite, ou bien que quelqu'un les remue.

Quelqu'un ?

Mais non, ce ne pouvait pas être un homme ce grand corps noir qui venait sur moi ; un animal que je ne connaissais pas plutôt, un oiseau de nuit gigantesque, ou bien une immense araignée à quatre pattes dont les membres grêles se découpaient au-dessus des buissons et des fougères, sur la pâleur du ciel.

Ce qu'il y avait de certain c'est que cette bête, montée sur des jambes d'une longueur démesurée, s'avançait de mon côté par des bonds précipités.

Assurément elle m'avait vu, et c'était sur moi qu'elle accourait.

Cette pensée me fit retrouver mes jambes et tournant sur moi-même, je me précipitai dans la descente pour rejoindre Vitalis.

Mais chose étrange, j'allai moins vite en dévalant que je n'avais été en montant; je me jetais dans les touffes de genêts et de bruyères, me heurtant, m'accrochant, j'étais à chaque pas arrêté.

En me dépêtrant d'un buisson, je glissai un regard en arrière : la bête s'était rapprochée; elle arrivait sur moi.

Heureusement la lande n'était plus embarrassée de broussailles, je pus courir plus vite à travers les herbes.

Mais si vite que j'allasse, la bête allait encore plus vite que moi; je n'avais plus besoin de me retourner, je la sentai sur mon dos.

Je ne respirais plus, étouffé que j'étais par l'angoisse et par ma course folle; je fis cependant un dernier effort et vins tomber aux pieds de mon maître, tandis que les trois chiens, qui s'étaient brusquement levés, aboyaient à pleine voix.

Je ne pus dire que deux mots que je répétai machinalement :

— La bête, la bête !

Au milieu des vociférations des chiens, j'entendis tout à coup un grand éclat de rire. En même temps mon maître me posant la main sur l'épaule m'obligea à me retourner.

— La bête, c'est toi, disait-il en riant, regarde donc un peu si tu l'oses.

Son rire, plus encore que ses paroles m'avait rappelé à la raison ; j'osai ouvrir les yeux et suivre la direction de sa main.

L'apparition qui m'avait affolé s'était arrêtée, elle se tenait immobile sur la route.

J'eus encore, je l'avoue, un premier moment de répulsion et d'effroi, mais je n'étais plus au milieu de la lande, Vitalis était là, les chiens m'entouraient, je ne subissais plus l'influence troublante de la solitude et du silence.

Je m'enhardis et je fixai sur elle des yeux plus fermes.

Était-ce une bête ?

Était-ce un homme ?

De l'homme, elle avait le corps, la tête les bras.

De la bête, une peau velue qui la couvrait entièrement, et deux longues pattes maigres sur lesquelles elle restait posée.

Bien que la nuit se fût épaissie, je distinguais ces détails, car cette grande ombre se dessinait en noir, comme une silhouette, sur le ciel, où de nombreuses étoiles versaient une pâle lumière.

Je serais probablement resté longtemps indécis à tourner et retourner ma question, si mon maître n'avait adressé la parole à mon apparition.

— Pourriez-vous me dire si nous sommes éloignés d'un village ? demanda-t-il.

C'était donc un homme, puisqu'on lui parlait?

Mais pour toute réponse je n'entendis qu'un rire sec semblable au cri d'un oiseau.

C'était donc un animal?

Cependant mon maître continua ses questions, ce qui me parut tout à fait déraisonnable, car chacun sait que si les animaux comprennent quelquefois ce que nous leur disons, ils ne peuvent pas nous répondre.

Quel ne fut pas mon étonnement lorsque cet animal dit qu'il n'y avait pas de maisons aux environs, mais seulement une bergerie, où il nous proposa de nous conduire.

Puisqu'il parlait, comment avait-il des pattes?

Si j'avais osé je me serais approché de lui, pour voir comment étaient faites ces pattes, mais bien qu'il ne parût pas méchant, je n'eus pas ce courage, et ayant ramassé mon sac, je suivis mon maître sans rien dire.

— Vois-tu maintenant ce qui t'a fait si grande peur? me demanda-t-il en marchant.

— Oui, mais je ne sais pas ce que c'est; il y a donc des géants dans ce pays-ci ?

— Oui, quand ils sont montés sur des échasses.

Et il m'expliqua comment les Landais, pour traverser leurs terres sablonneuses ou marécageuses et ne pas enfoncer dedans jusqu'aux hanches, se servaient de deux longs bâtons garnis d'un étrier, auxquels ils attachaient leurs pieds.

— Et voilà comment ils deviennent des géants avec des bottes de sept lieues pour les enfants peureux.

X

DEVANT LA JUSTICE

De Pau il m'est resté un souvenir agréable : dans cette ville le vent ne souffle presque jamais.

Et, comme nous y restâmes pendant l'hiver, passant nos journées dans les rues, sur les places publiques et sur les promenades, on comprend que je dus être sensible à un avantage de ce genre.

Ce ne fut pourtant pas cette raison qui, contrairement à nos habitudes, détermina ce long séjour en un même endroit, mais une autre toute-puissante auprès de mon maître, — je veux dire l'abondance de nos recettes.

En effet, pendant tout l'hiver, nous eûmes un public d'enfants qui ne se fatigua point de notre répertoire et ne nous cria jamais : « C'est donc toujours la même chose ! »

C'étaient, pour le plus grand nombre, des enfants anglais : de gros garçons avec des chairs roses et de jolies petites filles avec des grands yeux doux, presque aussi beaux que ceux de Dolce. Ce fut alors que j'appris à connaître les *Albert*, les *Huntley* et autres pâtisseries sèches, dont avant de sortir ils avaient soin de bourrer leurs poches, pour les distribuer ensuite généreusement entre Joli-Cœur, les chiens et moi.

Quand le printemps s'annonça par de chaudes journées, notre public commença à devenir moins nombreux, et, après la représentation, plus d'une fois des enfants vinrent donner des poignées de main à Joli-Cœur et à Capi. C'étaient leurs adieux qu'ils faisaient; le lendemain nous ne devions plus les revoir.

Bientôt nous nous trouvâmes seuls sur les places publiques, et il fallut songer à abandonner, nous aussi, les promenades de la Basse-Plante et du Parc.

Un matin nous nous mîmes en route, et nous ne tardâmes pas à perdre de vue les tours de Gaston Phœbus et de Montauset.

Nous avions repris notre vie errante, à l'aventure, par les grands chemins.

Pendant longtemps, je ne sais combien de jours, combien de semaines, nous allâmes devant nous, suivant des vallées, escaladant des collines, laissant toujours à notre droite les cimes bleuâtres des Pyrénées, semblables à des entassements de nuages.

Puis, un soir, nous arrivâmes dans une grande ville, située au bord d'une rivière, au milieu d'une plaine fertile : les maisons, fort laides pour la plupart, étaient construites en briques rouges; les rues étaient pavées de petits cailloux pointus, durs aux pieds des voyageurs qui avaient fait une dizaine de lieues dans leur journée.

Mon maître me dit que nous étions à Toulouse et que nous y resterions longtemps.

Comme à l'ordinaire, notre premier soin, le lendemain, fut de chercher des endroits propices à nos représentations.

Nous en trouvâmes un grand nombre, car les promenades ne manquent pas à Toulouse, surtout dans la partie de la ville qui avoisine le Jardin des Plantes; il y a là une belle pelouse ombragée de grands arbres, sur laquelle viennent déboucher plusieurs boulevards qu'on appelle des allées. Ce fut dans une de ces allées que nous nous installâmes, et dès nos premières représentations nous eûmes un public nombreux.

Par malheur, l'homme de police qui avait la garde de cette allée, vit cette installation avec déplaisir, et, soit qu'il n'aimât pas les chiens, soit que nous fussions une cause de dérangement dans son service, soit toute autre raison, il voulut nous faire abandonner notre place.

Peut-être, dans notre position, eût-il été sage de céder à cette tracasserie, car la lutte entre de pauvres saltimbanques tels que nous et des gens de police n'était pas à armes égales, mais mon maître n'en jugea pas ainsi.

Bien qu'il ne fût qu'un montreur de chiens savants pauvre et vieux,— au moins présentement et en apparence, il avait de la fierté; de plus il avait ce qu'il appelait le sentiment de son droit, c'est-à-dire, ainsi qu'il me l'expliqua, la conviction qu'il devait être protégé tant qu'il ne ferait rien de contraire aux lois ou aux règlements de police.

Il refusa donc d'obéir à l'agent lorsque celui-ci voulut nous expulser de notre allée.

Lorsque mon maître ne voulait pas se laisser emporter par la colère, ou bien lorsqu'il lui prenait fantaisie de se moquer des gens, — ce qui lui arrivait souvent, — il avait pour habitude d'exagérer sa politesse italienne : c'était à croire alors, en entendant ses façons de s'exprimer, qu'il s'adressait à des personnages considérables.

— L'illustrissime représentant de l'autorité, dit-il en répondant chapeau bas à l'agent de police, peut-il me montrer un règlement émanant de ladite autorité, par lequel il serait interdit à d'infimes baladins tels que nous d'exercer leur chétive industrie sur cette place publique ?

L'agent répondit qu'il n'y avait pas à discuter, mais à obéir.

— Assurément, répliqua Vitalis, et c'est bien ainsi que je l'entends ; aussi je vous promets de me conformer à vos ordres aussitôt que vous m'aurez fait savoir en vertu de quels règlements vous les donnez.

Ce jour-là, l'agent de police nous tourna le dos, tandis que mon maître, le chapeau à la main, le bras arrondi et la taille courbée, l'accompagnait en riant silencieusement.

Mais il revint le lendemain et, franchissant les cordes qui formaient l'enceinte de notre théâtre, il se jeta au beau milieu de notre représentation.

— Il faut museler vos chiens, dit-il durement à Vitalis.

— Museler mes chiens !

— Il y a un règlement de police ; vous devez le connaître.

Nous étions en train de jouer le *Malade purgé*, et comme c'était la première représentation de cette comédie à Toulouse, notre public était plein d'attention.

L'intervention de l'agent provoqua des murmures et des réclamations.

— N'interrompez pas !

— Laissez finir la représentation.

Mais d'un geste Vitalis réclama et obtint le silence.

Alors ôtant son feutre dont les plumes balayèrent le sable tant son salut fut humble, il s'approcha de l'agent en faisant trois profondes révérences.

— L'illustrissime représentant de l'autorité n'a-t-il pas dit que je devais museler mes comédiens ? demanda-t-il.

— Oui, muselez vos chiens et plus vite que ça.

— Museler Capi, Zerbino, Dolce, s'écria Vitalis s'adressant bien plus au public qu'à l'agent, mais votre seigneurie n'y pense pas ! Comment le savant médecin Capi, connu de l'univers entier, pourra-t-il ordonner ses médicaments purgatifs pour expulser la bile de l'infortuné M. Joli-Cœur, si ledit Capi porte au bout de son nez une muselière? encore si c'était un autre instrument mieux approprié à sa profession de médecin, et qui celui-là ne se met point au nez des gens.

Sur ce mot, il y eut une explosion de rires et l'on entendit les voix cristallines des enfants se mêler aux voix gutturales des parents.

Vitalis encouragé par ces applaudissements, continua :

— Et comment la charmante Dolce, notre garde-
malade, pourra-t-elle user de son éloquence et de ses
charmes pour décider notre malade à se laisser ba-
layer et nettoyer les entrailles, si, au bout de son nez
elle porte l'instrument que l'illustre représentant de
l'autorité veut lui imposer ? Je le demande à l'honorable société et la prie respectueusement de prononcer entre nous.

L'honorable société appelée ainsi à se prononcer, ne
répondit pas directement, mais ses rires parlaient
pour elle : on approuvait Vitalis, on se moquait de l'a-
gent, et surtout on s'amusait des grimaces de Joli-
Cœur, qui, s'étant placé derrière « l'illustrissime
représentant de l'autorité, » faisait des grimaces dans
le dos de celui-ci, croisant ses bras comme lui, se
campant le poing sur la hanche et rejetant sa tête en
arrière avec des mines et des contorsions tout à fait
réjouissantes.

Agacé par le discours de Vitalis, exaspéré par les
rires du public, l'agent de police, qui n'avait pas l'air
d'un homme patient, tourna brusquement sur ses
talons.

Mais alors il aperçut le singe qui se tenait le poing sur
la hanche dans l'attitude d'un matamore ; durant quelques secondes l'homme et la bête restèrent en face l'un
de l'autre, se regardant comme s'il s'agissait de savoir
lequel des deux baisserait les yeux le premier.

Les rires qui éclatèrent, irrésistibles et bruyants,
mirent fin à cette scène.

— Si demain vos chiens ne sont pas muselés, s'écria l'agent en nous menaçant du poing, je vous fais un procès ; je ne vous dis que cela.

— A demain, signor, dit Vitalis, à demain.

Et tandis que l'agent s'éloignait à grands pas, Vitalis resta courbé en deux dans une attitude respectueuse ; puis, la représentation continua.

Je croyais que mon maître allait acheter des muselières pour nos chiens ; mais il n'en fit rien et la soirée s'écoula même sans qu'il parlât de sa querelle avec l'homme de police.

Alors je m'enhardis à lui en parler moi-même.

— Si vous voulez que Capi ne brise pas demain sa muselière pendant la représentation, lui dis-je, il me semble qu'il serait bon de la lui mettre un peu à l'avance. En le surveillant, on pourrait peut-être l'y habituer.

— Tu crois donc que je vais leur mettre une carcasse de fer ?

— Dame, il me semble que l'agent est disposé à vous tourmenter.

— Tu n'es qu'un paysan, et comme tous les paysans tu perds la tête par peur de la police et des gendarmes. Mais sois tranquille, je m'arrangerai demain pour que l'agent ne puisse pas me faire un procès, et en même temps pour que mes élèves ne soient pas trop malheureux. D'un autre côté, je m'arrangerai aussi pour que le public s'amuse un peu. Il faut que cet agent nous procure plus d'une bonne recette, et joue un rôle comique dans la pièce que je lui prépare, cela donnera de la variété à notre répertoire et nous

fera rire nous-mêmes un peu. Pour cela, tu te rendras
tout seul demain à notre place avec Joli-Cœur; tu
tendras les cordes, tu joueras quelques morceaux de
harpe, et quand tu auras autour de toi un public
suffisant, et quand l'agent sera arrivé je ferai mon
entrée avec les chiens. C'est alors que la comédie
commencera.

Il ne me plaisait guère de m'en aller tout seul ainsi
préparer notre représentation, mais je commençais à
connaître mon maître et à savoir quand je pouvais lui
ésister; or il était évident que dans les circonstances
présentes je n'avais aucune chance de lui faire abandonner la partie de plaisir sur laquelle il comptait;
je me décidai donc à obéir.

Le lendemain je m'en allai à notre place ordinaire,
et tendis mes cordes. J'avais à peine joué quelques
mesures, qu'on accourut de tous côtés, et qu'on s'en-
tassa dans l'enceinte que je venais de tracer.

En ces derniers temps, surtout pendant notre séjour
à Pau, mon maître m'avait fait travailler la harpe, et
je commençais à ne pas trop mal jouer quelques
morceaux qu'il m'avait appris. Il y avait entre autres
une *canzonetta* napolitaine que je chantais en m'accompagnant de la harpe et qui me valait toujours des
applaudissements.

J'étais déjà artiste par plus d'un côté, et par conséquent disposé à croire, quand notre troupe avait du
succès, que c'était à mon talent que ce succès était dû;
cependant ce jour-là j'eus le bon sens de comprendre
que ce n'était point pour entendre ma *canzonetta*
qu'on se pressait ainsi dans nos cordes.

Ceux qui avaient assisté la veille à la scène de l'agent de police, étaient revenus, et ils avaient amené avec eux des amis. On aime peu les gens de police, à Toulouse, comme à peu près partout ailleurs, et l'on était curieux de voir comment le vieil Italien se tirerait d'affaire et roulerait son ennemi. Bien que Vitalis n'eût pas prononcé d'autres mots que : « A demain, signor, » il avait été compris par tout le monde que ce rendez-vous donné et accepté était l'annonce d'une grande représentation dans laquelle on trouverait des occasions de rire et de s'amuser au dépens de la police.

De là l'empressement du public.

Aussi en me voyant seul avec Joli-Cœur, plus d'un spectateur inquiet m'interrompait-il pour me demander si « l'Italien » ne viendrait pas.

— Il va arriver bientôt.

Et je continuai ma *canzonetta*.

Ce ne fut pas mon maître qui arriva, ce fut l'agent de police. Joli-Cœur l'aperçut le premier, et aussitôt, se campant la main sur la hanche et rejetant sa tête en arrière, il se mit à se promener autour de moi en long et en large, raide, cambré, avec une prestance ridicule.

Le public partit d'un éclat de rire et applaudit à plusieurs reprises.

L'agent fut déconcerté et il me lança des yeux furieux.

Bien entendu, cela redoubla l'hilarité du public.

J'avais moi-même envie de rire, mais d'un autre côté je n'étais guère rassuré. Comment tout cela allait-il finir? Quand Vitalis était là, c'était bien, il répondait à l'agent. Mais j'étais seul, et je l'avoue je ne savais comment je répondrais si l'agent m'interpellait.

La figure de l'agent n'était pas faite pour me donner bonne espérance ; elle était vraiment furieuse, exaspérée par la colère.

Il allait de long en large devant mes cordes et quand il passait près de moi, il avait une façon de me regarder par-dessus son épaule qui me faisait craindre une mauvaise fin.

Joli-Cœur, qui ne comprenait pas la gravité de la situation, s'amusait de l'attitude de l'agent. Il se promenait, lui aussi, le long de ma corde, mais en dedans, tandis que l'agent se promenait en dehors, et en passant devant moi, il me regardait par-dessus son épaule avec une mine si drôle, que les rires du public redoublaient.

Ne voulant point pousser à bout l'exaspération de l'agent, j'appelai Joli-Cœur, mais celui-ci n'était point en disposition d'obéissance, ce jeu l'amusait, et il refusa de m'obéir, continuant sa promenade en courant, et m'échappant lorsque je voulais le prendre.

Je ne sais comment cela se fit, mais l'agent que la colère aveuglait sans doute, s'imagina que j'excitais le singe, et vivement, il enjamba la corde.

En deux enjambées il fut sur moi, et je me sentis à moitié renversé par un soufflet.

Quand je me remis sur mes jambes et rouvris les yeux, Vitalis, survenu je ne sais comment, était placé entre moi et l'agent qu'il tenait par le poignet.

— Je vous défends de frapper cet enfant, dit-il ; ce que vous avez fait est une lâcheté.

L'agent voulut dégager sa main, mais Vitalis serra la sienne.

Et, pendant quelques secondes, les deux hommes se regardèrent en face, les yeux dans les yeux.

L'agent était fou de colère.

Mon maître était magnifique de noblesse : il tenait haute sa belle tête encadrée de cheveux blancs et son visage exprimait l'indignation et le commandement.

Il me sembla que, devant cette attitude, l'agent allait rentrer sous terre, mais il n'en fut rien ; d'un mouvement vigoureux, il dégagea sa main, empoigna mon maître par le collet et le poussa devant lui avec brutalité.

Vitalis faillit tomber, tant la poussée avait été rude ; mais il se redressa, et, levant son bras droit, il en frappa fortement le poignet de l'agent.

Mon maître était un vieillard vigoureux, il est vrai mais enfin un vieillard ; l'agent, un homme jeune encore et plein de force, la lutte entre eux n'aurait pas été longue.

Mais il n'y eut pas lutte.

— Que voulez-vous ? demanda Vitalis.

— Je vous arrête, suivez-moi au poste.

— Pourquoi avez-vous frappé cet enfant ?

— Pas de paroles, suivez-moi !

Vitalis ne répondit pas, mais se tournant vers moi :

— Rentre à l'auberge, me dit-il, restes-y avec les chiens, je te ferai parvenir des nouvelles.

Il n'en put pas dire davantage, l'agent l'entraîna.

Ainsi finit cette représentation, que mon maître avait voulu faire amusante et qui finit si tristement.

Le premier mouvement des chiens avait été de suivre leur maître, mais je leur ordonnai de rester près de moi, et, habitués à obéir, ils revinrent sur leurs pas. Je m'aperçus alors qu'ils étaient muselés, mais au lieu d'avoir le nez pris dans une carcasse en fer ou dans un filet, ils portaient tout simplement une faveur en soie nouée avec des bouffettes autour de leur museau ; pour Capi, qui était à poil blanc, la faveur était rouge ; pour Zerbino, qui était noir, blanche ; pour Dolce, qui était grise, bleue. C'étaient des muselières de théâtre, et Vitalis avait ainsi costumé les chiens sans doute pour la farce qu'il voulait jouer à l'agent.

Le public s'était rapidement dispersé : quelques personnes seulement avaient gardé leurs places, discutant sur ce qui venait de se passer.

— Le vieux a eu raison.

— Il a eu tort.

— Pourquoi l'agent a-t-il frappé l'enfant, qui ne lui avait rien dit ni rien fait ?

— Mauvaise affaire ; le vieux ne s'en tirera pas sans prison, si l'agent constate la rébellion.

Je rentrai à l'auberge fort affligé et très-inquiet.

Je n'étais plus au temps où Vitalis m'inspirait de l'effroi. A vrai dire, ce temps n'avait duré que quelques heures. Assez rapidement, je m'étais attaché à lui d'une affection sincère, et cette affection avait été en grandissant chaque jour. Nous vivions de la même vie, toujours ensemble du matin au soir, et souvent du soir au matin, quand, pour notre coucher, nous partagions la même botte de paille. Un père n'a pas plus de soins pour son enfant qu'il en avait pour moi. Il m'avait appris à lire, à chanter, à écrire, à compter. Dans nos longues marches, il avait toujours employé le temps à me donner des leçons tantôt sur une chose, tantôt sur une autre, selon que les circonstances ou le hasard lui suggéraient ces leçons. Dans les journées de grand froid, il avait partagé avec moi ses couvertures : par les fortes chaleurs, il m'avait toujours aidé à porter la part de bagages et d'objets dont j'étais chargé. A table, ou plus justement, dans nos repas, car nous ne mangions pas souvent à table, il ne me laissait jamais le mauvais morceau, se réservant le meilleur ; au contraire, il nous partageait également le bon et le mauvais. Quelquefois, il est vrai qu'il me tirait les oreilles ou m'allongeait une taloche d'une main un peu plus rude que ne l'eût été celle d'un père ; mais il n'y avait pas, dans ces petites corrections, de quoi me faire oublier ses soins, ses bonnes paroles et tous les témoignages de tendresse qu'il m'avait donnés depuis que nous étions ensemble. Il m'aimait et je l'aimais.

Cette séparation m'atteignit donc douloureusement.

Quand nous reverrions-nous ?

On avait parlé de prison. Combien de temps pouvait durer cet emprisonnement ?

Qu'allais-je faire pendant ce temps ? Comment vivre ? De quoi ?

Mon maître avait l'habitude de porter sa fortune sur lui, et avant de se laisser entraîner par l'agent de police, il n'avait pas eu le temps de me donner de l'argent.

Je n'avais que quelques sous dans ma poche; seraient-ils suffisants pour nous nourrir tous, Joli-Cœur, les chiens et moi?

Je passai ainsi deux journées dans l'angoisse, n'osant pas sortir de la cour de l'auberge, m'occupant de Joli-Cœur et des chiens, qui, tous, se montraient inquiets et chagrins.

Enfin, le troisième jour, un homme m'apporta une lettre de Vitalis.

Par cette lettre, mon maître me disait qu'on le gardait en prison pour le faire passer en police correctionnelle le samedi suivant, sous la prévention de résistance à un agent de l'autorité, et de *voies de fait* sur la personne de celui-ci.

« En me laissant emporter par la colère, ajoutait-il, j'ai fait une lourde faute qui pourra me coûter cher. Mais il est trop tard pour le reconnaître. Viens à l'audience; tu y trouveras une leçon. »

Puis il ajoutait des conseils pour ma conduite; il terminait en m'embrassant et me recommandant de faire pour lui une caresse à Capi, à Joli-Cœur, à Dolce et à Zerbino.

Pendant que je lisais cette lettre, Capi, entre mes jambes, tenait son nez sur le papier, flairant, reniflant, et les mouvements de sa queue me disaient que bien certainement, il reconnaissait, par l'odorat, qu'elle avait passé par les mains de son maître; depuis trois jours, c'était la première fois qu'il manifestait de l'animation et de la joie.

Ayant pris des renseignements, on me dit que l'audience de la police correctionnelle commençait à dix heures. A neuf heures, le samedi, j'allai m'adosser contre la porte et, le premier, je pénétrai dans la salle. Peu à peu, la salle s'emplit, et je reconnus plusieurs personnes qui avaient assisté à la scène avec l'agent de police.

Je ne savais pas ce que c'était que les tribunaux et la justice, mais d'instinct j'en avais une peur horrible ; il me semblait que, bien qu'il s'agît de mon maître et non de moi, j'étais en danger ; j'allai me blottir derrière un gros poêle, et, m'enfonçant contre la muraille, je me fis aussi petit que possible.

Ce ne fut pas mon maître qu'on jugea le premier ; mais des gens qui avaient volé, qui s'étaient battus, qui, tous, se disaient innocents, et qui, tous, furent condamnés.

Enfin, Vitalis vint s'asseoir entre deux gendarmes sur le banc où tous ces gens l'avaient précédé.

Ce qui se dit tout d'abord, ce qu'on lui demanda, ce qu'il répondit, je n'en sais rien ; j'étais trop ému pour entendre, ou tout au moins pour comprendre. D'ailleurs, je ne pensais pas à écouter, je regardais.

Je regardais mon maître qui se tenait debout, ses grands cheveux blancs rejetés en arrière, dans l'attitude d'un homme honteux et peiné ; je regardais le juge qui l'interrogeait.

— Ainsi, dit celui-ci, vous reconnaissez avoir porté des coups à l'agent qui vous arrêtait ?

— Non des coups, monsieur le Président, mais un coup ; lorsque j'arrivai sur la place où devait avoir lieu notre représentation, je vis l'agent donner un soufflet à l'enfant qui m'accompagnait.

— Cet enfant n'est pas à vous?

— Non, monsieur le Président, mais je l'aime comme s'il était mon fils. Lorsque je le vis frapper, je me laissai entraîner par la colère, Je saisis vivement la main de l'agent et l'empêchai de frapper de nouveau.

— Vous avez vous-même frappé l'agent?

— C'est-à-dire que lorsque celui-ci me mit la main au collet, j'oubliai quel était l'homme qui se jetait sur moi, ou plutôt je ne vis en lui qu'un homme au lieu de voir un agent, et un mouvement instinctif, involontaire, m'a emporté.

— A votre âge, on ne se laisse pas emporter.

— On ne devrait pas se laisser emporter; malheureusement on ne fait pas toujours ce qu'on doit; je le sens aujourd'hui.

— Nous allons entendre l'agent.

Celui-ci raconta les faits tels qu'ils s'étaient passés, mais en insistant plus sur la façon dont on s'était moqué de sa personne, de sa voix, de ses gestes, que sur le coup qu'il avait reçu.

Pendant cette déposition, Vitalis, au lieu d'écouter avec attention, regardait de tous côtés dans la salle. Je compris qu'il me cherchait. Alors je me décidai à quitter mon abri, et, me faufilant au milieu des curieux, j'arrivai au premier rang.

Il m'aperçut, et sa figure attristée s'éclaira; je sentis qu'il était heureux de me voir, et, malgré moi, mes yeux s'emplirent de larmes.

— C'est tout ce que vous avez à dire pour votre défense? demanda enfin le président.

— Pour moi, je n'aurais rien à ajouter; mais pour l'enfant que j'aime tendrement et qui va rester seul, pour lui je réclame l'indulgence du tribunal, et le prie de nous tenir séparés le moins longtemps possible.

Je croyais qu'on allait mettre mon maître en liberté. Mais il n'en fut rien.

Un autre magistrat parla pendant quelques minutes, puis le président, d'une voix grave, dit que le nommé Vitalis, convaincu d'injures et de voies de fait envers un agent de la force publique, était condamné à deux mois de prison et à cent francs d'amende.

Deux mois de prison!

A travers mes larmes, je vis la porte par laquelle Vitalis était entré, se rouvrir; celui-ci suivit un gendarme, puis la porte se referma.

Deux mois de séparation.

Où aller?

XI

EN BATEAU

Quand je rentrai à l'auberge, le cœur gros, les yeux rouges, je trouvai sous la porte de la cour l'aubergiste qui me regarda longuement.

J'allais pas: r pour rejoindre les chiens, quand il m'arrêta.

— Eh bien? me dit-il, ton maître?

— Il est condamné.

— A combien?

— A deux mois de prison.

— Et à combien d'amende?

— Cent francs.

— Deux mois, cent francs, répéta-t-il à trois ou quatre reprises.

Je voulus continuer mon chemin; de nouveau il m'arrêta.

— Et qu'est-ce que tu veux faire pendant ces deux mois?

— Je ne sais pas, monsieur.

— Ah ! tu ne sais pas. Tu as de l'argent pour vivre et pour nourrir tes bêtes, je pense ?

— Non, monsieur.

— Alors tu comptes sur moi pour vous loger ?

— Oh! non, monsieur, je ne compte sur personne.

Rien n'était plus vrai ; je ne comptais sur personne.

— Eh bien ! mon garçon, continua l'aubergiste, tu as raison, ton maître me doit déjà trop d'argent, je ne peux pas te faire crédit pendant deux mois sans savoir si au bout du compte je serai payé ; il faut t'en aller d'ici.

— M'en aller ! mais où voulez-vous que j'aille, monsieur ?

— Ça, ce n'est pas mon affaire : je ne suis pas ton père, je ne suis pas non plus ton maître. Pourquoi veux-tu que je te garde ?

Je restai un moment abasourdi. Que dir: ? Cet homme avait raison. Pourquoi m'aurait-il gardé chez lui ? Je ne lui étais rien qu'un embarras et une charge.

— Allons, mon garçon, prends tes chiens et ton singe, puis file ; tu me laisseras, bien entendu, le sac de ton maître. Quand il sortira de prison il viendra le chercher, et alors nous réglerons notre compte.

Ce mot me suggéra une idée, et je crus avoir trouvé le moyen de rester dans cette auberge.

— Puisque vous êtes certain de faire régler votre compte à ce moment, gardez-moi jusque-là, et vous ajuoterez ma dépense à celle de mon maître.

— Vraiment, mon garçon? Ton maître pourra bien

me payer quelques journées; mais deux mois, c'est une autre affaire.

— Je mangerai aussi peu que vous voudrez.

— Et tes bêtes? Non, vois-tu, il faut t'en aller! Tu trouveras bien à travailler et à gagner ta vie dans les villages.

— Mais, monsieur, où voulez-vous que mon maître me trouve en sortant de prison? C'est ici qu'il viendra me chercher.

— Tu n'auras qu'à revenir ce jour-là; d'ici là, va faire une promenade de deux mois dans les environs, dans les villes d'eaux. A Bagnères, à Cauterets, à Luz, il y a de l'argent à gagner.

— Et si mon maître m'écrit?

— Je te garderai sa lettre.

— Mais si je ne lui réponds pas?

— Ah! tu m'ennuies à la fin. Je t'ai dit de t'en aller; il faut sortir d'ici, et plus vite que ça! Je te donne cinq minutes pour partir; si je te retrouve quand je vais revenir dans la cour, tu auras affaire à moi.

Je sentis bien que toute insistance était inutile. Comme le disait l'aubergiste, « il fallait sortir d'ici. »

J'entrai à l'écurie, et, après avoir détaché les chiens et Joli-Cœur, après avoir bouclé mon sac et passé sur mon épaule la bretelle de ma harpe, je sortis de l'auberge.

L'aubergiste était sur sa porte pour me surveiller.

— S'il vient une lettre, me cria-t-il, je te la conserverai!

J'avais hâte de sortir de la ville, car mes chiens n'étaient pas muselés. Que répondre si je rencontrais un agent de police ? Que je n'avais pas d'argent pour leur acheter des muselières? C'était la vérité, car, tout compte fait, je n'avais que onze sous dans ma poche, et ce n'était pas suffisant pour une pareille acquisition. Ne m'arrêterait-il pas à mon tour ? Mon maître en prison, moi aussi, que deviendraient les chiens et Joli-Cœur? J'étais devenu directeur de troupe, chef de famille, moi, l'enfant sans famille, et je sentais ma responsabilité.

Tout en marchant rapidement les chiens levaient la tête vers moi, et me regardaient d'un air qui n'avait pas besoin de paroles pour être compris : ils avaient faim.

Joli-Cœur, que je portais juché sur mon sac, me tirait de temps en temps l'oreille pour m'obliger à tourner la tête vers lui : alors il se brossait le ventre par un geste qui n'était pas moins expressif que le regard des chiens.

Moi aussi j'aurais bien comme eux parlé de ma faim, car je n'avais pas déjeuné plus qu'eux tous ; mais à quoi bon ?

Mes onze sous ne pouvaient pas nous donner à déjeuner et à dîner, nous devions tous nous contenter d'un seul repas, qui, fait au milieu de la journée, nous tiendrait lieu des deux.

L'auberge où nous avions logé et d'où nous venions d'être chassés, se trouvant dans le faubourg Saint-Michel sur la route de Montpellier, c'était naturellement cette route que j'avais suivie.

Dans ma hâte de fuir une ville où je pouvais rencontrer des agents de police, je n'avais pas le temps de me demander où les routes conduisaient ; ce que je désirais c'était qu'elles m'éloignassent de Toulouse, le reste m'importait peu. Je n'avais pas intérêt à aller dans un pays plutôt que dans un autre ; partout on me demanderait de l'argent pour manger et pour nous loger. Encore la question du logement était-elle de beaucoup la moins importante ; nous étions dans la saison chaude et nous pouvions coucher à la belle étoile à l'abri d'un buisson ou d'un mur.

Mais manger ?

Je crois bien que nous marchâmes près de deux heures sans que j'osasse m'arrêter, et cependant les chiens me faisaient des yeux de plus en plus suppliants, tandis que Joli-Cœur me tirait l'oreille et se brossait le ventre de plus en plus fort.

Enfin je me crus assez loin de Toulouse pour n'avoir rien à craindre, ou tout au moins pour dire que je musèlerais mes chiens le lendemain si on me demandait de le faire, et j'entrai dans la première boutique de boulanger que je trouvai.

Je demandai qu'on me servît une livre et demie de pain.

— Vous prendrez bien un pain de deux livres, me dit la boulangère ; avec votre ménagerie ce n'est pas trop ; il faut bien les nourrir, ces pauvres bêtes !

Sans doute ce n'était pas trop pour ma ménagerie qu'un pain de deux livres, car sans compter Joli-Cœur, qui ne mangeait pas de gros morceaux, cela ne nous donnait qu'une demi-livre pour chacun de nous, mais c'était trop pour ma bourse.

Le pain était alors à cinq sous la livre, et si j'en prenais deux livres elles me coûteraient dix sous, de sorte que sur mes onze sous il ne m'en resterait qu'un seul.

Or je ne trouvais pas prudent de me laisser entraîner à une aussi grande prodigalité, avant d'avoir mon lendemain assuré. En n'achetant qu'une livre et demie de pain qui me coûtait sept sous et trois centimes, il me restait pour le lendemain trois sous et deux centimes, c'est-à-dire assez pour ne pas mourir de faim, et attendre une occasion de gagner quelque argent.

J'eus vite fait ce calcul et je dis à la boulangère d'un air que je tâchai de rendre assuré, que j'avais bien assez d'une livre et demie de pain et que je la priais de ne pas m'en couper davantage.

— C'est bon, c'est bon, répondit-elle.

Et autour d'un beau pain de six livres que nous aurions bien certainement mangé tout entier, elle me coupa la quantité que je demandais et la mit dans la balance, à laquelle elle donna un petit coup.

— C'est un peu fort, dit-elle, cela sera pour les deux centimes.

Et elle fit tomber mes huit sous dans son tiroir.

J'ai vu des gens repousser les centimes qu'on leur rendait, disant qu'ils n'en sauraient que faire ; moi, je n'aurais pas repoussé ceux qui m'étaient dus ; cependant je n'osai pas les réclamer et sortis sans rien dire, avec mon pain étroitement serré sous mon bras.

Les chiens, joyeux, sautaient autour de moi, et

Joli-Cœur me tirait les cheveux en poussant des petits cris.

Nous n'allâmes pas bien loin.

Au premier arbre qui se trouva sur la route, je posai ma harpe contre son tronc et m'allongeai sur l'herbe ; les chiens s'assirent en face de moi, Capi au milieu, Dolce d'un côté, Zerbino de l'autre ; quant à Joli-Cœur, qui n'était pas fatigué, il resta debout pour être tout prêt à voler les morceaux qui lui conviendraient.

C'était une affaire délicate que le découpage de ma miche ; j'en fis cinq part aussi égales que possible, et, pour qu'il n'y eût pas de pain gaspillé, je les distribuai en petites tranches ; chacun avait son morceau à son tour, comme si nous avions mangé à la gamelle.

Joli-Cœur, qui avait besoin de moins de nourriture que nous, se trouva le mieux partagé, et il n'eut plus faim alors que nous étions encore affamés. Sur sa part je pris trois morceaux que je serrai dans mon sac pour les donner aux chiens plus tard ; puis, comme il en restait encore quatre, nous en eûmes chacun un ; ce fut à la fois notre plat de supplément et notre dessert.

Bien que ce festin n'eût rien de ceux qui provoquent aux discours, le moment me parut venu d'adresser quelques paroles à mes camarades. Je me considérais naturellement comme leur chef, mais je ne me croyais pas assez au-dessus d'eux pour être dispensé de leur faire part des circonstances graves dans lesquelles nous nous trouvions.

Capi avait sans doute deviné mon intention, car il tenait collés sur les miens ses grands yeux intelligents et affectueux.

— Oui, mon ami Capi, dis-je, oui, mes amis Dolce, Zerbino et Joli-Cœur, oui, mes chers camarades, j'ai une mauvaise nouvelle à vous annoncer : notre maître est éloigné de nous pour deux mois.

— Ouah ! cria Capi.

— Cela est bien triste pour lui d'abord, et aussi pour nous. C'était lui qui nous faisait vivre, et en son absence, nous allons nous trouver dans une terrible situation. Nous n'avons pas d'argent.

Sur ce mot, qu'il connaissait parfaitement, Capi se dressa sur ses pattes de derrière et se mit à marcher en rond comme s'il faisait la quête dans les « rangs de l'honorable société. »

— Tu veux que nous donnions des représentations, continuai-je, c'est assurément un bon conseil, mais ferons-nous recette ? Tout est là. Si nous ne réussissons pas, je vous préviens que nous n'avons que trois sous pour toute fortune. Il faudra donc se serrer le ventre. Les choses étant ainsi, j'ose espérer que vous comprendrez la gravité des circonstances et qu'au lieu de me jouer de mauvais tours, vous mettrez votre intelligence au service de la société. Je vous demande de l'obéissance, de la sobriété et du courage. Serrons nos rang, et comptez sur moi comme je compte sur vous-mêmes.

Je n'ose pas affirmer que mes camarades comprirent toutes les beautés de mon discours improvisé, mais certainement ils en sentirent les idées générales.

Ils savaient par l'absence de notre maître qu'il se passait quelque chose de grave, et ils attendaient de moi une explication. S'ils ne comprirent pas tout ce que je leur dis, ils furent au moins satisfaits de mon procédé à leur égard, et il me prouvaient leur contentement par leur attention.

Quand je dis leur attention, je parle des chiens seulement, car pour Joli-Cœur, il lui était impossible de tenir son esprit longtemps fixé sur un même sujet. Pendant la première partie de mon discours, il m'avait écouté avec les marques du plus vif intérêt; mais au bout d'une vingtaine de mots il s'était élancé sur l'arbre qui nous couvrait de son feuillage, et il s'amusait maintenant à se balancer en sautant de branche en branche. Si Capi m'avait fait une pareille injure j'en aurais certes été blessé, mais de Joli-Cœur rien ne m'étonnait; ce n'était qu'un étourdi, une cervelle creuse; et puis après tout il était bien naturel qu'il eût envie de s'amuser un peu.

J'avoue que j'en aurais fait volontiers autant et que comme lui je me serais balancé avec plaisir, mais l'importance et la dignité de mes fonctions ne me permettaient plus de semblables distractions.

Après quelques instants de repos, je donnai le signal du départ : il nous fallait gagner notre coucher, en tous cas notre déjeuner du lendemain, si, comme cela était probable, nous faisions l'économie de coucher en plein air.

Au bout d'une heure de marche à peu près, nous arrivâmes en vue d'un village qui me parut propre à la réalisation de mon dessein.

De loin il s'annonçait comme assez misérable, et la recette ne pouvait être par conséquent que bien chétive, mais il n'y avait pas là de quoi me décourager ; je n'étais pas exigeant sur le chiffre de la recette, et je me disais que plus le village était petit, moins nous avions de chance de rencontrer des agents de police.

Je fis donc la toilette de mes comédiens, et en aussi bel ordre que possible nous entrâmes dans ce village ; malheureusement le fifre de Vitalis nous manquait et aussi sa prestance qui, comme celle d'un tambour-major, attirait toujours les regards. Je n'avais pas comme lui l'avantage d'une grande taille et d'une tête expressive ; bien petite au contraire était ma taille, bien mince, et sur mon visage devait se montrer plus d'inquiétude que d'assurance

Tout en marchant je regardais à droite et à gauche pour voir l'effet que nous produisions ; il était médiocre, on levait la tête, puis on la rebaissait, personne ne nous suivait.

Arrivés sur une petite place au milieu de laquelle se trouvait une fontaine ombragée par des platanes, je pris ma harpe et commençai à jouer une valse. La musique était gaie, mes doigts étaient légers, mais mon cœur était chagrin, et il me semblait que je portais sur mes épaules un poids bien lourd.

Je dis à Zerbino et à Dolce de valser ; ils m'obéirent aussitôt et se mirent à tourner en mesure.

Mais personne ne se dérangea pour venir nous regarder, et cependant sur le seuil des portes je voyais des femmes qui tricotaient ou qui causaient.

Je continuai de jouer; Zerbino et Dolce continuèrent de valser.

Peut-être quelqu'un se déciderait-il à s'approcher de nous; s'il venait une personne, il en viendrait une seconde, puis dix, puis vingt autres.

Mais j'avais beau jouer, Zerbino et Dolce avaient beau tourner, les gens restaient chez eux; ils ne regardaient même plus de notre côté.

C'était à désespérer.

Cependant je ne désespérais pas et jouais avec plus de force, faisant sonner les cordes de ma harpe à les casser.

Tout à coup un petit enfant, si petit qu'il s'essayait je crois bien à ses premiers pas, quitta le seuil de sa maison et se dirigea vers nous.

Sa mère allait le suivre sans doute, puis après la mère, arriverait une amie, nous aurions notre public, et nous aurions ensuite une recette.

Je jouai moins fort pour ne pas effrayer l'enfant et pour l'attirer plutôt.

Les mains dressées, se balançant sur ses hanches, il s'avança doucement.

Il venait; il arrivait; encore quelques pas et il était près de nous.

La mère leva la tête, surprise sans doute et inquiète de ne pas le sentir près d'elle.

Elle l'aperçut aussitôt. Mais alors au lieu de courir après lui comme je l'avais espéré, elle se contenta de l'appeler, et l'enfant docile retourna près d'elle.

Peut-être ces gens n'aimaient-ils pas la danse. Après tout c'était possible.

Je commandai à Zerbino et à Dolce de se coucher et me mis à chanter ma *canzonetta*; et jamais bien certainement je ne m'y appliquai avec plus de zèle:

Fenesta vascia e patrona crudele
Quanta sospire m'aje fato jettare.

J'entamais la deuxième strophe quand je vis un homme vêtu d'une veste et coiffé d'un feutre se diriger vers nous.

Enfin!

Je chantai avec plus d'entraînement.

— Holà! cria-t-il, que fais-tu ici, mauvais garnement?

Je m'interrompis, stupéfié par cette interpellation, et restai à le regarder venir vers moi, bouche ouverte.

— Eh bien, répondras-tu? dit-il.

— Vous voyez, monsieur, je chante.

— As-tu une permission pour chanter sur la place de notre commune?

— Non, monsieur.

— Alors va-t'en si tu ne veux pas que je te fasse un procès.

— Mais, monsieur...

— Appelle-moi monsieur le garde champêtre, et tourne les talons, mauvais mendiant.

Un garde champêtre! Je savais par l'exemple de mon maître, ce qu'il en coûtait de vouloir se révolter contre les sergents de ville et les gardes champêtres.

Je ne me fis pas répéter cet ordre deux fois; je tour-

8.

nai sur mes talons comme il m'avait été ordonné, et rapidement je repris le chemin par lequel j'étais venu.

Mendiant ! cela n'était pas juste cependant. Je n'avais pas mendié : j'avais chanté, j'avais dansé, ce qui était ma manière de travailler, quel mal avais-je fait ?

En cinq minutes je sortis de cette commune peu hospitalière mais bien gardée.

Mes chiens me suivaient la tête basse et la mine attristée, comprenant assurément qu'il venait de nous arriver une mauvaise aventure.

Capi de temps en temps me dépassait et, se tournant vers moi, il me regardait curieusement avec ses yeux intelligents. Tout autre à sa place m'eût interrogé, mais Capi était un chien trop bien élevé, trop bien discipliné pour se permettre une question indiscrète, il se contentait seulement de manifester sa curiosité, et je voyais ses mâchoires trembler, agitées par l'effort qu'il faisait pour retenir ses aboiements.

Lorsque nous fûmes assez éloignés pour n'avoir plus à craindre la brutale arrivée du garde champêtre, je fis un signe de la main, et immédiatement les trois chiens formaient le cercle autour de moi, Capi au milieu, immobile, les yeux sur les miens.

Le moment était venu de leur donner l'explication qu'ils attendaient.

— Comme nous n'avons pas de permission pour jouer, dis-je, on nous renvoie.

— Et alors ? demanda Capi d'un coup de tête.

— Alors nous allons coucher à la belle étoile, n'importe où, sans souper.

Au mot souper, il y eut un grognement général.

Je montrai mes trois sous.

— Vous savez que c'est tout ce qui nous reste ; si nous dépensons nos trois sous ce soir, nous n'aurons rien pour déjeuner demain ; or, comme nous avons mangé aujourd'hui, je trouve qu'il est sage de penser au lendemain.

Et je remis mes trois sous dans ma poche.

Capi et Dolce baissèrent la tête avec résignation. mais Zerbino, qui n'avait pas toujours bon caractère et qui de plus était gourmand, continua de gronder.

Après l'avoir regardé sévèrement sans pouvoir le faire taire, je me tournai vers Capi :

— Explique à Zerbino, lui dis-je, ce qu'il paraît ne pas vouloir comprendre ; il faut nous priver d'un second repas aujourd'hui, si nous voulons en faire un seul demain.

Aussitôt Capi donna un coup de patte à son camarade et une discussion parut s'engager entre eux.

Qu'on ne trouve pas le mot « discussion » impropre parce qu'il est appliqué à deux bêtes. Il est bien certain, en effet, que les bêtes ont un langage particulier à chaque espèce. Si vous avez habité une maison aux corniches ou aux fenêtres de laquelle les hirondelles suspendent leurs nids, vous êtes assurément convaincu que ces oiseaux ne sifflent pas simplement un petit air de musique, alors qu'au jour naissant, elles jacassent si vivement entre elles : ce sont de vrais discours qu'elles tiennent, des affaires sérieuses qu'elles agitent, ou des paroles de tendresse qu'elles échangent. Et les fourmis d'une même tribu, lorsqu'elles se rencontrent dans un sentier et se frottent antennes contre antennes, que croyez-vous qu'elles fassent si vous n'admettez pas qu'elles se communiquent ce qui les intéresse ? Quant aux chiens, non-seulement ils savent parler, mais encore ils savent lire : voyez-les le nez en l'air, ou bien la tête basse flairant le sol, sentant les cailloux et les buissons ; tout à coup ils s'arrêtent devant une touffe d'herbe ou une muraille et ils restent là un moment ; nous ne voyons rien sur cette muraille, tandis que le chien y lit toutes sortes de choses curieuses, écrites dans un caractère mystérieux que nous ne voyons même pas.

Ce que Capi dit à Zerbino je ne l'entendis pas, car si les chiens comprennent le langage des hommes, les hommes ne comprennent pas le langage des chiens ; je vis seulement que Zerbino refusait d'entendre raison et qu'il insistait pour dépenser immédiatement les trois sous ; il fallut que Capi se fâchât, et ce fut seulement quand il eut montré ses crocs, que Zerbino qui n'était pas très-brave, se résigna au silence.

La question du souper étant ainsi réglée, il ne restait plus que celle du coucher.

Heureusement le temps était beau, la journée était chaude, et coucher à la belle étoile en cette saison n'était pas bien grave ; il fallait s'installer seulement de manière à échapper aux loups s'il y en avait dans le pays, et ce qui me paraissait beaucoup plus dangereux, aux gardes champêtres, les hommes étant encore plus à craindre pour nous que les bêtes féroces.

Il n'y avait donc qu'à marcher droit devant soi sur la route blanche jusqu'à la rencontre d'un gîte.

Ce que nous fîmes.

La route s'allongea, les kilomètres succédèrent aux kilomètres, et les dernières lueurs roses du soleil couchant avaient disparu du ciel que nous n'avions pas encore trouvé ce gîte.

Il fallait, tant bien que mal, se décider.

Quand je me décidai à nous arrêter pour passer la nuit, nous étions dans un bois que coupaient çà et là des espaces dénudés au milieu desquels se dressaient des blocs de granit. L'endroit était bien triste, bien désert, mais nous n'avions pas mieux à choisir, et je pensai qu'au milieu de ces blocs de granit nous pourrions trouver un abri contre la fraîcheur de la nuit. Je dis nous, en parlant de Joli-Cœur et de moi, car, pour les chiens, je n'étais pas en peine d'eux; il n'y avait pas à craindre qu'ils gagnassent la fièvre à coucher dehors. Mais, pour moi, je devais être soigneux, car j'avais conscience de ma responsabilité. Que deviendrait ma troupe si je tombais malade? que deviendrais-je moi-même, si j'avais Joli-Cœur à soigner?

Quittant la route, nous nous engageâmes au milieu des pierres, et bientôt j'aperçus un énorme bloc de granit planté de travers de manière à former une sorte de cavité à sa base et un toit à son sommet. Dans cette cavité les vents avaient amoncelé un lit épais d'aiguilles de pin desséchées. Nous ne pouvions mieux trouver : un matelas pour nous étendre, une toiture pour nous abriter; il ne nous manquait qu'un

morceau de pain pour souper; mais il fallait tâcher
de ne pas penser à cela; d'ailleurs le proverbe n'a-t-il
pas dit : « Qui dort dîne. » .

Avant de dormir, j'expliquai à Capi que je comptais
sur lui pour nous garder, et la bonne bête au lieu de
venir avec nous se coucher sur les aiguilles de pin,
resta en dehors de notre abri, posté en sentinelle. Je
pouvais être tranquille, je savais que personne ne
nous approcherait sans que j'en fusse prévenu.

Cependant, bien que rassuré sur ce point, je ne
m'endormis pas aussitôt que je me fus étendu sur les
aiguilles de pin, Joli-Cœur enveloppé près de moi dans
ma veste, Zerbino et Dolce couchés en rond à mes
pieds, mon inquiétude étant plus grande encore que
ma fatigue.

La journée, cette première journée de voyage, avait
été mauvaise, que serait celle du lendemain? J'avais
faim, j'avais soif, et il ne me restait que trois sous.
J'avais beau les manier machinalement dans ma poche, ils n'augmentaient pas : un, deux, trois, je
m'arrêtais toujours à ce chiffre.

Comment nourrir ma troupe, comment me nourrir
moi-même, si je ne trouvais pas le lendemain et les
jours suivants à donner des représentations? des muselières, une permission pour chanter, où voulait-on
que j'en eusse? Faudrait-il donc tous mourir de faim
au coin d'un bois, sous un buisson?

Et tout en agitant ces tristes questions, je regardais
les étoiles qui brillaient au-dessus de ma tête dans le
ciel sombre. Il ne faisait pas un souffle de vent. Partout le silence, pas un bruissement de feuilles, pas un

cri d'oiseau, pas un roulement de voiture sur la route; aussi loin que ma vue pouvait s'étendre dans les profondeurs bleuâtres, le vide : comme nous étions seuls, abandonnés !

Je sentis mes yeux s'emplir de larmes, puis tout à coup je me mis à pleurer : pauvre mère Barberin ! pauvre Vitalis !

Je m'étais couché sur le ventre, et je pleurais dans mes deux mains sans pouvoir m'arrêter quand je sentis un souffle tiède passer dans mes cheveux; vivement je me retournai, et une grande langue douce et chaude se colla sur mon visage. C'était Capi, qui m'avait entendu pleurer et qui venait me consoler, comme il était déjà venu à mon secours lors de ma première nuit de voyage.

Je le pris par le cou à deux bras et j'embrassai son museau humide; alors il poussa deux ou trois gémissements étouffés et il me sembla qu'il pleurait avec moi.

Quand je me réveillai il faisait grand jour et Capi, assis devant moi, me regardait; les oiseaux sifflaient dans le feuillage; au loin, tout au loin, une cloche sonnait l'*Angelus;* le soleil, déjà haut dans le ciel, lançait des rayons chauds et réconfortants, aussi bien pour le cœur que pour le corps.

Notre toilette matinale fut bien vite faite, et nous nous mîmes en route, nous dirigeant du côté d'où venaient les tintements de la cloche; là était un village, là sans doute était un boulanger; quand on s'est couché sans dîner et sans souper, la faim parle de bonne heure.

Mon parti était pris : je dépenserais mes trois sous, et après nous verrions.

En arrivant dans le village, je n'eus pas besoin de demander où était la boulangerie; notre nez nous guida sûrement vers elle; j'eus l'odorat presque aussi fin que celui de mes chiens pour sentir de loin la bonne odeur du pain chaud.

Trois sous de pain quand il coûte cinq sous la livre, ne nous donnèrent à chacun qu'un bien petit morceau, et notre déjeuner fut rapidement terminé.

Le moment était donc venu de voir, c'est-à-dire d'aviser aux moyens de faire une recette dans la journée. Pour cela je me mis à parcourir le village en cherchant la place la plus favorable à une représentation, et aussi en examinant la physionomie des gens pour tâcher de deviner s'ils nous seraient amis ou ennemis.

Mon intention n'était pas de donner immédiatement cette représentation, car l'heure n'était pas convenable, mais d'étudier le pays, de faire choix du meilleur emplacement, et de revenir dans le milieu de la journée, sur cet emplacement, tenter la chance.

J'étais absorbé par cette idée, quand tout à coup j'entendis crier derrière moi; je me retournai vivement et je vis arriver Zerbino poursuivi par une vieille femme. Il ne me fallut pas longtemps pour comprendre ce qui provoquait cette poursuite et ces cris : profitant de ma distraction, Zerbino m'avait abandonné, et il était entré dans une maison où il avait volé un morceau de viande qu'il emportait dans sa gueule.

— Au voleur! criait la vieille femme, arrêtez-le, arrêtez-les tous!

En entendant ces derniers mots, me sentant coupable, ou tout au moins responsable de la faute de mon chien, je me mis à courir aussi. Que répondre si la vieille femme me demandait le prix du morceau de viande volé? Comment le payer? Une fois arrêtés, ne nous garderait-on pas?

Me voyant fuir, Capi et Dolce ne restèrent pas en arrière, et je les sentis sur mes talons, tandis que Joli-Cœur que je portais sur mon épaule, m'empoignait par le cou pour ne pas tomber.

Il n'y avait guère à craindre qu'on nous attrapât en nous rejoignant, mais on pouvait nous arrêter au passage, et justement il me sembla que telle était l'intention de deux ou trois personnes qui barraient la route. Heureusement une ruelle transversale venait déboucher sur la route avant ce groupe d'adversaires. Je me jetai dedans accompagné des chiens, et toujours courant à toutes jambes nous fûmes bientôt en pleine campagne. Cependant je ne m'arrêtai que lorsque la respiration commença à me manquer, c'est-à-dire après avoir fait au moins deux kilomètres. Alors je me retournai, osant regarder en arrière; personne ne nous suivait; Capi et Dolce étaient toujours sur mes talons, Zerbino arrivait tout au loin, s'étant arrêté sans doute pour manger son morceau de viande.

Je l'appelai, mais Zerbino, qui savait qu'il avait mérité une sévère correction s'arrêta, puis au lieu de venir à moi, il se sauva.

C'était poussé par la faim que Zerbino avait volé ce morceau de viande. Mais je ne pouvais pas accepter cette raison comme une excuse. Il y avait vol. Il fallait que le coupable fût puni, ou bien c'en était fait de la discipline dans ma troupe : au prochain village, Dolce imiterait son camarade, et Capi lui-même finirait par succomber à la tentation.

Je devais donc administrer une correction publique à Zerbino. Mais pour cela il fallait qu'il voulût bien comparaître devant moi, et ce n'était pas chose facile que de le décider.

J'eus recours à Capi.

— Va me chercher Zerbino.

Et il partit aussitôt pour accomplir la mission que je lui confiais. Cependant il me sembla qu'il acceptait ce rôle avec moins de zèle que de coutume, et dans le regard qu'il me jeta avant de partir, je crus voir qu'il se ferait plus volontiers l'avocat de Zerbino que mon gendarme.

Je n'avais plus qu'à attendre le retour de Capi et de son prisonnier, ce qui pouvait être assez long, car Zerbino, très-probablement, ne se laisserait pas ramener tout de suite. Mais il n'y avait rien de bien désagréable pour moi dans cette attente. J'étais assez loin du village pour n'avoir guère à craindre qu'on me poursuivît. Et d'un autre côté, j'étais assez fatigué de ma course pour désirer me reposer un moment. D'ailleurs à quoi bon me presser, puisque je ne savais pas où aller et que je n'avais rien à faire?

Justement l'endroit où je m'étais arrêté était fait à souhait pour l'attente et le repos. Sans savoir où j'allais dans ma course folle; j'étais arrivé sur les bords du canal du Midi, et après avoir traversé des campagnes poussiéreuses depuis mon départ de Toulouse, je me trouvais dans un pays vert et frais : des eaux, des arbres, de l'herbe, une petite source coulant à travers les fentes d'un rocher tapissé de plantes qui tombaient en cascades fleuries suivant le cours de l'eau; c'était charmant, et j'étais là à merveille pour attendre le retour des chiens.

Une heure s'écoula sans que je les visse revenir ni l'un ni l'autre, et je commençais à m'inquiéter, quand Capi reparut seul, la tête basse.

— Où est Zerbino?

Capi se coucha dans une attitude craintive, alors en le regardant je m'aperçus qu'une de ses oreilles était ensanglantée.

Je n'eus pas besoin d'explication pour comprendre ce qui s'était passé : Zerbino s'était révolté contre la gendarmerie, il avait fait résistance et Capi, qui peut-être n'obéissait qu'à regret à un ordre qu'il considérait comme bien sévère, s'était laissé battre.

Fallait-il le gronder et le corriger aussi? Je n'en eus pas le courage, je n'étais pas en disposition de peiner les autres, étant déjà bien assez affligé de mon propre chagrin.

L'expédition de Capi n'ayant pas réussi, il ne me restait qu'une ressource qui était d'attendre que Zerbino voulût bien revenir; je le connaissais, après un premier mouvement de révolte, il se résignerait à subir sa punition, et je le verrais apparaître repentant.

Je m'étendis sous un arbre, tenant Joli-Cœur attaché

de peur qu'il ne lui prît fantaisie de rejoindre Zerbino, et ayant, couchés à mes pieds, Capi et Dolce.

Le temps s'écoula, Zerbino ne parut pas, insensiblement le sommeil me prit et je m'endormis.

Quand je m'éveillai le soleil était au-dessus de ma
tête, et les heures avaient marché. Mais je n'avais
plus besoin du soleil pour me dire qu'il était tard,
mon estomac me criait qu'il y avait longtemps que
j'avais mangé mon morceau de pain. De leur côté les
deux chiens et Joli-Cœur me montraient aussi qu'ils
avaient faim. Capi et Dolce, avec des mines piteuses,
Joli-Cœur avec des grimaces.

Et Zerbino n'apparaissait toujours pas.

Je l'appelai, je le sifflai, mais tout fut inutile, il ne
parut pas; ayant bien déjeuné il digérait tranquillement, blotti sous un buisson.

Ma situation devenait critique : si je m'en allais il
pouvait très-bien se perdre et ne pas nous rejoindre;
si je restais, je ne trouvais pas l'occasion de gagner
quelques sous et de manger.

Et précisément le besoin de manger devenait de plus
en plus impérieux. Les yeux des chiens s'attachaient
sur les miens désespérément et Joli-Cœur se brossait
le ventre en poussant des petits cris de colère.

Le temps s'écoulant et Zerbino ne venant pas, j'en-
voyai une fois encore Capi à la recherche de son camarade, mais au bout d'une demi-heure il revint seul
et me fit comprendre qu'il ne l'avait pas trouvé.

Que faire ?

Bien que Zerbino fût coupable et nous eût mis tous
par sa faute encore dans une terrible situation, je ne

pouvais pas avoir l'idée de l'abandonner. Que dirait mon maître si je ne lui ramenais pas ses trois chiens ? Et puis, malgré tout, je l'aimais ce coquin de Zerbino.

Je résolus donc d'attendre jusqu'au soir, mais il était impossible de rester ainsi dans l'inaction à écouter notre estomac crier la faim, car ses cris étaient d'autant plus douloureux qu'ils étaient seuls à se faire entendre, sans aucune distraction aussi bien que sans relâche.

Il fallait inventer quelque chose qui pût nous occuper tous les quatre et nous distraire.

Si nous pouvions oublier que nous avions faim, nous aurions assurément moins faim pendant ces heures d'oubli.

Mais à quoi nous occuper ?

Comme j'examinais cette question, je me souvins que Vitalis m'avait dit qu'à la guerre quand un régiment était fatigué par une longue marche, on faisait jouer la musique, si bien qu'en entendant des airs gais ou entraînants, les soldats oubliaient leurs fatigues.

Si je jouais un air gai, peut-être oublierions-nous tous notre faim ; en tous cas étant occupé à jouer et les chiens à danser avec Joli-Cœur, le temps passerait plus vite pour nous.

Je pris ma harpe, qui était posée contre un arbre, et tournant le dos au canal, après avoir mis mes comédiens en position, je commençai à jouer un air de danse, puis après une valse.

Tout d'abord mes acteurs ne semblaient pas tr dis-posés à la danse, il était évident que le morceau de

pain eût bien mieux fait leur affaire, mais peu à peu
ils s'animèrent, la musique produisit son effet obligé,
nous oubliâmes tous le morceau de pain que nous
n'avions pas et nous ne pensâmes plus, moi qu'à
jouer, eux qu'à danser.

Tout à coup j'entendis une voix claire, une voix
d'enfant crier : « bravo ! » Cette voix venait de derrière
moi. Je me retournai vivement.

Un bateau était arrêté sur le canal, l'avant tourné
vers la rive sur laquelle je me trouvais ; les deux chevaux qui le traînaient avaient fait halte sur la rive op-
posée.

C'était un singulier bateau, et tel que je n'en avais
pas encore vu de pareil ; il était beaucoup plus court
que les péniches qui servent ordinairement à la navigation sur les canaux, et au-dessus de son pont peu élevé
au dessus de l'eau était construite une sorte de galerie
vitrée ; à l'avant de cette galerie se trouvait une verandah ombragée par des plantes grimpantes, dont le
feuillage accroché çà et là aux découpures du toit retombait par places en cascades vertes ; sous cette verandah j'aperçus deux personnes : une dame jeune
encore, à l'air noble et mélancolique qui se tenait debout, et un enfant, un garçon à peu près de mon âge
qui me parut couché.

C'était cet enfant sans doute qui avait crié «bravo.»

Remis de ma surprise, car cette apparition n'avait
rien d'effrayant, je soulevai mon chapeau pour remercier celui qui m'avait applaudi.

— C'est pour votre plaisir que vous jouez ? me demanda la dame, parlant avec un accent étranger.

—C'est pour faire travailler mes comédiens et aussi...
pour me distraire.

L'enfant fit un signe et la dame se pencha vers lui.

— Voulez-vous jouer encore ? me demanda la dame
en relevant la tête.

Si je voulais jouer ! Jouer pour un public qui m'arrivait si à propos. Je ne me fis pas prier.

— Voulez-vous une danse ou une comédie ? dis-je.

— Oh ! une comédie ! s'écria l'enfant.

Mais la dame interrompit pour dire qu'elle préférait
une danse.

— La danse, c'est trop court, s'écria l'enfant.

— Après la danse, nous pourrons, si l'honorable
société le désire, représenter différents tours, « tels
qu'ils se font dans les cirques de Paris. »

C'était une phrase de mon maître, je tâchai de la débi-
ter comme lui avec noblesse. En réfléchissant, j'étais
bien aise qu'on eût refusé la comédie, car j'aurais été
assez embarrassé pour organiser la représentation, d'a-
bord parce que Zerbino me manquait et aussi parce
que je n'avais pas les costumes et les accessoires nécessaires.

Je repris donc ma harpe et je commençai à jouer
une valse ; aussitôt Capi entoura la taille de Dolce avec
ses deux pattes et ils se mirent à tourner en mesure.
Puis Joli-Cœur dansa un pas seul. Puis successivement
nous passâmes en revue tout notre répertoire. Nous
ne sentions pas la fatigue. Quant à mes comédiens, ils
avaient assurément compris qu'un dîner serait le paiement de leurs peines, et ils ne s'épargnaient pas plus
que je m'épargnais moi-même.

Tout à coup, au milieu d'un de mes exercices, je vis
Zerbino sortir d'un buisson, et quand ses camarades
passèrent près de lui, il se plaça effrontément au milieu
d'eux et prit son rôle.

Tout en jouant et en surveillant mes comédiens, je
regardais de temps en temps le jeune garçon, et, chose
étrange, bien qu'il parût prendre grand plaisir à nos
exercices, il ne bougeait pas : il restait couché, allongé, dans ur‘ immobilité complète, ne remuant que
les deux mains pour nous applaudir.

Etait-il paralysé ? il semblait qu'il était attaché sur
une planche.

Insensiblement le vent avait poussé le bateau contre
la berge sur laquelle je me trouvais et je voyais maintenant l'enfant comme si j'avais été sur le bateau
même près de lui : il était blond de cheveux, son visage
était pâle, si pâle qu'on voyait les veines bleues de
son front sous sa peau transparente ; son expression
était la douceur et la tristesse, avec quelque chose de
maladif.

— Combien faites-vous payer les places à votre théâtre? me demanda la dame.

— On paye selon le plaisir qu'on a éprouvé.

— Alors, maman, il faut payer très-cher, dit l'enfant.

Puis il ajouta quelques paroles dans une langue que
je ne comprenais pas.

— Arthur voudrait voir vos acteurs de plus près,
me dit la dame.

Je fis un signe à Capi qui prenant son élan, sauta
dans le bateau.

— Et les autres? cria Arthur.

Zerbino et Dolce suivirent leur camarade.

— Et le singe !

Joli-Cœur aurait facilement fait le saut, mais je n'étais jamais sûr de lui; une fois à bord, il pouvait se livrer à des plaisanteries qui n'auraient-peut être pas été du goût de la dame.

— Est-il méchant? demanda-t-elle.

— Non, madame; mais il n'est pas toujours obéissant et j'ai peur qu'il ne se conduise pas convenablement.

— Eh bien! embarquez avec lui.

Disant cela, elle fit signe à un homme qui se tenait à l'arrière auprès du gouvernail, et aussitôt cet homme passant à l'avant jeta une planche sur la berge.

C'était un pont. Il me permit d'embarquer sans risquer le saut périlleux, et j'entrai dans le bateau gravement, ma harpe sur l'épaule et Joli-Cœur dans ma main.

— Le singe ! le singe ! s'écria Arthur.

Je m'approchai de l'enfant, et, tandis qu'il flattait et caressait Joli-Cœur, je pus l'examiner à loisir.

Chose surprenante, il était bien véritablement attaché sur une planche, comme je l'avais cru tout d'abord.

— Vous avez un père, n'est-ce pas, mon enfant? me demanda la dame.

— Oui, mais je suis seul en ce moment.

— Pour longtemps?

— Pour deux mois.

— Deux mois! Oh! mon pauvre petit! comment seul ainsi pour si longtemps à votre âge!

— Il le faut bien, madame !

— Votre maître vous oblige sans doute à lui rappor-
ter une somme d'argent au bout de ces deux mois ?

— Non, madame ; il ne m'oblige à rien. Pourvu que
je trouve à vivre avec ma troupe, cela suffit.

— Et vous avez trouvé à vivre jusqu'à ce jour ?

J'hésitai avant de répondre : je n'avais jamais vu
une dame qui m'inspirât un sentiment de respect comme celle qui m'interrogeait. Cependant elle me parlait
avec tant de bonté, sa voix était si douce, son regard
était si affable, si encourageant, que je me décidai à
dire la vérité. D'ailleurs, pourquoi me taire ?

Je lui racontai donc comment j'avais dû me séparer
de Vitalis, condamné à la prison pour m'avoir défendu,
et comment depuis que j'avais quitté Toulouse, je n'a-
vais pas pu gagner un sou.

Pendant que je parlais, Arthur jouait avec les chiens,
mais cependant il écoutait et entendait ce que je
disais.

— Comme vous devez tous avoir faim ! s'écria-t-il.

A ce mot, qu'ils connaissaient bien, les chiens se
mirent à aboyer et Joli-Cœur se frotta le ventre avec
frénésie.

— Oh ! maman, dit Arthur.

La dame comprit cet appel : elle dit quelques mots
en langue étrangère à une femme qui montrait sa tête
dans une porte entre-bâillée et presque aussitôt cette
femme apporta une petite table servie.

— Asseyez-vous, mon enfant, me dit la dame.

Je ne me fis pas prier, je posai ma harpe et m'assis
vivement devant la table ; les chiens se rangèrent aus-

sitôt autour de moi et Joli-Cœur prit place sur mon genou.

— Vos chiens mangent-ils du pain? me demanda Arthur.

S'ils mangeaient du pain! Je leur en donnai à chacun un morceau qu'ils dévorèrent.

— Et le singe ? dit Arthur.

Mais il n'y avait pas besoin de s'occuper de Joli-Cœur, car tandis que je servais les chiens, il s'était emparé d'un morceau de croûte de pâté avec lequel il était en train de s'étouffer sous la table.

A mon tour, je pris une tranche de pain, et si je ne m'étouffai pas comme Joli-Cœur, je dévorai au moins aussi gloutonnement que lui.

— Pauvre enfant! disait la dame en emplissant mon verre.

Quant à Arthur, il ne disait rien, mais il nous regardait les yeux écarquillés, émerveillé assurément de notre appétit, car nous étions aussi voraces les uns que les autres, même Zerbino, qui cependant aurait dû se rassasier jusqu'à un certain point avec la viande qu'il avait volée.

— Et où auriez-vous dîné ce soir si nous ne nous étions pas rencontrés? demanda Arthur.

— Je crois bien que nous n'aurions pas dîné.

— Et demain où dînerez-vous?

— Peut-être demain aurons-nous la chance de faire une bonne rencontre comme aujourd'hui.

Sans continuer de s'entretenir avec moi Arthur se tourna vers sa mère, et une longue conversation s'engagea entre eux dans la langue étrangère que j'avais déjà entendue: il paraissait demander une chose qu'elle n'était pas disposée à accorder ou tout au moins contre laquelle elle soulevait des objections.

Tout à coup il tourna de nouveau sa tête vers moi, car son corps ne bougeait pas.

— Voulez-vous rester avec nous? dit-il.

Je le regardai sans répondre, tant cette question me prit à l'improviste.

— Mon fils vous demande si vous voulez rester avec nous.

— Sur ce bateau!

— Oui, sur ce bateau: mon fils est malade, les médecins ont ordonné de le tenir attaché sur une planche ainsi que vous voyez. Pour qu'il ne s'ennuie pas, je le promène dans ce bateau. Vous demeurerez avec nous. Vos chiens et votre singe donneront des représentations pour Arthur qui sera leur public. Et vous, si vous le voulez bien, mon enfant, vous nous jouerez de la harpe. Ainsi vous nous rendrez service, et nous de notre côté nous vous serons peut-être utiles. Vous n'aurez point chaque jour à trouver un public, ce qui pour un enfant de votre âge n'est pas toujours très-facile.

En bateau! Je n'avais jamais été en bateau, et ç'a-lait été mon grand désir. J'allais vivre en bateau, sur veau, quel bonheur!

Ce fut la première pensée qui frappa mon esprit et l'éblouit. Quel rêve!

Quelques secondes de réflexion me firent sentir tout ce qu'il y avait d'heureux pour moi dans cette proposition, et combien était généreuse celle qui me l'adressait.

Je pris la main de la dame et la baisai.

Elle parut sensible à ce témoignage de reconnaissance, et affectueusement, presque tendrement, elle me passa à plusieurs reprises la main sur le front.

— Pauvre petit ! dit-elle.

Puisqu'on me demandait de jouer de la harpe, il me sembla que je ne devais pas différer de me rendre au désir qu'on me montrait : l'empressement était jusqu'à un certain point une manière de prouver ma bonne volonté en même temps que ma reconnaissance.

Je pris mon instrument et j'allai me placer tout à l'avant du bateau, puis je commençai à jouer.

En même temps la dame approcha de ses lèvres un petit sifflet en argent et elle en tira un son aigu.

Je cessai de jouer aussitôt, me demandant pourquoi elle sifflait ainsi : était-ce pour me dire que je jouais mal ou pour me faire taire ?

Arthur, qui voyait tout ce qui se passait autour de lui, devina mon inquiétude.

— Maman a sifflé pour que les chevaux se remettent en marche, dit-il.

En effet, le bateau qui s'était éloigné de la berge commençait à filer sur les eaux tranquilles du canal ; entraîné par les chevaux, l'eau clapotait contre la carène, et de chaque côté les arbres fuyaient derrière nous éclairés par les rayons obliques du soleil couchant.

— Voulez-vous jouer ? demanda Arthur.

Et, d'un signe de tête, appelant sa mère auprès de lui, il lui prit la main et la garda dans les siennes pendant tout le temps que je jouai les divers morceaux que mon maître m'avait appris.

XII

MON PREMIER AMI

La mère d'Arthur était Anglaise, elle se nommait madame Milligan ; elle était veuve et Arthur était son seul enfant, — au moins son seul enfant vivant, car elle avait eu un fils aîné, qui avait disparu dans des conditions mystérieuses.

A l'âge de six mois, cet enfant avait été perdu ou volé, et jamais on n'avait pu retrouver ses traces. Il est vrai qu'au moment où cela était arrivé, madame Milligan n'avait pas pu faire les recherches nécessaires. Son mari était mourant et elle-même était très-gravement malade, n'ayant pas sa connaissance et ne sachant rien de ce qui se passait autour d'elle. Quand elle était revenue à la vie, son mari était mort et son fils avait disparu. Les recherches avaient été dirigées par M. James Milligan, son beau-frère. Mais il y avait cela de particulier dans ce choix, que M. James Milligan avait un intérêt opposé à celui de sa belle-sœur. En effet, son frère mort sans enfants, il devenait l'héritier de celui-ci. Ses recherches n'aboutirent point : en Angleterrre, en France, en Belgique, en Allemagne, en Italie, il fut impossible de découvrir ce qu'était devenu l'enfant disparu.

Cependant M. James Milligan n'hérita point de son frère, car sept mois après la mort de son mari madame Milligan mit au monde un enfant, qui était le petit Arthur.

Mais cet enfant chétif et maladif, ne pouvait pas vivre, disaient les médecins; il devait mourir d'un moment à l'autre, et ce jour-là M. James Milligan devenait enfin l'héritier du titre et de la fortune de son frère aîné, car les lois de l'héritage ne sont pas les mêmes dans tous les pays, et en Angleterre elles permettent, dans certaines circonstances, que ce soit un oncle qui hérite au détriment d'une mère.

Les espérances de M. James Milligan se trouvèrent donc retardées par la naissance de son neveu, elles ne furent pas détruites; il n'avait qu'à attendre.

Il attendit.

Mais les prédictions des médecins ne se réalisèrent point : Arthur resta maladif; il ne mourut pourtant pas ainsi qu'il avait été décidé; les soins de sa mère le firent vivre; c'est un miracle qui, Dieu merci, se répète assez souvent.

Vingt fois on le crut perdu, vingt fois il fut sauvé; successivement, quelquefois même ensemble il avait eu toutes les maladies qui peuvent s'abattre sur les enfants.

En ces derniers temps s'était déclaré un mal terrible qu'on appelle coxalgie, et dont le siége est dans la hanche. Pour ce mal on avait ordonné les eaux sulfureuses, et madame Milligan était venue dans les Pyrénées. Mais après avoir essayé des eaux inutilement, on avait conseillé un autre traitement qui consistait à tenir le malade allongé, sans qu'il pût mettre le pied à terre.

C'est alors que madame Milligan avait fait construire à Bordeaux le bateau sur lequel je m'étais embarqué.

Elle ne pouvait pas penser à laisser son fils enfermé dans une maison, il y serait mort d'ennui ou de privation d'air : Arthur ne pouvant plus marcher, la maison qu'il habiterait devait marcher pour lui.

On avait transformé un bateau en maison flottante avec chambre, cuisine, salon et verandah. C'était dans ce salon ou sous cette verandah, selon les temps, qu'Arthur se tenait du matin au soir, avec sa mère à ses côtés, et les paysages défilaient devant lui, sans qu'il eût d'autre peine que d'ouvrir les yeux.

Ils étaient partis de Bordeaux depuis un mois, et après avoir remonté la Garonne, ils étaient entrés dans le canal du Midi ; par ce canal, ils devaient gagner les étangs et les canaux qui longent la Méditerranée, remonter ensuite le Rhône, puis la Saône, passer de cette rivière dans la Loire jusqu'à Briare, prendre là le canal de ce nom, arrive dans la Seine et suivre le cours de ce fleuve jusqu'à Rouen où ils s'embarqueraient sur un grand navire pour rentrer en Angleterre.

Bien entendu, ce ne fut pas dès le jour de mon arrivée que j'appris tous ces détails sur madame Milligan et sur Arthur ; je ne les connus que successivement, peu à peu, et si je les ai groupés ici, c'est pour l'intelligence de mon récit.

Le jour de mon arrivée, je fis seulement connaissance de la chambre que je devais occuper dans le bateau qui s'appelait le *Cygne*. Bien qu'elle fût toute petite, cette chambre, deux mètres de long sur un mètre à peu près de large, c'était la plus charmante cabine, la plus étonnante que puisse rêver une imagination enfantine.

Le mobilier qui la garnissait consistait en une seule commode, mais cette commode ressemblait à la bouteille inépuisable des physiciens qui renferme tant de choses. Au lieu d'être fixe, la tablette supérieure était mobile, et quand on la relevait, on trouvait sous elle un lit complet, matelas, oreiller, couverture. Bien entendu il n'était pas très-large ce lit, cependant il était assez grand pour qu'on y fût très-bien couché. Sous ce lit était un tiroir garni de tous les objets nécessaires à la toilette. Et sous ce tiroir s'en trouvait un autre divisé en plusieurs compartiments, dans lesquels on pouvait ranger le linge et les vêtements. Point de tables, point de siéges, au moins dans la forme habituelle, mais contre la cloison, du côté de la tête du lit, une planchette qui, en s'abaissant, formait table, et du côté des pieds, une autre qui formait chaise.

Un petit hublot percé dans le bordage et qu'on pouvait fermer avec un verre rond, servait à éclairer et à aérer cette chambre.

Jamais je n'avais rien vu de si joli, ni de si propre; tout était revêtu de boiseries en sapin verni, et sur le plancher était étendue une toile cirée à carreaux noirs et blancs.

Mais ce n'étaient pas seulement les yeux qui étaient charmés.

Quand, après m'être déshabillé, je m'étendis dans le lit, j'éprouvai un sentiment de bien-être tout nouveau pour moi; c'était la première fois que des draps me flattaient la peau, au lieu de me la gratter; chez mère Barberin je couchais dans des draps de toile de chanvres raides et rugueux; avec Vitalis nous couchions bien souvent sans draps sur la paille ou sur le foin, et quand on nous en donnait, dans les auberges, mieux aurait valu, presque toujours, une bonne litière; comme ils étaient fins ceux dans lesquels je m'enveloppais; comme ils étaient doux, comme ils sentaient bon! et le matelas comme il était plus moelleux que les aiguilles de pin sur lesquelles j'avais couché la veille! Le silence de la nuit n'était plus inquiétant, l'ombre n'était plus peuplée, et les étoiles que je regardais par le hublot ne me disaient plus que des paroles d'encouragement et d'espérance.

Si bien couché que je fusse dans ce bon lit, je me levai dès le point du jour, car j'avais l'inquiétude de savoir comment mes comédiens avaient passé la nuit.

Je trouvai tout mon monde à la place où je l'avais installé la veille et dormant comme si ce bateau eût été leur habitation depuis plusieurs mois. A mon approche, les chiens s'éveillèrent et vinrent joyeusement me demander leur caresse du matin. Seul, Joli-Cœur, bien qu'il eût un œil à demi ouvert, ne bougea pas, mais il se mit à ronfler comme un trombone.

Il n'y avait pas besoin d'un grand effort d'esprit pour comprendre ce que cela signifiait : M. Joli-Cœur, qui était la susceptibilité en personne, se fâchait avec une extrême facilité, et une fois fâché, il boudait long-temps. Dans les circonstances présentes, il était peiné que je ne l'eusse pas emmené dans ma chambre, et il me témoignait son mécontentement par ce sommeil simulé.

Je ne pouvais pas lui expliquer les raisons qui m'a-vaient obligé, à mon grand regret, de le laisser sur le pont, et, comme je sentais que j'avais, du moins en apparence, des torts envers lui, je le pris dans mes bras, pour lui témoigner mes regrets par quelques caresses.

Tout d'abord il persista dans sa bouderie, mais bientôt, avec sa mobilité d'humeur, il pensa à autre chose, et, par sa pantomime, il m'expliqua que, si je voulais aller me promener avec lui à terre, il me par-donnerait peut-être.

Le marinier que j'avais vu la veille au gouvernail était déjà levé et il s'occupait à nettoyer le pont : il voulut bien mettre la planche à terre, et je pus des-cendre dans la prairie avec ma troupe.

En jouant avec les chiens et avec Joli-Cœur, en cou-rant, en sautant les fossés, en grimpant aux arbres, le temps passa vite ; quand nous revînmes, les chevaux étaient attelés au bateau et attachés à un peuplier sur le chemin de halage : ils n'attendaient qu'un coup de fouet pour partir.

J'embarquai vite ; quelques minutes après, l'amarre qui retenait le bateau à la rive fut larguée, le marinier prit place au gouvernail, le haleur enfourcha son cheval, la poulie dans laquelle passait la remorque grinça, nous étions en route.

Quel plaisir que le voyage en bateau ! les chevaux trottaient sur le chemin de halage, et, sans que nous sentissions un mouvement, nous glissions légèrement sur l'eau ; les deux rives boisées fuyaient derrière nous, et l'on n'entendait d'autre bruit que celui du remous contre la carène dont le clapotement se mêlait à la sonnerie des grelots que les chevaux portaient à leur cou.

Nous allions, et penché sur le bordage, je regardais les peupliers qui, les racines dans l'herbe fraîche, se dressaient fièrement, agitant dans l'air tranquille du matin leurs feuilles toujours émues ; leur longue file alignée selon la rive, formait un épais rideau vert qui arrêtait les rayons obliques du soleil, et ne laissait venir à nous qu'une douce lumière tamisée par le branchage.

De place en place l'eau se montrait toute noire, comme si elle recouvrait des abîmes insondables ; ailleurs au contraire, elle s'étalait en nappes transparentes qui laissaient voir des cailloux lustrés et des herbes veloutées.

J'étais absorbé dans ma contemplation, lorsque j'entendis prononcer mon nom derrière moi.

Je me retournai vivement : c'était Arthur qu'on apportait sur sa planche ; sa mère était près de lui.

— Vous avez bien dormi ? me demanda Arthur, mieux que dans les champs ?

Je m'approchai et répondis en cherchant des paroles

polies que j'adressai à la mère tout autant qu'à l'enfant.

— Et les chiens? dit-il.

Je les appelai, ainsi que Joli-Cœur; ils arrivèrent en saluant et Joli-Cœur en faisant des grimaces, comme lorsqu'il prévoyait que nous allions donner une représentation.

Mais il ne fut pas question de représentation, ce matin-là.

Madame Milligan avait installé son fils à l'abri des rayons du soleil; et elle s'était placée près de lui.

— Voulez-vous emmener les chiens et le singe, me dit-elle, nous avons à travailler.

Je fis ce qui m'était demandé, et je m'en allai avec ma troupe, tout à l'avant.

A quel travail ce pauvre petit malade était-il donc propre?

Je vis que sa mère lui faisait répéter une leçon, dont elle suivait le texte dans un livre ouvert.

Etendu sur sa planche, Arthur répétait sans faire un mouvement.

Ou plus justement, il essayait de répéter, car il hésitait terriblement, et ne disait pas trois mots couramment; encore bien souvent se trompait-il.

Sa mère le reprenait avec douceur, mais en même temps avec fermeté.

— Vous ne savez pas votre fable, dit-elle.

Cela me parut étrange de l'entendre dire *vous* à son fils, car je ne savais pas alors que les Anglais ne se servent pas du tutoiement.

— Oh! maman, dit-il d'une voix désolée.

— Vous faites plus de fautes aujourd'hui que vous n'en faisiez hier.

— J'ai tâché d'apprendre.

— Et vous n'avez pas appris.

— Je n'ai pas pu.

— Pourquoi?

— Je ne sais pas... parce que je n'ai pas pu... Je suis malade.

— Vous n'êtes pas malade de la tête; je ne consentirai jamais à ce que vous n'appreniez rien, et que, sous prétexte de maladie, vous grandissiez dans l'ignorance.

Elle me paraissait bien sévère, madame Milligan, et cependant elle parlait sans colère et d'une voix tendre.

— Pourquoi me désolez-vous en n'apprenant pas vos leçons?

— Je ne peux pas, maman, je vous assure que je ne peux pas.

Et Arthur se prit à pleurer.

Mais madame Milligan ne se laissa pas ébranler par ses larmes, bien qu'elle parût touchée et même désolée, comme elle avait dit.

— J'aurais voulu vous laisser jouer ce matin avec Remi et avec les chiens, continua-t-elle, mais vous ne jouerez que quand vous m'aurez répété votre fable sans faute.

Disant cela, elle donna le livre à Arthur et fit quelques pas, comme pour rentrer dans l'intérieur du bateau, laissant son fils couché sur sa planche.

Il pleurait à sanglots et de ma place j'entendais sa voix entrecoupée.

Comment madame Milligan pouvait-elle être sévère avec ce pauvre petit, qu'elle paraissait aimer si tendrement? s'il ne pouvait pas apprendre sa leçon, ce n'était pas sa faute, c'était celle de la maladie sans doute.

Elle allait donc disparaître sans lui dire une bonne parole.

Mais elle ne disparut pas; au lieu d'entrer dans le bateau, elle revint vers son fils.

— Voulez-vous que nous essayions de l'apprendre ensemble? dit-elle.

— Oh! oui, maman, ensemble.

Alors elle s'assit près de lui, et reprenant le livre, elle commença à lire doucement la fable, qui s'appelait : *Le Loup et le jeune Mouton;* après elle, Arthur répétait les mots et les phrases.

Lorsqu'elle eut lu cette fable trois fois, elle donna le livre à Arthur, en lui disant d'apprendre maintenant tout seul, et elle rentra dans le bateau.

Aussitôt Arthur se mit à lire sa fable, et de ma place où j'étais resté, je le vis remuer les lèvres.

Il était évident qu'il travaillait et qu'il s'appliquait.

Mais cette application ne dura pas longtemps; bientôt il leva les yeux de dessus son livre, et ses lèvres remuèrent moins vite, puis tout à coup elles s'arrêtèrent complétement.

Il ne lisait plus, et ne répétait plus.

Ses yeux, qui erraient çà et là, rencontrèrent les miens.

De la main je lui fis un signe pour l'engager à revenir à sa leçon.

Il me sourit doucement comme pour me dire qu'il me remerciait de mon avertissement, et ses yeux se fixèrent de nouveau sur son livre

Mais bientôt ils se relevèrent et allèrent d'une rive à l'autre du canal.

Comme ils ne regardaient pas de mon côté, je me levai et ayant ainsi provoqué son attention, je lui montrai son livre.

Il le reprit d'un air confus.

Malheureusement, deux minutes après, un martin-pêcheur, rapide comme une flèche, traversa le canal à l'avant du bateau, laissant derrière lui un rayon bleu.

Arthur souleva la tête pour le suivre.

Puis quand la vision fut évanouie, il me regarda.

Alors m'adressant la parole :

— Je ne peux pas, dit-il, et cependant je voudrais bien.

Je m'approchai.

— Cette fable n'est pourtant pas bien difficile, lui dis-je.

— Oh ! si, bien difficile, au contraire.

— Elle m'a paru très-facile ; et en écoutant votre maman la lire, il me semble que je l'ai retenue.

Il se mit à sourire d'un air de doute.

— Voulez-vous que je vous la dise ?

— Pourquoi, puisque c'est impossible.

— Mais non, ce n'est pas impossible ; voulez-vous que j'essaye ? prenez le livre.

Il reprit le livre et je commençai à réciter ; il n'eut à me reprendre que trois ou quatre fois.

— Comment, vous la savez ! s'écria-t-il.

— Pas très-bien, mais maintenant je crois que je la dirais sans faute.

— Comment avez-vous fait pour l'apprendre?

—J'ai écouté votre maman la lire, mais je l'ai écoutée avec attention sans regarder ce qui se passait autour de nous.

Il rougit et détourna les yeux; puis après un court moment de honte :

— Je comprends comment vous avez écouté, dit-il, et je tâcherai d'écouter comme vous; mais comment avez-vous fait pour retenir tous ces mots qui se brouillent dans ma mémoire?

Comment j'avais fait ? Je ne savais trop, car je n'avais pas réfléchi à cela; cependant je tâchai de lui expliquer ce qu'il me demandait en m'en rendant compte moi-même.

— De quoi s'agit-il dans cette fable? dis-je. D'un mouton. Je commence donc à penser à des moutons. Ensuite je pense à ce qu'ils font : « Des moutons étaient en sûreté dans leur parc. » Je vois les moutons couchés et dormant dans leur parc puisqu'ils sont en sûreté, et les ayant vus je ne les oublie plus.

— Bon, dit-il, je les vois aussi : « Des moutons étaient en sûreté dans leur parc. » J'en vois des blancs et des noirs ; je vois des brebis et des agneaux. Je vois même le parc : il est fait de claies.

— Alors vous ne l'oublierez plus?

— Oh ! non.

— Ordinairement qui est-ce qui garde les moutons?

— Des chiens.

— Quand ils n'ont pas besoin de garder les moutons,

parce que ceux-ci sont en sûreté, que font les chiens?

— Ils n'ont rien à faire.

— Alors ils peuveut dormir; nous disons donc : « les chiens dormaient. »

— C'est cela, c'est bien facile.

— N'est-ce pas que c'est très-facile? Maintenant, pensons à autre chose. Avec les chiens, qu'est-ce qui garde les moutons?

— Un berger.

— Si les moutons sont en sûreté, le berger n'a rien à faire, à quoi peut-il employer son temps.

— A jouer de la flûte.

— Le voyez-vous?

— Oui.

— Où est-il?

— A l'ombre d'un grand ormeau.

— Il est seul?

— Non, il est avec d'autres bergers voisins.

— Alors, si vous voyez les moutons, le parc, les chiens et le berger, est-ce que vous ne pouvez pas répéter sans faute le commencement de votre fable?

— Il me semble.

— Essayez.

En m'entendant parler ainsi et lui expliquer comment il pouvait être facile d'apprendre une leçon qui tout d'abord paraissait difficile, Arthur me regarda avec émotion et avec crainte, comme s'il n'était pas convaincu de la vérité de ce que je lui disais; cependant, après quelques secondes d'hésitation, il se décida.

— « Des moutons étaient en sûreté dans leur parc,

« les chiens dormaient, et le berger, à l'ombre d'un
« grand ormeau, jouait de la flûte avec d'autres ber-
« gers voisins. »

Alors frappant ses mains l'une contre l'autre :

— Mais je sais, s'écria-t-il, je n'ai pas fait de faute.

— Vouiez-vous apprendre le reste de la fable de la
même manière?

— Oui, avec vous je suis sûr que je vais l'apprendre.
Ah! comme maman sera contente!

Et il se mit à apprendre le reste de la fable, comme
il avait appris sa première phrase.

En moins d'un quart d'heure il la sut parfaitement
et il était en train de la répéter sans faute lorsque sa
mère survint derrière nous.

Tout d'abord elle se fâcha de nous voir réunis, car
elle crut que nous n'étions ensemble que pour jouer,
mais Arthur ne lui laissa pas dire deux paroles :

— Je la sais, s'écria-t-il, et c'est lui qui me l'a apprise.

Madame Milligan me regardait toute surprise, et
elle allait sûrement m'interroger, quand Arthur se
mit, sans qu'elle le lui demandât, à répéter le *Loup et le
jeune Mouton*. Il le fit d'un air de triomphe et de joie,
sans hésitation et sans faute.

Pendant ce temps, je regardais madame Milligan;
je vis son beau visage s'éclairer d'un sourire, puis il
me sembla que ses yeux se mouillèrent; mais comme
à ce moment elle se pencha sur son fils pour l'embrasser tendrement en l'entourant de ses deux bras,
je ne sais pas si elle pleurait.

—- Les mots, disait Arthur, c'est bête, ça ne signifie

rien, mais les choses on les voit, et Remi m'a fait voir
le berger avec sa flûte; quand je levais les yeux en
apprenant je ne pensais plus à ce qui m'entourait,
je voyais la flûte du berger et j'entendais l'air qu'il
jouait. Voulez-vous que je vous chante l'air, maman?

Et il chanta en anglais une chanson mélancolique.

Cette fois madame Milligan pleurait pour tout de
bon, et quand elle se releva, je vis ses larmes sur les
joues de son enfant. Alors elle s'approcha de moi et,
me prenant la main, elle me la serra si doucement
que je me sentis tout ému :

— Vous êtes un bon garçon, me dit-elle.

Si j'ai raconté tout au long ce petit incident, c'est
pour faire comprendre le changement qui, à partir de
ce jour-là, se fit dans ma position : la veille on m'avait
pris comme montreur de bêtes pour amuser, moi,
mes chiens et mon singe, un enfant malade; mais
cette leçon me sépara des chiens et du singe, je devins
un camarade, presque un ami.

Il faut dire aussi, tout de suite, ce que je ne sus que
plus tard, c'est que madame Milligan était désolée de
voir que son fils n'apprenait, ou plus justement ne
pouvait rien apprendre. Bien qu'il fût malade elle
voulait qu'il travaillât, et précisément parce que cette
maladie devait être longue, elle voulait dès maintenant donner à son esprit, des habitudes qui lui per-
missent de réparer le temps perdu, le jour où la
guérison serait venue.

Jusque-là, elle avait fort mal réussi : si Arthur
n'était point rétif au travail, il l'était absolument à
l'attention et à l'application; il prenait sans résistance

le livre qu'on lui mettait aux mains, il ouvrait même assez volontiers ses mains pour le recevoir, mais son esprit il ne l'ouvrait pas, et c'était mécaniquement, comme une machine, qu'il répétait tant bien que mal, et plutôt mal que bien, les mots qu'on lui faisait entrer de force dans la tête.

De là un vif chagrin chez sa mère, qui désespérait de lui.

De là aussi une vive satisfaction lorsqu'elle lui entendit répéter une fable apprise avec moi en une demi-heure, qu'elle-même n'avait pas pu, en plusieurs jours, lui mettre dans la mémoire.

Quand je pense maintenant aux jours passés sur ce bateau, auprès de madame Milligan et d'Arthur, je trouve que ce sont les meilleurs de mon enfance.

Arthur s'était pris pour moi d'une ardente amitié, et de mon côté je me laissais aller sans réfléchir et sous l'influence de la sympathie à le regarder comme un frère : pas une querelle entre nous ; chez lui pas la moindre marque de la supériorité que lui donnait sa position, et chez moi pas le plus léger embarras ; je n'avais même pas conscience que je pouvais être embarrassé.

Cela tenait sans doute à mon âge et à mon ignorance des choses de la vie ; mais assurément cela tenait beaucoup encore à la délicatesse et à la bonté de madame Milligan, qui bien souvent me parlait comme si j'avais été son enfant.

Et puis ce voyage en bateau était pour moi un émerveillement ; pas une heure d'ennui ou de fatigue ; du matin au soir, toutes nos heures remplies.

10.

Depuis la construction des chemins de fer, on ne visite plus, on ne connaît même plus le canal du Midi, et cependant c'est une des curiosités de la France.

De Villefranche de Lauraguais nous avions été à Avignonnet, et d'Avignonnet aux pierres de Naurouse où s'élève le monument érigé à la gloire de Riquet, le constructeur du canal, à l'endroit même où se trouve la ligne de faîte entre les rivières qui vont se jeter dans l'Océan et celles qui descendent à la Méditerranée.

Puis nous avions traversé Castelnaudary, la ville des moulins, Carcassonne, la cité du moyen âge, et par l'écluse de Fouserannes, si curieuse avec ses huit sas accolés, nous étions descendus à Béziers.

Quand le pays était intéressant, nous ne faisions que quelques lieues dans la journée; quand au contraire il était monotone, nous allions plus vite.

C'était la route elle-même qui décidait notre marche et notre départ. Aucune des préoccupations ordinaires aux voyageurs ne nous gênait; nous n'avions pas à faire de longues étapes pour gagner une auberge où nous serions certains de trouver à dîner et à coucher.

A heure fixe, nos repas étaient servis sous la verandah; et tout en mangeant nous suivions tranquillement le spectacle mouvant des deux rives.

Quand le soleil s'abaissait, nous nous arrêtions où l'ombre nous surprenait; et nous restions là jusqu'à ce que la lumière reparût.

Toujours chez nous, dans notre maison, nous ne connaissions point les heures désœuvrées du soir, si longues et si tristes bien souvent pour le voyageur.

Ces heures du soir, tout au contraire, étaient pour nous souvent trop courtes, et le moment du coucher nous surprenait presque toujours alors que nous ne pensions guère à dormir.

Le bateau arrêté, s'il faisait frais, on s'enfermait dans le salon, et, après avoir allumé un feu doux, pour chasser l'humidité ou le brouillard, qui étaient mauvais pour le malade, on apportait les lampes ; on installait Arthur devant la table ; je m'asseyais près de lui, et madame Milligan nous montrait des livres d'images ou des vues photographiques. De même que le bateau qui nous portait avait été construit pour cette navigation spéciale, de même les livres et les vues avaient été choisis pour ce voyage. Quand nos yeux commençaient à se fatiguer, elle ouvrait un de ces livres et nous lisait les passages qui devaient nous intéresser et que nous pouvions comprendre ; ou bien fermant livres et albums, elle nous racontait les légendes, les faits historiques se rapportant aux pays que nous venions de traverser. Elle parlait les yeux attachés sur ceux de son fils, et c'était chose touchante de voir la peine qu'elle se donnait pour n'exprimer que des idées, pour n'employer que des mots qui pussent être facilement compris.

Pour moi, quand les soirées étaient belles, j'avais aussi un rôle actif ; alors je prenais ma harpe, et descendant à terre, j'allais à une certaine distance me placer derrière un arbre qui me cachait dans son ombre, et là je chantais toutes les chansons, je jouais tous les airs que je savais ; pour Arthur c'était un

grand plaisir que d'entendre ainsi de la musique dans
le calme de la nuit, sans voir celui qui la faisait; souvent il me criait : « encore! » et je recommençais l'air
que je venais de jouer.

C'était là une vie douce et heureuse pour un enfant qui comme moi n'avait quitté la chaumière de
mère Barberin que pour suivre sur les grandes routes
le signor Vitalis.

Quelle différence entre le plat de pommes de terre
au sel de ma pauvre nourrice et les bonnes tartes
aux fruits, les gelées, les crèmes, les pâtisseries de la
cuisinière de madame Milligan!

Quel contraste entre les longues marches à pied,
dans la boue, sous la pluie, par un soleil de feu, derrière mon maître, et cette promenade en bateau!

Mais, pour être juste envers moi-même, je dois
dire que j'étais encore plus sensible au bonheur
moral que je trouvais dans cette vie nouvelle, qu'aux
jouissances matérielles qu'elle me donnait.

Oui, elles étaient bien bonnes les pâtisseries de madame Milligan; oui, il était agréable de ne plus souffrir de la faim, du chaud ou du froid; mais combien
plus que tout cela étaient bons et agréables pour mon
cœur les sentiments qui l'emplissaient.

Deux fois j'avais vu se briser ou se dénouer les liens
qui m'attachaient à ceux que j'aimais : la première,
lorsque j'avais été arraché d'auprès de mère Barberin; la seconde, lorsque j'avais été séparé de Vitalis;
et ainsi deux fois je m'étais trouvé seul au monde,
sans appui, sans soutien, n'ayant d'autres amis que
mes bêtes.

Et voilà que dans mon isolement et dans ma détresse j'avais trouvé quelqu'un qui m'avait témoigné
de la tendresse, et que j'avais pu aimer : une femme,
une belle dame, douce, affable et tendre, un enfant
de mon âge qui me traitait comme si j'avais été son
frère.

Quelle joie, quel bonheur pour un cœur qui, comme
le mien, avait tant besoin d'aimer !

Combien de fois en regardant Arthur couché sur sa
planche, pâle et dolent, je me prenais à envier son
bonheur, moi, plein de santé et de force !

Ce n'était pas le bien-être qui l'entourait que j'en-
viais, ce n'étaient pas ses livres, ses jouets luxueux, ce
n'était pas son bateau, c'était l'amour que sa mère lui
témoignait.

Comme il devait être heureux d'être ainsi aimé,
d'être ainsi embrassé dix fois, vingt fois par jour,
et de pouvoir lui-même embrasser de tout son cœur
cette belle dame, sa mère, dont j'osais à peine toucher
la main lorsqu'elle me la tendait.

Et alors je me disais tristement que moi je n'aurais
jamais une mère qui m'embrasserait et que j'embras-
rerais : peut-être un jour je reverrais mère Barberin,
et ce me serait une grande joie, mais enfin je ne pourrais plus maintenant lui dire comme autrefois : « maman, » puisqu'elle n'était pas ma mère.

Seul, je serais toujours seul !

Aussi cette pensée me faisait-elle goûter avec plus
d'intensité la joie que j'éprouvais à me sentir traiter
tendrement par madame Milligan et Arthur.

Je ne devais pas me montrer trop exigeant pour ma*.

part de bonheur en ce monde, et puisque je n'aurais jamais ni mère, ni frère, ni famille, je devais me trouver heureux d'avoir des amis.

Je devais être heureux et en réalité je l'étais pleinement.

Cependant si douces que me parussent ces nouvelles habitudes, il me fallut bientôt les interrompre pour revenir aux anciennes.

XIII

ENFANT TROUVÉ

Le temps avait passé vite pendant ce voyage, et le moment approchait où mon maître allait sortir de prison.

A mesure que nous nous éloignions de Toulouse, cette pensée m'avait de plus en plus vivement tourmenté.

C'était charmant de s'en aller ainsi en bateau, sans peine comme sans souci; mais il faudrait revenir et faire à pied la route parcourue sur l'eau.

Ce serait moins charmant : plus de bon lit, plus de crèmes, plus de pâtisseries, plus de soirées autour de la table.

Et ce qui me touchait encore bien plus vivement, il faudrait me séparer d'Arthur et de madame Milligan ; il faudrait renoncer à leur affection, les perdre comme déjà j'avais perdu mère Barberin. N'aimerais-je donc, ne serais-je donc aimé que pour être séparé brutalement de ceux près de qui je voudrais passer ma vie !

Je puis dire que cette préoccupation a été le seul nuage de ces journées radieuses.

Un jour enfin, je me décidai à en faire part à madame Milligan, en lui demandant combien elle croyait qu'il me faudrait de temps pour retourner à Toulouse, car je voulais me trouver devant la porte de la prison, juste au moment où mon maître la franchirait.

En entendant parler de départ, Arthur poussa les hauts cris :

— Je ne veux pas que Remi parte ! s'écria-t-il.

Je répondis que je n'étais pas libre de ma personne, que j'appartenais à mon maître, à qui mes parents m'avaient loué, et que je devais reprendre mon service auprès de lui le jour où il aurait besoin de moi.

Je parlai de mes parents sans dire qu'ils n'étaient pas réellement mes père et mère, car il aurait fallu avouer en même temps que je n'étais qu'un enfant trouvé ; et c'était là une honte à laquelle je ne pouvais pas me résigner tant j'avais souffert, depuis que je me rendais compte de mes sensations, du mépris que j'avais vu, dans notre village, marquer en toutes occasions aux enfants des hospices : enfant trouvé ! il me semblait que c'était tout ce qu'il y avait de plus abject au monde. Mon maître savait que j'étais un enfant trouvé, mais il était mon maître, tandis que je serais mort bouche close plutôt que d'avouer à madame Milligan et à Arthur, qui m'avaient élevé jusqu'à eux, que j'étais un enfant trouvé ; est-ce qu'ils ne m'auraient pas alors rejeté et repoussé avec dégoût !

— Maman, il faut retenir Remi, continua Arthur qui en dehors du travail, était le maître de sa mère, et faisait d'elle tout ce qu'il voulait.

— Je serais très-heureuse de garder Remi, répondit madame Milligan, vous l'avez pris en amitié, et moi-même j'ai pour lui beaucoup d'affection ; mais pour le retenir près de nous, il faut la réunion de deux conditions que ni vous ni moi ne pouvons décider. La première c'est que Remi veuille rester avec nous...

— Ah ! Remi voudra bien, interrompit Arthur, n'est-ce pas, Remi, que vous ne voulez pas retourner à Toulouse ?

— La seconde, continua madame Milligan sans attendre ma réponse, c'est que son maître consente à renoncer aux droits qu'il a sur lui.

— Remi, Remi d'abord, interrompit Arthur poursuivant son idée.

Assurément Vitalis avait été un bon maître pour moi, et je lui étais reconnaissant de ses soins aussi bien que de ses leçons, mais il n'y avait aucune comparaison à établir entre l'existence que j'avais menée près de lui et celle que m'offrait madame Milligan ; et même il n'y avait aucune comparaison à établir entre l'affection que j'éprouvais pour Vitalis et celle que m'inspiraient madame Milligan et Arthur. Quand je pensais à cela, je me disais que c'était mal à moi de préférer à mon maître ces étrangers que je connaissais depuis si peu de temps ; mais enfin, cela était ainsi ; j'aimais tendrement madame Milligan et Arthur.

— Avant de répondre, continua madame Milligan,

Remi doit réfléchir que ce n'est pas seulement une vie de plaisir et de promenade que je lui propose, mais encore une vie de travail ; il faudra étudier, prendre de la peine, rester penché sur les livres, suivre Arthur dans ses études ; il faut mettre cela en balance avec la liberté des grands chemins.

— Il n'y a pas de balance, dis-je, et je vous assure, madame, que je sens tout le prix de votre proposition.

— Là, voyez-vous, maman ! s'écria Arthur, Remi veut bien.

Et il se mit à applaudir. Il était évident que je venais de le tirer d'inquiétude, car lorsque sa mère avait parlé de travail et de livres j'avais vu son visage exprimer l'anxiété. Si j'allais refuser ! et cette crainte pour lui qui avait l'horreur des livres, avait dû être des plus vives. Mais je n'avais pas heureusement cette même crainte, et les livres, au lieu de m'épouvanter, m'attiraient. Il est vrai qu'il y avait bien peu de temps qu'on m'en avait mis entre les mains, et ceux qui y avaient passé m'avaient donné plus de plaisir que de peine. Aussi l'offre de madame Milligan me rendait-elle très-heureux, et étais-je parfaitement sincère en la remerciant de sa générosité. Je n'allais donc pas abandonner le *Cygne* ; je n'allais pas renoncer à cette douce existence, je n'allais pas me séparer d'Arthur et de sa mère.

— Maintenant, poursuivit madame Milligan, il nous reste à obtenir le consentement de son maître ; pour cela je vais lui écrire de venir nous trouver à Cette, car nous ne pouvons pas retourner à Toulouse : je lui

enverrai ses frais de voyage et après lui avoir fait
comprendre les raisons qui nous empêchent de
prendre le chemin de fer j'espère qu'il voudra bien
se rendre à mon invitation. S'il accepte mes propositions, il ne me restera plus qu'à m'entendre avec les
parents de Remi ; car eux aussi doivent être con-
sultés.

Jusque-là tout dans cet entretien avait marché à
souhait pour moi, exactement comme si une bonne
fée m'avait touché de sa baguette ; mais ces derniers
mots me ramenèrent durement du rêve où je planais
dans la triste réalité.

Consulter mes parents !

Mais sûrement ils diraient ce que je voulais qui
restât caché. La vérité éclaterait. Enfant trouvé !

Alors ce serait Arthur, ce serait madame Milligan
qui ne voudraient pas de moi ; alors l'amitié qu'ils
me témoignaient serait anéantie ; mon souvenir même
leur serait pénible ; Arthur aurait joué avec un enfant
trouvé, en aurait fait son camarade, son ami, presque
son frère.

Je restai atterré.

Madame Milligan me regarda avec surprise et voulut me faire parler, mais je n'osai pas répondre à ses
questions ; alors croyant sans doute que c'était la
pensée de la prochaine arrivée de mon maître qui me
troublait ainsi, elle n'insista pas.

Heureusement cela se passait le soir, peu de temps
avant l'heure du coucher ; je pus échapper bientôt
aux regards curieux d'Arthur et aller m'enfermer
dans ma cabine avec mes craintes et mes réflexions.

Ce fut ma première mauvaise nuit à bord du *Cygne*, mais elle fut terriblement mauvaise, longue et fiévreuse.

Que faire ? Que dire ?

Je ne trouvais rien.

Et après avoir tourné et retourné cent fois les mêmes idées, après avoir adopté les résolutions les plus contradictoires, je m'arrêtai enfin à ne rien faire et à ne rien dire. Je laisserais aller les choses et je me résignerais, si je ne pouvais mieux, à ce qui arriverait.

Peut-être Vitalis ne voudrait-il pas renoncer à moi, et alors il n'y aurait pas à faire connaître la vérité.

Et tel était mon effroi de cette vérité, que je croyais si horrible, que j'en vins à souhaiter que Vitalis n'acceptât pas la proposition de madame Milligan.

Sans doute, il faudrait m'éloigner d'Arthur et de sa mère, renoncer à les revoir jamais peut-être ; mais au moins, ils ne garderaient pas de moi un mauvais souvenir.

Trois jours après avoir écrit à mon maître, madame Milligan reçut une réponse. En quelques lignes Vitalis disait qu'il aurait l'honneur de se rendre à l'invitation de madame Milligan et qu'il arriverait à Cette le samedi suivant par le train de deux heures.

Je demandai à madame Milligan la permission d'aller à la gare, et prenant les chiens ainsi que Joli-Cœur avec moi, nous attendîmes l'arrivée de notre maître.

Les chiens étaient inquiets comme s'ils se doutaient de quelque chose, Joli-Cœur était indifférent, et pour moi j'étais terriblement ému. C'était ma vie qui allait

se décider. Ah ! si j'avais osé, comme j'aurais prié
Vitalis de ne pas dire que j'étais un enfant trouvé !

Mais je n'osais pas, et je sentais que ces deux mots :
« enfant trouvé, » ne pourraient jamais sortir de ma
gorge.

Je m'étais placé dans un coin de la cour de la gare,
tenant mes trois chiens en laisse, et Joli-Cœur sous
ma veste, et j'attendais sans trop voir ce qui se passait autour de moi.

Ce furent les chiens qui m'avertirent que le train
était arrivé, et qu'ils avaient flairé notre maître. Tout
à coup je me sentis entraîné en avant, et comme je
n'étais pas sur mes gardes, les chiens m'échappèrent.
Ils couraient en aboyant joyeusement, et presque
aussitôt je les vis sauter autour de Vitalis qui dans
son costume habituel, venait d'apparaître. Plus
prompt, bien que moins souple que ses camarades,
Capi s'était élancé dans les bras de son maître, tandis
que Zerbino et Dolce se cramponnaient à ses jambes.

Je m'avançai à mon tour, et Vitalis posant Capi à
terre, me serra dans ses bras : pour la première fois,
il m'embrassa en me répétant à plusieurs reprises :

— *Buon di, povero caro!*

Mon maître n'avait jamais été dur pour moi, mais
n'avait jamais non plus été caressant, et je n'étais pas
habitué à ces témoignages d'effusion ; cela m'attendrit,
et me fit venir les larmes aux yeux, car j'étais dans
des dispositions où le cœur se serre vite.

Je le regardai, et je trouvai qu'il avait bien vieilli en
prison ; sa taille s'était voûtée ; son visage avait pâli,
ses lèvres s'étaient décolorées.

— Eh bien ! tu me trouves changé, n'est-ce pas, mon garçon ? me dit-il ; la prison est un mauvais séjour, et l'ennui une mauvaise maladie ; mais cela va aller mieux maintenant.

Puis changeant de sujet :

— Et cette dame qui m'a écrit, dit-il, comment l'as-tu connue ?

Alors, je lui racontai comment j'avais rencontré le *Cygne*, et comment depuis ce moment j'avais vécu auprès de madame Milligan et de son fils ; ce que nous avions vu, ce que nous avions fait.

Mon récit fut d'autant plus long que j'avais peur d'arriver à la fin et d'aborder un sujet qui m'épouvantait ; car jamais maintenant je ne pourrais dire à mon maître que je désirais le quitter pour rester avec madame Milligan et Arthur.

Mais je n'eus pas cet aveu à lui faire, car nous arrivâmes à l'hôtel où madame Milligan s'était logée avant que mon récit fût terminé. D'ailleurs Vitalis ne me dit rien de la lettre de madame Milligan et ne me parla pas des propositions qu'elle avait dû lui adresser dans cette lettre.

— Et cette dame m'attend ? dit-il, quand nous entrâmes à l'hôtel.

— Oui, je vais vous conduire à son appartement.

— C'est inutile, donne-moi le numéro et reste ici à m'attendre, avec les chiens et Joli-Cœur.

Quand mon maître avait parlé, je n'avais pas l'habitude de répliquer ou de discuter ; je voulus cependant risquer une observation, pour lui demander de l'accompagner auprès de madame Milligan, ce qui me semblait aussi naturel que juste ; mais d'un geste il me ferma la bouche et je lui obéis, restant à la porte de l'hôtel, sur un banc, avec les chiens autour de moi. Eux aussi avaient voulu le suivre, mais ils n'avaient pas plus résisté à son ordre de ne pas entrer, que je n'y avais résisté moi-même ; Vitalis savait commander.

Pourquoi n'avait-il pas voulu que j'assistasse à son entretien avec madame Milligan ? Ce fut ce que je me demandai, tournant cette question dans tous les sens. Je ne lui avais pas encore trouvé de réponse lorsque je le vis revenir.

— Va faire tes adieux à cette dame, me dit-il, je t'attends ici ; nous partons dans dix minutes.

Je fus renversé.

— Eh bien ! dit-il après quelques minutes d'attente, tu ne m'as donc pas compris ? tu restes là stupide : dépêchons !

Ce n'était pas son habitude de me parler durement, et depuis que j'étais avec lui, il ne m'en avait jamais autant dit.

Je me levai pour obéir machinalement sans comprendre.

Mais après avoir fait quelques pas pour monter à l'appartement de madame Milligan :

— Vous avez donc dit... demandai-je.

— J'ai dit que tu m'étais utile et que je t'étais moi-même utile ; par conséquent, que je n'étais pas disposé à céder les droits que j'avais sur toi ; marche et reviens.

Cela me rendit un peu de courage, car j'étais si complétement sous l'influence de mon idée fixe d'enfant trouvé, que j'imaginais que, s'il fallait partir avant dix minutes, c'était parce que mon maître avait dit ce qu'il savait de ma naissance.

En entrant dans l'appartement de madame Milligan, je trouvai Arthur en larmes et sa mère penchée sur lui pour le consoler.

— N'est-ce pas, Remi, que vous n'allez pas partir? s'écria Arthur.

Ce fut madame Milligan qui répondit pour moi, en expliquant que je devais obéir.

— J'ai demandé à votre maître de vous garder près de nous, me dit-elle d'une voix qui me fit monter les larmes aux yeux, mais il ne veut pas y consentir, et rien n'a pu le décider.

— C'est un méchant homme! s'écria Arthur.

— Non, ce n'est point un méchant homme, poursuivit madame Milligan, vous lui êtes utile, et de plus je crois qu'il a pour vous une véritable affection. D'ailleurs, ses paroles sont celles d'un honnête homme et de quelqu'un au-dessus de sa condition. Voilà ce qu'il m'a répondu pour expliquer son refus : « J'aime cet enfant, il m'aime ; le rude apprentissage de la vie que je lui fais faire près de moi lui sera plus utile que l'état de domesticité déguisée dans lequel vous le feriez vivre malgré vous. Vous lui donneriez de l'instruction, de l'éducation, c'est vrai ; vous formeriez son esprit, c'est vrai, mais non son caractère. Il ne peut pas être votre fils ; il sera le mien ; cela vaudra mieux que d'être le jouet de votre enfant malade,

doux, si aimable que paraisse être cet enfant. Moi
aussi je l'instruirai. »

— Puisqu'il n'est pas le père de Remi! s'écria
Arthur.

— Il n'est pas son père, cela est vrai, mais il est
son maître, et Remi lui appartient, puisque ses parents le lui ont loué. Il faut que pour le moment Remi
lui obéisse.

— Je ne veux pas que Remi parte.

— Il faut cependant qu'il suive son maître; mais
j'espère que ce ne sera pas pour longtemps. Nous
écrirons à ses parents, et je m'entendrai avec eux.

— Oh! non! m'écriai-je.

— Comment, non?

— Oh! non, je vous en prie!

— Il n'y a cependant que ce moyen, mon enfant.

— Je vous en prie, n'est-ce pas?

Il est à peu près certain que si madame Milligan
n'avait pas parlé de mes parents, j'aurais donné à nos
adieux beaucoup plus que les dix minutes qui m'a-
vaient été accordées par mon maître.

— C'est à Chavanon, n'est-ce pas? continua madame
Milligan.

Sans lui répondre, je m'approchai d'Arthur et le
prenant dans mes bras, je l'embrassai à plusieurs
reprises, mettant dans ces baisers toute l'amitié frater-
nelle que je ressentais pour lui. Puis m'arrachant à
sa faible étreinte et revenant à madame Milligan, je
me mis à genoux devant elle, et lui baisai la main.

— Pauvre enfant! dit-elle en se penchant sur moi.
Et elle m'embrassa au front.

                                    11.

Alors je me relevai vivement et courant à la porte :

—Arthur, je vous aimerai toujours ! dis-je d'une voix entrecoupée par les sanglots, et vous, madame, je ne vous oublierai jamais !

— Remi, Remi ! cria Arthur.

Mais je n'en entendis pas davantage ; j'étais sorti et j'avais refermé la porte.

Une minute après, j'étais auprès de mon maître.

— En route ! me dit-il.

Et nous sortîmes de Cette par la route de Frontignan.

Ce fut ainsi que je quittai mon premier ami et me lançai dans des aventures qui m'auraient été épargnées, si victime d'un odieux préjugé, je ne m'étais pas laissé affoler par une sotte crainte.

XIV

NEIGE ET LOUPS

Il fallut de nouveau emboîter le pas derrière mon maître et, la bretelle de ma harpe tendue sur mon épaule endolorie, cheminer le long des grandes routes, par la pluie comme par le soleil, par la poussière comme par la boue.

Il fallut faire la bête sur les places publiques et rire ou pleurer pour amuser l'honorable société.

La transition fut rude, car on s'habitue vite au bien-être et au bonheur.

J'eus des dégoûts, des ennuis et des fatigues que je ne connaissais pas avant d'avoir vécu pendant deux mois de la douce vie des heureux de ce monde.

Plus d'une fois, dans nos longues marches, je restai en arrière pour penser librement à Arthur, à madame Milligan, au *Cygne*, et par le souvenir, retourner et vivre dans le passé.

Ah ! le bon temps ! Et quand le soir, couché dans une sale auberge de village, je pensais à ma cabine

du *Cygne*, combien les draps de mon lit me paraissaient rugueux!

Je ne jouerais donc plus avec Arthur, je n'enten-
drais donc plus la voix caressante de madame
Milligan!

Heureusement, dans mon chagrin, qui était très-vif
et persistant, j'avais une consolation : mon maître
était beaucoup plus doux, — beaucoup plus tendre
même, — si ce mot peut être juste appliqué à Vitalis,
— qu'il ne l'avait jamais été!

De ce côté il s'était fait un grand changement dans
son caractère ou tout au moins dans ses manières
d'être avec moi, et cela me soutenait, cela m'empê-
chait de pleurer quand le souvenir d'Arthur me serrait
le cœur! Je sentais que je n'étais pas seul au monde
et que dans mon maître, il y avait plus qu'un maître.

Souvent même, si j'avais osé, je l'aurais embrassé,
tant j'avais besoin d'épancher au dehors les sentiments d'affection qui étaient en moi ; mais je n'osais
pas, car Vitalis n'était pas un homme avec lequel on
risquait des familiarités.

Tout d'abord, et pendant les premiers temps, ç'avait
été la crainte qui m'avait tenu à distance ; maintenant
c'était quelque chose de vague qui ressemblait à un
sentiment de respect.

En sortant de mon village, Vitalis n'était pour moi
qu'un homme comme les autres, car j'étais alors incapable de faire des distinctions ; mais mon séjour auprès de madame Milligan m'avait jusqu'à un certain point ouvert les yeux et l'intelligence ; et chose
traénge, il me semblait, quand je regardais mon

maître avec attention, que je retrouvais en lui, dans sa tenue, dans son air, dans ses manières, des points de ressemblance avec la tenue, l'air et les manières de madame Milligan.

Alors je me disais que cela était impossible, parce que mon maître n'était qu'un montreur de bêtes, tandis que madame Milligan était une dame.

Mais ce que me disait la réflexion n'imposait pas silence à ce que mes yeux me répétaient; quand Vitalis le voulait, il était un monsieur tout comme madame Milligan était une dame; la seule différence qu'il y eût entre eux tenait à ce que madame Milligan était toujours *dame*, tandis que mon maître n'était *monsieur* que dans certaines circonstances; mais alors il l'était si complétement, qu'il en eût imposé aux plus hardis comme aux plus insolents.

Or, comme je n'étais ni hardi, ni insolent, je subissais cette influence et je n'osais pas m'abandonner à mes épanchements alors même qu'il les provoquait par quelques bonnes paroles.

Après être partis de Cette, nous étions restés plusieurs jours sans parler de madame Milligan et de mon séjour sur le *Cygne*, mais peu à peu ce sujet s'était présenté dans nos entretiens, mon maître l'abordant toujours le premier, et bientôt il ne s'était guère passé de jours sans que le nom de madame Milligan fût prononcé.

— Tu l'aimais bien, cette dame? me disait Vitalis, oui; je comprends cela; elle a été bonne, très-bonne pour toi; il ne faut penser à elle qu'avec reconnaissance.

Puis souvent il ajoutait :

— Il le fallait !

Qu'avait-il fallu ?

Tout d'abord je n'avais pas bien compris ; mais peu à peu j'en étais venu à me dire, que ce qu'il avait fallu, ç'avait été repousser la proposition de madame Milligan, de me garder près d'elle.

C'était à cela assurément que mon maître pensait quand il disait : « Il le fallait » ; et il me semblait que dans ces quelques mots, il y avait comme un regret ; il aurait voulu me laisser près d'Arthur, mais cela avait été impossible.

Et au fond du cœur, je lui savais gré de ce regret, bien que je ne devinasse point pourquoi il n'avait pas pu accepter les propositions de madame Milligan, les explications qui m'avaient été répétées par celle-ci ne me paraissant pas très-compréhensibles.

— Maintenant, peut-être les accepterait-il ?

Et c'était là pour moi un sujet de grande espérance.

— Pourquoi ne rencontrerions-nous pas le *Cygne?*

Il devait remonter le Rhône, et nous, nous longions les rives de ce fleuve.

Aussi tout en marchant, mes yeux se tournaient plus souvent vers l'eau que vers les collines et les plaines fertiles qui la bordent de chaque côté.

Lorsque nous arrivions dans une ville, Arles, Tarascon, Avignon, Montélimart, Valence, Tournon, Vienne, ma première visite était pour les quais et pour les ponts : je cherchais le *Cygne*, et quand j'apercevais de loin un bateau à demi noyé dans les brumes confuses, j'attendais qu'il grandît pour voir si ce n'était pas le *Cygne*.

Mais ce n'était pas lui.

Quelquefois je m'enhardissais jusqu'à interroger les mariniers, et je leur décrivais le bateau que je cherchais : ils ne l'avaient pas vu passer.

Maintenant que mon maître était décidé à me céder à madame Milligan, au moins je me l'imaginais, il n'y avait plus à craindre qu'on parlât de ma naissance ou qu'on écrivît à mère Barberin ; l'affaire se traiterait entre mon maître et madame Milligan ; au moins dans mon rêve enfantin, j'arrangeais ainsi les choses : madame Milligan désirait me prendre près d'elle, mon maître consentait à renoncer à ses droits sur moi, tout était dit.

Nous restâmes plusieurs semaines à Lyon, et tout le temps que j'eus à moi je le passai sur les quais du Rhône et de la Saône ; je connais les ponts d'Ainay, de Tilsitt, de la Guillotière ou de l'Hôtel-Dieu, aussi bien qu'un Lyonnais de naissance.

Mais j'eus beau chercher : je ne trouvai pas le *Cygne*.

Il nous fallut quitter Lyon et nous diriger vers Dijon ; alors l'espérance de retrouver jamais madame Milligan et Arthur commença à m'abandonner ; car j'avais à Lyon étudié toutes les cartes de France que j'avais pu trouver aux étalages des bouquinistes, et je savais que le canal du Centre que devait prendre le *Cygne* pour gagner la Loire, se détache de la Saône à Chalon.

Nous arrivâmes à Chalon et nous en repartîmes sans avoir vu le *Cygne :* c'en était donc fait, il fallait renoncer à mon rêve.

Ce ne fut pas sans un très-vif chagrin.

Justement pour accroître mon désespoir, qui pourtant était déjà bien assez grand, le temps devint détestable ; la saison était avancée, l'hiver approchait, et les marches sous la pluie, dans la boue devenaient de plus en plus pénibles. Quand nous arrivions le soir dans une mauvaise auberge ou dans une grange, harassés par la fatigue, mouillés jusqu'à la chemise, crottés jusqu'aux cheveux, je ne me couchais point avec des idées riantes.

Lorsque, après avoir quitté Dijon, nous traversâmes les collines de la Côte-d'Or, nous fûmes pris par un froid humide qui nous glaçait jusqu'aux os, et Joli-Cœur devint plus triste et plus maussade que moi.

Le but de mon maître était de gagner Paris au plus vite, car à Paris seulement nous avions chance de pouvoir donner quelques représentations pendant l'hiver ; mais, soit que l'état de sa bourse ne lui permît pas de prendre le chemin de fer, soit toute autre raison, c'était à pied que nous devions faire la route qui sépare Dijon de Paris.

Quand le temps nous le permettait, nous donnions une courte représentation dans les villes et dans les villages que nous traversions, puis, après avoir ramassé une maigre recette, nous nous remettions en route.

Jusqu'à Châtillon, les choses allèrent à peu près, quoique nous eussions toujours à souffrir du froid et de l'humidité; mais après avoir quitté cette ville, la pluie cessa et le vent tourna au nord.

Tout d'abord nous ne nous en plaignîmes pas, bien qu'il soit peu agréable d'avoir le vent du nord en pleine figure; à tout prendre, mieux valait encore cette bise, si âpre qu'elle fût, que l'humidité dans laquelle nous pourrissions depuis plusieurs semaines.

Par malheur, le vent ne resta pas au sec; le ciel s'emplit de gros nuages noirs, le soleil disparut entièrement, et tout annonça que nous aurions bientôt de la neige.

Nous pûmes cependant arriver à un gros village sans être pris par la neige, mais l'intention de mon maître était de gagner Troyes au plus vite, parce que Troyes est une grande ville dans laquelle nous pourrions donner plusieurs représentations, si le mauvais temps nous obligeait à y séjourner.

— Couche-toi vite, me dit-il, quand nous fûmes installés dans notre auberge; nous partirons demain matin de bonne heure; je crains d'être surpris par la neige.

Pour lui, il ne se coucha pas aussi tôt, mais il resta au coin de l'âtre de la cheminée de la cuisine pour réchauffer Joli-Cœur qui avait beaucoup souffert du froid de la journée et qui n'avait cessé de gémir, malgré que nous eussions pris soin de l'envelopper dans des couvertures.

Le lendemain matin je me levai de bonne heure comme il m'avait été commandé; il ne faisait pas encore jour, le ciel était noir et bas, sans une étoile; il semblait qu'un grand couvercle sombre s'était abaissé sur la terre et allait l'écraser. Quand on ouvrait la porte, un vent âpre s'engouffrait dans la cheminée et ravivait les tisons qui la veille au soir avaient été enfouis sous la cendre.

— A votre place, dit l'aubergiste, s'adressant à mon maître, je ne partirais pas; la neige va tomber.

— Je suis pressé, répondit Vitalis, et j'espère arriver à Troyes avant la neige.

— Trente kilomètres ne se font pas en une heure.

Nous partîmes néanmoins.

Vitalis tenait Joli-Cœur serré sous sa veste pour lui communiquer un peu de sa propre chaleur, et les chiens joyeux de ce temps sec couraient devant nous; mon maître m'avait acheté à Dijon une peau de mouton, dont la laine se portait en dedans, je m'enveloppai dedans et la bise qui nous soufflait au visage me la colla sur le corps.

Il n'était pas agréable d'ouvrir la bouche : nous marchâmes gardant l'un et l'autre le silence, hâtant le pas, autant pour nous presser que pour nous échauffer.

Bien que l'heure fût arrivée où le jour devait paraître, il ne se faisait pas d'éclaircies dans le ciel.

Enfin, du côté de l'Orient, une bande blanchâtre entr'ouvrit les ténèbres, mais le soleil ne se montra pas : il ne fit plus nuit, mais c'eût été une grosse exagération de dire qu'il faisait jour.

Cependant, dans la campagne, les objets étaient devenus plus distincts; la livide clarté qui rasait la terre, jaillissant du levant comme d'un immense soupirail nous montrait des arbres dépouillés de leurs feuilles, et çà et là des haies ou des broussailles auxquelles les feuilles desséchées adhéraient encore, faisant entendre, sous l'impulsion du vent qui les secouait et les tordait, un bruissement sec.

Personne sur la route, personne dans les champs, pas un bruit de voiture, pas un coup de fouet ; les seuls êtres vivants étaient les oiseaux qu'on entendait, mais qu'on ne voyait pas, car ils se tenaient abrités sous les feuilles ; seules des pies sautillaient sur la route, la queue relevée, le bec en l'air, s'envolant à notre approche pour se poser en haut d'un arbre, d'où elles nous poursuivaient de leurs jacassements qui ressemblaient à des injures ou à des avertissements de mauvais augure.

Tout à coup un point blanc se montra au ciel, dans le nord ; il grandit rapidement en venant sur nous, et nous entendîmes un étrange murmure de cris discordants ; c'étaient des oies ou des cygnes sauvages, qui du Nord émigraient dans le Midi ; ils passèrent au-dessus de nos têtes et ils étaient déjà loin qu'on voyait encore voltiger dans l'air quelques flocons de duvet, dont la blancheur se détachait sur le ciel noir.

Le pays que nous traversions était d'une tristesse lugubre qu'augmentait encore le silence ; aussi loin que les regards pouvaient s'étendre dans ce jour sombre, on ne voyait que des champs dénudés, des collines arides et des bois roussis.

Le vent soufflait toujours du nord avec une légère tendance cependant à tourner à l'ouest ; de ce côté de l'horizon arrivaient des nuages cuivrés, lourds et bas, qui paraissaient peser sur la cime des arbres.

Bientôt quelques flocons de neige, larges comme des papillons, nous passèrent devant les yeux ; ils montaient, descendaient, tourbillonnaient sans toucher la terre.

Nous n'avions pas encore fait beaucoup de chemin et il me paraissait impossible d'arriver à Troyes avant la neige ; au reste cela m'inquiétait peu et je me disais même que la neige en tombant arrêterait ce vent du nord et apaiserait le froid.

Mais je ne savais pas ce que c'était qu'une tempête de neige.

Je ne tardai pas à l'apprendre, et de façon à n'oublier jamais cette leçon.

Les nuages qui venaient du nord-ouest s'étaient approchés, et une sorte de lueur blanche éclairait le ciel de leur côté ; leurs flancs s'étaient entr'ouverts, c'était la neige.

Ce ne furent plus des papillons qui voltigèrent devant nous, ce fut une pluie de neige qui nous enveloppa.

— Il était écrit que nous n'arriverions pas à Troyes, dit Vitalis ; il faudra nous mettre à l'abri dans la première maison que nous rencontrerons.

C'était là une bonne parole qui ne pouvait m'être que très-agréable ; mais où trouverions-nous cette maison hospitalière? Avant que la neige nous enveloppât dans sa blanche obscurité, j'avais examiné le pays aussi loin que ma vue pouvait s'étendre et je n'avais pas aperçu de maison, ni rien qui annonçât un village. Tout au contraire nous étions sur le point d'entrer dans une forêt dont les profondeurs sombres se confondaient dans l'infini, devant nous, aussi bien que de chaque côté sur les collines qui nous entouraient.

Il ne fallait donc pas trop compter sur cette maison promise; mais après tout la neige ne continuerait peut-être pas.

Elle continua, et elle augmenta.

En peu d'instants elle avait couvert la route ou plus justement tout ce qui l'arrêtait sur la route : tas de pierres, herbes des bas côtés, broussailles et buissons des fossés, car poussée par le vent qui n'avait pas faibli, elle courait ras de terre pour s'entasser contre tout ce qui lui faisait obstacle.

L'ennui pour nous était d'être au nombre de ces obstacles ; lorsqu'elle nous frappait elle glissait sur les surfaces rondes, mais partout où se trouvait une fente elle entrait comme une poussière et ne tardait pas à fondre.

Pour moi, je la sentais me descendre en eau froide dans le cou, et mon maître, dont la peau de mouton était soulevée pour laisser respirer Joli-Cœur, ne devait pas être mieux protégé.

Cependant nous continuions de marcher contre le vent et contre la neige sans parler ; de temps en temps nous retournions à demi la tête pour respirer.

Les chiens n'allaient plus en avant, ils marchaient sur nos talons, nous demandant un abri que nous ne pouvions leur donner.

Nous avancions lentement, avec peine, aveuglés, mouillés, glacés, et bien que nous fussions depuis assez longtemps déjà en pleine forêt, nous ne nous trouvions nullement abrités, la route étant exposée en plein au vent.

Heureusement (est-ce bien heureusement qu'il faut dire), ce vent qui soufflait en tourmente s'affaiblit peu à peu, mais alors la neige augmenta, et au lieu de s'abattre en poussière, elle tomba large et compacte.

En quelques minutes la route fut couverte d'une épaisse couche de neige dans laquelle nous marchâmes sans bruit.

De temps en temps je voyais mon maître regarder sur la gauche comme s'il cherchait quelque chose, mais on n'apercevait qu'une vaste clairière dans laquelle on avait fait une coupe au printemps précédent, et dont les jeunes baliveaux aux tiges flexibles se courbaient sous le poids de la neige.

Qu'espérait-il trouver de ce côté ?

Pour moi je regardais droit devant moi, sur la route, aussi loin que mes yeux pouvaient porter, cherchant si cette forêt ne finirait pas bientôt et si nous n'apercevrions pas une maison.

Mais c'était folie de vouloir percer cette averse blanche ; à quelques mètres les objets se brouillaient et l'on ne voyait plus rien que la neige qui descendait en flocons de plus en plus serrés et nous enveloppait comme dans les mailles d'un immense filet.

La situation n'était pas gaie, car je n'ai jamais vu tomber la neige, alors même que j'étais derrière une vitre dans une chambre bien chauffée, sans éprouver un sentiment de vague tristesse, et présentement je me disais que la chambre chauffée devait être bien loin encore.

Cependant il fallait marcher et ne pas se décourager, parce que nos pieds enfonçaient de plus en plus dans la couche de neige qui nous montait aux jambes, et parce que le poids qui chargeait nos chapeaux devenait de plus en plus lourd.

Tout à coup, je vis Vitalis étendre la main dans la direction de la gauche, comme pour attirer mon attention. Je regardai, et il me sembla apercevoir confusément dans la clairière une hutte en branchages recouverte de neige.

Je ne demandai pas d'explication, comprenant que si mon maître m'avait montré cette hutte, ce n'était pas pour que j'admirasse l'effet qu'elle produisait dans le paysage; il s'agissait de trouver le chemin qui conduisait à cette hutte.

C'était difficile, car la neige était déjà assez épaisse pour effacer toute trace de route ou de sentier; cependant à l'extrémité de la clairière, à l'endroit où recommençaient les bois de haute futaie, il me sembla que le fossé de la grande route était comblé : là sans doute débouchait le chemin qui conduisait à la hutte.

C'était raisonner juste; la neige ne céda pas sous nos pieds lorsque nous descendîmes dans le fossé, et nous ne tardâmes pas à arriver à cette hutte.

Elle était formée de fagots et de bourrées, au-dessus desquels avaient été disposés des branchages en forme de toit; et ce toit était assez serré pour que la neige n'eût point passé à travers.

C'était un abri qui valait une maison.

Plus pressés ou plus vifs que nous, les chiens étaient entrés les premiers dans la hutte et ils se roulaient sur le sol sec et dans la poussière en poussant des aboiements joyeux.

Notre satisfaction n'était pas moins vive que la leur, mais nous la manifestâmes autrement qu'en nous roulant dans la poussière ; ce qui cependant n'eut pas été mauvais pour nous sécher.

— Je me doutais bien, dit Vitalis, que dans cette jeune vente devait se trouver quelque part une cabane de bûcheron ; maintenant la neige peut tomber.

— Oui, qu'elle tombe ! répondis-je d'un air de défi.

Et j'allai à la porte, ou plus justement à l'ouverture de la hutte, car elle n'avait ni porte ni fenêtre, pour secouer ma veste et mon chapeau, de manière à ne pas mouiller l'intérieur de notre appartement.

Il était tout à fait simple, cet appartement, aussi bien dans sa construction que dans son mobilier qui consistait en un banc de terre et en quelques grosses pierres servant de siéges. Mais ce qui, dans les circonstances où nous nous trouvions, était encore d'un plus grand prix pour nous, c'étaient cinq ou six briques posées de champ dans un coin et formant le foyer.

Du feu ! nous pouvions faire du feu.

Il est vrai qu'un foyer ne suffit pas pour faire du feu, il faut encore du bois à mettre dans le foyer.

Dans une maison comme la nôtre, le bois n'était pas difficile à trouver, il n'y avait qu'à le prendre aux murailles et au toit, c'est-à-dire à tirer des branches des fagots et des bourrées, en ayant pour tout soin de prendre ces branches çà et là, de manière à ne pas compromettre la solidité de notre maison,

Cela fut vite fait, et une flamme claire ne tarda pas à briller en pétillant joyeusement au-dessus de notre âtre.

Ah ! le beau feu ! le bon feu !

Il est vrai qu'il ne brûlait pas sans fumée, et que celle-ci, ne montant pas dans une cheminée, se répandait dans la hutte ; mais que nous importait ; c'était de la flamme, c'était de la chaleur que nous voulions.

Pendant que, couché sur les deux mains, je soufflais le feu, les chiens s'étaient assis autour du foyer, et gravement sur leur derrière, le cou tendu, ils présentaient leur ventre mouillé et glacé au rayonnement de la flamme.

Bientôt Joli-Cœur écarta la veste de son maître, et, mettant prudemment le bout du nez dehors, il regarda où il se trouvait ; rassuré par son examen, il sauta vivement à terre, et, prenant la meilleure place devant le feu, il présenta à la flamme ses deux petites mains tremblotantes.

Nous étions assurés maintenant de ne pas mourir de froid, mais la question de la faim n'était pas résolue.

Il n'y avait dans cette cabane hospitalière ni huche à pain ni fourneau avec des casseroles chantantes.

Heureusement, notre maître était homme de précaution et d'expérience : le matin, avant que je fusse levé, il avait fait ses provisions de route : une miche de pain et un petit morceau de fromage ; mais ce n'était pas le moment de se montrer exigeant ou difficile ; aussi, quand nous vîmes apparaître la miche, y eut-il chez nous tous un vif mouvement de satisfaction.

Malheureusement les parts ne furent pas grosses, et pour mon compte mon espérance fut désagréablement trompée; au lieu de la miche entière, mon maître ne nous en donna que la moitié.

— Je ne connais pas la route, dit-il en répondant à l'interrogation de mon regard, et je ne sais pas si d'ici Troyes nous trouverons une auberge où manger. De plus, je ne connais pas non plus cette forêt. Je sais seulement que ce pays est très-boisé, et que d'immenses forêts se joignent les unes aux autres: les forêts de Chaource, de Rumilly, d'Othe, d'Aumont. Peut-être sommes-nous à plusieurs lieues d'une habitation ? Peut-être aussi allons-nous rester bloqués longtemps dans cette cabane? Il faut garder des provisions pour notre dîner.

C'était là des raisons que je devais comprendre, mais elles ne touchèrent point les chiens qui voyant serrer la miche dans le sac, alors qu'ils avaient à peine mangé, tendirent la patte à leur maître, lui grattèrent les genoux, et se livrèrent à une pantomime expressive pour faire ouvrir le sac sur lequel ils dardaient leurs yeux suppliants.

Prières et caresses furent inutiles, le sac ne s'ouvrit point.

Cependant, si frugal qu'eût été ce léger repas, il nous avait réconfortés; nous étions à l'abri, le feu nous pénétrait d'une douce chaleur; nous pouvions attendre que la neige cessât de tomber.

Rester dans cette cabane n'avait rien de bien effrayant pour moi, d'autant mieux que je n'admettais pas que nous dussions y rester bloqués longtemps, comme Vitalis l'avait dit, pour justifier son économie ; la neige ne tomberait pas toujours.

Il est vrai que rien n'annonçait qu'elle dût cesser bientôt.

Par l'ouverture de notre hutte nous apercevions les flocons descendre rapides et serrés ; comme il ne ventait plus, ils tombaient droit, les uns par-dessus les autres, sans interruption.

On ne voyait pas le ciel, et la clarté, au lieu de descendre d'en haut, montait d'en bas, de la nappe éblouissante qui couvrait la terre.

Les chiens avaient pris leur parti de cette halte forcée, et s'étant tous les trois installés devant le feu, celui-ci couché en rond, celui-là étalé sur le flanc, Capi le nez dans les cendres, ils dormaient.

L'idée me vint de faire comme eux ; je m'étais levé de bonne heure, et il serait plus agréable de voyager dans le pays des rêves, peut-être sur le *Cygne*, que de regarder cette neige.

Je ne sais combien je dormis de temps ; quand je m'éveillai la neige avait cessé de tomber, je regardai au dehors ; la couche qui s'était entassée devant notre hutte avait considérablement augmenté ; s'il fallait se remettre en route, j'en aurais plus haut que les genoux.

Quelle heure était-il ?

Je ne pouvais pas le demander au maître, car en ces derniers mois les recettes médiocres n'avaient pas remplacé l'argent que la prison et son procès lui avaient coûté, si bien qu'à Dijon, pour acheter ma peau de mouton et différents objets pour lui et pour

moi, il avait dû vendre sa montre, la grosse montre
en argent sur laquelle j'avais vu Capi dire l'heure,
quand Vitalis m'avait engagé dans la troupe.

C'était au jour de m'apprendre ce que je ne pouvais
plus demander à notre bonne grosse montre.

Mais rien au dehors ne pouvait me répondre : en
bas, sur le sol, une ligne blanche éblouissante : au-
dessus et dans l'air un brouillard sombre ; au ciel une
lueur confuse, avec çà et là des teintes d'un jaune
sale.

Rien de tout cela n'indiquait à quelle heure de la
journée nous étions.

Les oreilles n'en apprenaient pas plus que les yeux,
car il s'était établi un silence absolu que ne venait
troubler ni un cri d'oiseau, ni un coup de fouet, ni
un roulement de voiture ; jamais nuit n'avait été plus
silencieuse que cette journée.

Avec cela régnait autour de nous une immobilité
complète ; la neige avait arrêté tout mouvement, tout
pétrifié ; de temps en temps seulement, après un petit
bruit étouffé, à peine perceptible, on voyait une branche de sapin se balancer lourdement ; sous le poids
qui la chargeait, elle s'était peu à peu inclinée vers
la terre, et quand l'inclinaison avait été trop raide,
la neige avait glissé jusqu'en bas ; alors la branche
s'était brusquement redressée, et son feuillage d'un
vert noir tranchait sur le linceul blanc qui enveloppait
les autres arbres depuis la cime jusqu'aux pieds, de
sorte que lorsqu'on regardait de loin on croyait voir
un trou sombre s'ouvrir çà et là dans ce linceul.

Comme je restais dans l'embrasure de la porte,

émerveillé devant ce spectacle, je m'entendis inter-
peller par mon maître.

— As-tu donc envie de te remettre en route? me
dit-il.

— Je ne sais pas; je n'ai aucune envie; je ferai ce
que vous voudrez que nous fassions.

— Eh bien, mon avis est de rester ici, où nous
avons au moins un abri et du feu.

Je pensai que nous n'avions guère de pain, mais je
gardai ma réflexion pour moi.

— Je crois que la neige va reprendre bientôt, poursuivit Vitalis, il ne faut pas nous exposer sur la route
sans savoir à quelle distance nous sommes des habi-
tations; la nuit ne serait pas d···· ·· ·u milieu de cette
neige; mieux vaut encore l· ····· ·r ici; au moins
nous aurons les pieds secs.

La question de nourriture mise de côté, cet arran-
gement n'avait rien pour me déplaire; et d'ailleurs
en nous remettant en marche tout de suite, il n'était
nullement certain que nous pussions, avant le soir,
trouver une auberge où dîner, tandis qu'il n'était que
trop évident que nous trouverions sur la route une
couche de neige qui n'ayant pas encore été foulée,
serait pénible pour la marche.

Il faudrait se serrer le ventre dans notre hutte,
voilà tout.

Ce fut ce qui arriva lorsque, pour notre dîner,
Vitalis nous partagea entre six ce qui restait de la
miche.

Hélas! qu'il en restait peu, et comme ce peu fut
vite expédié, bien que nous fissions les morceaux

aussi petits que possible, afin de prolonger notre repas.

Lorsque notre pauvre dîner si chétif et si court fut terminé, je crus que les chiens allaient recommencer leur manége du déjeuner, car il était évident qu'ils avaient encore terriblement faim. Mais il n'en fut rien, et je vis une fois de plus combien vive était leur intelligence.

Notre maître ayant remis son couteau dans la poche de son pantalon, ce qui indiquait que notre festin était fini, Capi se leva et après avoir fait un signe de tête à ses deux camarades, il alla flairer le sac dans lequel on plaçait habituellement la nourriture. En même temps il posa délicatement la patte sur le sac pour le palper. Ce double examen le convainquit qu'il n'y avait rien à manger. Alors il revint à sa place devant le foyer, et après avoir fait un nouveau signe de tête à Dolce et à Zerbino, il s'étala tout de son long avec un soupir de résignation.

— Il n'y a plus rien ; il est inutile de demander.

Ce fut exprimé aussi clairement que par la parole.

Ses camarades comprenant ce langage, s'étalèrent comme lui devant le feu, en poussant le même soupir, mais celui de Zerbino ne fut pas résigné, car à un grand appétit Zerbino joignait une vive gourmandise, et ce sacrifice était pour lui plus douloureux que pour tout autre.

La neige avait repris depuis longtemps et elle tombait toujours avec la même persistance ; d'heure en heure on voyait la couche qu'elle formait sur le sol monter le long des jeunes cépées, dont les tiges seules émergeaient encore de la marée blanche, qui allait bientôt les engloutir.

Mais lorsque notre dîner fut terminé on commença à ne plus voir que confusément ce qui se passait au dehors de la hutte, car en cette sombre journée l'obscurité était vite venue.

La nuit n'arrêta pas la chute de la neige, qui du ciel noir, continua à descendre en gros flocons sur la terre blanche.

Puisque nous devions coucher là, le mieux était de dormir au plus vite ; je fis donc comme les chiens et après m'être roulé dans ma peau de mouton qui, exposée à la flamme, avait séché durant le jour, je m'allongeai auprès du feu, la tête sur une pierre plate qui me servait d'oreiller.

— Dors, me dit Vitalis, je te réveillerai quand je voudrai dormir à mon tour, car bien que nous n'ayons rien à craindre des bêtes ou des gens dans cette cabane, il faut que l'un de nous veille pour entretenir le feu ; nous devons prendre nos précautions contre le froid qui peut devenir âpre, si la neige cesse.

Je ne me fis pas répéter l'invitation deux fois, et m'endormis.

Quand mon maître me réveilla la nuit devait être déjà avancée ; au moins je me l'imaginai ; la neige ne tombait plus ; notre feu brûlait toujours.

—A ton tour maintenant, me dit Vitalis, tu n'auras qu'à mettre de temps en temps du bois dans le foyer ; tu vois que je t'ai fait ta provision.

En effet, un amas de fagots était entassé à portée de la main. Mon maître, qui avait le sommeil beaucoup plus léger que moi, n'avait pas voulu que je l'éveillasse en allant tirer un morceau de bois à notre muraille chaque fois que j'en aurais besoin, et il m'avait préparé ce tas, dans lequel il n'y avait qu'à prendre sans bruit.

C'était là sans doute une sage précaution, mais elle n'eut pas, hélas! les suites que Vitalis attendait.

Me voyant éveillé et prêt à prendre ma faction, il s'était allongé à son tour devant le feu, ayant Joli-Cœur contre lui, roulé dans une couverture, et bientôt sa respiration, plus haute et plus régulière, m'avait dit qu'il venait de s'endormir.

Alors je m'étais levé et doucement, sur la pointe des pieds, j'avais été jusqu'à la porte, pour voir ce qui se passait au dehors.

La neige avait tout enseveli, les herbes, les buissons, les cépées, les arbres; aussi loin que la vue pouvait s'étendre, ce n'était qu'une nappe inégale, mais uniformément blanche; le ciel était parsemé d'étoiles scintillantes, mais, si vive que fût leur clarté, c'était de la neige que montait la pâle lumière qui éclairait le paysage. Le froid avait repris et il devait geler au dehors, car l'air qui entrait dans notre cabane était glacé. Dans le silence lugubre de la nuit, on entendait parfois des craquements qui indiquaient que la surface de la neige se congelait.

Nous avions été vraiment bien heureux de rencontrer cette cabane; que serions-nous devenus en pleine forêt, sous la neige et par ce froid?

Si peu de bruit que j'eusse fait en marchant, j'avais éveillé les chiens, et Zerbino s'était levé pour venir avec moi à la porte. Comme il ne regardait pas avec des yeux pareils aux miens les splendeurs de cette nuit neigeuse, il s'ennuya bien vite et voulut sortir.

De la main je lui donnai l'ordre de rentrer ; quelle idée d'aller dehors par ce froid ; n'était-il pas meilleur de rester devant le feu que d'aller vagabonder ? Il obéit, mais il resta le nez tourné vers la porte, en chien obstiné qui n'abandonne pas son idée.

Je demeurai encore quelques instants à regarder la neige, car bien que ce spectacle me remplît le cœur d'une vague tristesse, je trouvais une sorte de plaisir à le contempler : il me donnait envie de pleurer, et quoiqu'il me fût facile de ne plus le voir, puisque je n'avais qu'à fermer les yeux ou à revenir à ma place, je ne bougeais pas.

Enfin je me rapprochai du feu, et l'ayant chargé de trois ou quatre morceaux de bois croisés les uns par-dessus les autres, je crus que je pouvais m'asseoir sans danger sur la pierre qui m'avait servi d'oreiller.

Mon maître dormait tranquillement ; les chiens et Joli-Cœur dormaient aussi, et du foyer avivé s'élevaient de belles flammes qui montaient en tourbillons jusqu'au toit, en jetant des étincelles pétillantes qui, seules, troublaient le silence.

Pendant assez longtemps je m'amusai à regarder ces étincelles, mais peu à peu, la lassitude me prit et m'engourdit sans que j'en eusse conscience.

Si j'avais eu à m'occuper de ma provision de bois, je me serais levé, et, en marchant autour de la cabane, je me serais tenu éveillé ; mais, en restant assis, n'ayant d'autre mouvement à faire que d'étendre la

main pour mettre des branches au feu, je me laissai
aller à la somnolence qui me gagnait et, tout en me
croyant sûr de me tenir éveillé, je me rendormis.

Tout à coup je fus réveillé en sursaut par un aboiement furieux.

Il faisait nuit; j'avais sans doute dormi longtemps,
et le feu s'était éteint, ou tout au moins il ne donnait
plus de flammes qui éclairassent la hutte.

Les aboiements continuaient : c'était la voix de
Capi; mais, chose étrange, Zerbino, pas plus que
Dolce ne répondaient à leur camarade.

— Eh bien, quoi? s'écria Vitalis se réveillant aussi,
que se passe-t-il?

— Je ne sais pas.

— Tu t'es endormi et le feu s'éteint.

Capi s'était élancé vers la porte, mais n'était point
sorti, et c'était de la porte qu'il aboyait.

La question que mon maître m'avait adressée, je
me la posai : que se passait-il?

Aux aboiements de Capi répondirent deux ou trois
hurlements plaintifs dans lesquels je reconnus la voix
de Dolce. Ces hurlements venaient de derrière notre
hutte, et à une assez courte distance.

J'allais sortir; mon maître m'arrêta en me posant la
main sur l'épaule.

— Mets d'abord du bois sur le feu, me commanda-
t-il.

Et pendant que j'obéissais, il prit dans le foyer un
tison sur le quel il souffla pour aviser la pointe car-
bonisée.

Puis au lieu de rejeter ce tison dans le foyer, lorsqu'il fut rouge, il le garda à la main.

— Allons voir, dit-il, et marche derrière moi ; en avant, Capi !

Au moment où nous allions sortir, un formidable hurlement éclata dans le silence, et Capi se rejeta dans nos jambes, effrayé.

— Ce sont des loups ; où sont Zerbino et Dolce ?

A cela je ne pouvais répondre. Sans doute les deux chiens étaient sortis pendant mon sommeil ; Zerbino réalisant le caprice qu'il avait manifesté, et que j'avais contrarié, Dolce suivant son camarade.

Les loups les avaient-ils emportés ? Il me semblait que l'accent de mon maître, lorsqu'il avait demandé où ils étaient, avait trahi cette crainte.

— Prends un tison, me dit-il, et allons à leur secours.

J'avais entendu raconter dans mon village d'effrayantes histoires de loups ; cependant je n'hésitai pas ; je m'armai d'un tison et suivis mon maître.

Mais lorsque nous fûmes dans la clairière nous n'aperçûmes ni chiens, ni loups.

On voyait seulement sur la neige les empreintes creusées par les deux chiens.

Nous suivîmes ces empreintes ; elles tournaient autour de la hutte ; puis à une certaine distance se montrait dans l'obscurité un espace où la neige avait été foulée, comme si des animaux s'étaient roulés dedans.

— Cherche, cherche, Capi, disait mon maître et en même temps il sifflait pour appeler Zerbino et Dolce.

Mais aucun aboiement ne lui répondait, aucun bruit

ne troublait le silence lugubre de la forêt, et Capi, au lieu de chercher comme on lui commandait, restait dans nos jambes, donnant des signes manifestes d'inquiétude et d'effroi, lui qui ordinairement était aussi obéissant que brave.

La réverbération de la neige ne donnait pas une clarté suffisante pour nous reconnaître dans l'obscurité et suivre les empreintes; à une courte distance, les yeux éblouis se perdaient dans l'ombre confuse.

De nouveau, Vitalis siffla, et d'une voix forte il appela Zerbino et Dolce.

Nous écoutâmes; le silence continua; j'eus le cœur serré.

Pauvre Zerbino! Pauvre Dolce!

Vitalis précisa mes craintes.

— Les loups les ont emportés, dit-il; pourquoi les as-tu laissés sortir?

Ah! oui, pourquoi? Je n'avais pas, hélas! de réponse à donner.

— Il faut les chercher, dis-je.

Et je passai devant; mais Vitalis m'arrêta.

— Et où veux-tu les chercher? dit-il.

— Je ne sais pas, partout.

— Comment nous guider au milieu de l'obscurité, et dans cette neige?

Et, de vrai, ce n'était pas chose facile; la neige nous montait jusqu'à mi-jambe, et ce n'étaient pas nos deux tisons qui pouvaient éclairer les ténèbres.

— S'ils n'ont pas répondu à mon appel, c'est qu'ils sont... bien loin, dit-il; et puis, il ne faut pas nous exposer à ce que les loups nous attaquent nous-mêmes; nous n'avons rien pour nous défendre.

C'était terrible d'abandonner ainsi ces deux pauvres chiens, ces deux camarades, ces deux amis, pour moi particulièrement, puisque je me sentais responsable de leur faute; si je n'avais pas dormi, ils ne seraient pas sortis.

Mon maître s'était dirigé vers la hutte et je l'avais suivi, regardant derrière moi à chaque pas et m'arrêtant pour écouter; mais je n'avais rien vu que la neige, je n'avais rien entendu que les craquements de la neige.

Dans la hutte, une surprise nouvelle nous attendait; en notre absence, les branches que j'avais entassées sur le feu s'étaient allumées, elles flambaient, jetant leurs lueurs dans les coins les plus sombres.

Je ne vis point Joli-Cœur.

Sa couverture était restée devant le feu, mais elle était plate et le singe ne se trouvait pas dessous.

Je l'appelai; Vitalis l'appela à son tour; il ne se montra pas.

Qu'était-il devenu?

Vitalis me dit qu'en s'éveillant, il l'avait senti près de lui, c'était donc depuis que nous étions sortis qu'il avait disparu?

Avait-il voulu nous suivre?

Nous prîmes une poignée de branches enflammées, et nous sortîmes, penchés en avant, nos branches inclinées sur la neige, cherchant les traces de Joli-Cœur.

Nous n'en trouvâmes point: il est vrai que le pas

sage des chiens et nos piétinements avaient brouillé les empreintes, mais pas assez cependant pour qu'on ne pût pas reconnaître les pieds du singe.

Il n'était donc pas sorti.

Nous rentrâmes dans la cabane pour voir s'il ne s'était pas blotti dans quelque fagot.

Notre recherche dura longtemps; dix fois nous passâmes à la même place, dans les mêmes coins; je montai sur les épaules de Vitalis pour explorer les branches qui formaient notre toit; tout fut inutile.

De temps en temps nous nous arrêtions pour l'appeler; rien, toujours rien.

Vitalis paraissait exaspéré, tandis que moi j'étais sincèrement désolé.

Pauvre Joli-Cœur!

Comme je demandais à mon maître s'il pensait que les loups avaient pu aussi l'emporter:

— Non, me dit-il, les loups n'auraient pas osé entrer dans la cabane; je crois qu'ils auront sauté sur Zerbino et sur Dolce qui étaient sortis, mais ils n'ont pas pénétré ici; il est probable que Joli-Cœur épouvanté se sera caché quelque part pendant que nous étions dehors; et c'est là ce qui m'inquiète pour lui, car par ce temps abominable il va gagner froid et pour lui le froid serait mortel.

— Alors cherchons encore.

Et de nouveau nous recommençâmes nos recherches; mais elles ne furent pas plus heureuses que la première fois.

— Il faut attendre le jour, dit Vitalis.

— Quand viendra-t-il?

— Dans deux ou trois heures, je pense.

Et il s'assit devant le feu, la tête entre ses deux mains.

Je n'osai pas le troubler. Je restai immobile près de lui, ne faisant un mouvement que pour mettre des branches sur le feu; de temps en temps il se levait pour aller jusqu'à la porte, alors il regardait le ciel et il se penchait pour écouter; puis il revenait prendre sa place.

Il me semblait que j'aurais mieux aimé qu'il me grondât, plutôt que de le voir ainsi morne et accablé.

Les trois heures dont il avait parlé s'écoulèrent avec une lenteur exaspérante; c'était à croire que cette nuit ne finirait jamais.

Cependant les étoiles pâlirent et le ciel blanchit, c'était le matin, bientôt il ferait jour.

Mais avec le jour naissant le froid augmenta, l'air qui entrait par la porte était glacé.

Si nous retrouvions Joli-Cœur, serait-il encore vivant?

Mais quelle espérance raisonnable de le retrouver pouvions-nous avoir?

Qui pouvait savoir si le jour n'allait pas nous ramener la neige?

Alors comment le chercher?

Heureusement il ne la ramena pas; le ciel au lieu de se couvrir comme la veille s'emplit d'une lueur rosée qui présageait le beau temps.

Aussitôt que la clarté froide du matin eut donné aux buissons et aux arbres leurs formes réelles, nous sortîmes. Vitalis s'était armé d'un fort bâton et j'en avais pris un pareillement.

Capi ne paraissait plus être sous l'impression de frayeur qui l'avait paralysé pendant la nuit; les yeux sur ceux de son maître il n'attendait qu'un signe pour s'élancer en avant.

Comme nous cherchions sur la terre les empreintes de Joli-Cœur, Capi leva la tête et se mit à aboyer joyeusement; cela signifiait que c'était en l'air qu'il fallait chercher et non à terre.

En effet, nous vîmes que la neige qui couvrait notre cabane avait été foulée çà et là, jusqu'à une grosse branche penchée sur notre toit.

Nous suivîmes des yeux cette branche, qui appartenait à un gros chêne, et tout au haut de l'arbre, blottie dans une fourche, nous aperçûmes une petite forme de couleur sombre.

C'était Joli-Cœur, et ce qui s'était passé n'était pas difficile à deviner : effrayé par les hurlements des chiens et des loups, Joli-Cœur au lieu de rester près du feu, s'était élancé sur le toit de notre hutte, quand nous étions sortis, et de là il avait grimpé au haut du chêne, où se trouvant en sûreté, il était resté blotti, sans répondre à nos appels.

La pauvre petite bête si frileuse devait être glacée.

Mon maître l'appela doucement, mais il ne bougea pas plus que s'il était mort.

Pendant plusieurs minutes, Vitalis répéta ses appels : Joli-Cœur ne donna pas signe de vie.

J'avais à racheter ma négligence de la nuit.

— Si vous voulez, dis-je, je vais l'aller chercher.

— Tu vas te casser le cou.

— Il n'y a pas de danger.

Le mot n'était pas très-juste; il y avait danger au contraire, surtout il y avait difficulté; l'arbre était gros, et de plus il était couvert de neige dans les parties de son tronc et de ses branches qui avaient été exposées au vent.

Heureusement j'avais appris de bonne heure à grimper aux arbres et j'avais acquis dans cet art une force remarquable. Quelques petites branches avaient poussé çà et là, le long du tronc; elles me servirent d'échelons, et bien que je fusse aveuglé par la neige que mes mains me faisaient tomber dans les yeux, je parvins bientôt à la première fourche. Arrivé là, l'ascension devenait facile; je n'avais plus qu'à veiller à ne pas glisser sur la neige.

Tout en montant, je parlais doucement à Joli-Cœur qui ne bougeait pas, mais qui me regardait avec ses yeux brillants.

J'allais arriver à lui et déjà j'allongeais la main pour le prendre, lorsqu'il fit un bond et s'élança sur une autre branche.

Je le suivis sur cette branche, mais les hommes, hélas! et même les gamins sont très-inférieurs aux singes pour courir dans les arbres.

Aussi est-il bien probable que je n'aurais jamais pu atteindre Joli-Cœur si la neige n'avait pas couvert les branches; mais comme cette neige lui mouillait les mains et les pieds il fut bientôt fatigué de cette poursuite. Alors dégringolant de branches en branches il sauta d'un bond sur les épaules de son maître, et se cacha sous la veste de celui-ci.

C'était beaucoup d'avoir retrouvé Joli-Cœur, mais

ce n'était pas tout : il fallait maintenant chercher les chiens.

Nous arrivâmes en quelques pas à l'endroit où nous étions déjà venus dans la nuit, et où nous avions trouvé la neige piétinée.

Maintenant qu'il faisait jour, il nous fut facile de deviner ce qui s'était passé : la neige gardait imprimée en creux l'histoire de la mort des chiens.

En sortant de la cabane l'un derrière l'autre, ils avaient longé les fagots et nous suivions distinctement leurs traces pendant une vingtaine de mètres ; puis ces traces disparaissaient dans la neige bouleversée ; alors on voyait d'autres empreintes ; d'un côté celles qui montraient par où les loups, en quelques bonds allongés, avaient sauté sur les chiens ; et de l'autre celles qui disaient par où ils les avaient emportés après les avoir boulés ; de traces des chiens il n'en existait plus, à l'exception d'une traînée de rouge qui çà et là ensanglantait la neige.

Il n'y avait plus maintenant à poursuivre nos recherches plus loin ; les deux pauvres chiens avaient été égorgés là et emportés pour être dévorés à loisir dans quelque hallier épineux.

D'ailleurs nous devions nous occuper au plus vite de réchauffer Joli-Cœur.

Nous rentrâmes dans la cabane et tandis que Vitalis lui présentait les pieds et les mains au feu comme on fait pour les petits enfants, je chauffai bien sa couverture et nous l'enveloppâmes dedans.

Mais ce n'était pas seulement une couverture qu'il fallait, c'était encore un bon lit bassiné, c'était surtout une boisson chaude, et nous n'avions ni l'un ni l'autre ; heureux encore d'avoir du feu.

Nous nous étions assis, mon maître et moi, autour du foyer, sans rien dire, et nous restions là, immobiles, regardant le feu brûler.

Mais il n'était pas besoin de paroles, il n'était pas besoin de regard pour exprimer ce que nous ressentions.

— Pauvre Zerbino, pauvre Dolce, pauvres amis !

C'étaient les paroles que tous deux nous murmurions chacun de notre côté, ou tout au moins les pensées de nos cœurs.

Ils avaient été nos camarades, nos compagnons de bonne et mauvaise fortune, et pour moi, pendant mes jours de détresse et de solitude, mes amis, presque mes enfants.

Et j'étais coupable de leur mort.

Car je ne pouvais m'innocenter : si j'avais fait bonne garde comme je le devais, si je ne m'étais pas endormi, ils ne seraient pas sortis, et les loups ne seraient pas venus nous attaquer dans notre cabane, ils auraient été retenus à distance, effrayés par notre feu.

J'aurais voulu que Vitalis me grondât ; j'aurais presque demandé qu'il me battît.

Mais il ne me disait rien, il ne me regardait même pas ; il restait la tête penchée au-dessus du foyer : sans doute il songeait à ce que nous allions devenir sans les chiens. Comment donner nos représentations sans eux ? Comment vivre ?

XV

MONSIEUR JOLI-CŒUR

Les pronostics du jour levant s'étaient réalisés; le soleil brillait dans un ciel sans nuages et ses pâles rayons étaient réfléchis par la neige immaculée; la forêt triste et livide la veille était maintenant éblouissante d'un éclat qui aveuglait les yeux.

De temps en temps Vitalis passait la main sous la couverture pour tâter Joli-Cœur; mais celui-ci ne se réchauffait pas, et lorsque je me penchais sur lui je l'entendais grelotter.

Il devint bientôt évident que nous ne pourrions pas réchauffer ainsi son sang glacé dans ses veines.

— Il faut gagner un village, dit Vitalis en se levant, ou Joli-Cœur va mourir ici; heureux nous serons, s'il ne meurt pas en route. Partons.

La couverture bien chauffée, Joli-Cœur fut enveloppé dedans, et mon maître le plaça sous sa veste contre sa poitrine.

Nous étions prêts à partir.

— Voilà une auberge, dit Vitalis, qui nous a fait payer cher l'hospitalité qu'elle nous a vendue.

En disant cela, sa voix tremblait.

Il sortit le premier, et je marchai dans ses pas.

Il fallut appeler Capi, qui était resté sur le seuil de la hutte, le nez tourné vers l'endroit où ses camarades avait été surpris.

Dix minutes après être arrivés sur la grande route, nous croisâmes une voiture dont le charretier nous apprit qu'avant une heure nous trouverions un village.

Cela nous donna des jambes, et cependant marcher était difficile autant que pénible, au milieu de cette neige, dans laquelle j'enfonçais jusqu'à mi-corps.

De temps en temps, je demandais à Vitalis comment se trouvait Joli-Cœur, et il me répondait qu'il le sentait toujours grelotter contre lui.

Enfin au bas d'une côte se montrèrent les toits blancs d'un gros village ; encore un effort et nous arrivions.

Nous n'avions point pour habitude de descendre dans les meilleures auberges, celles qui par leur apparence cossue, promettaient bon gîte et bonne table ; tout au contraire nous nous arrêtions ordinairement à l'entrée des villages ou dans les faubourgs, choisissant quelque pauvre maison, d'où l'on ne nous repousserait pas, et où l'on ne viderait pas notre bourse.

Mais cette fois, il n'en fut pas ainsi : au lieu de s'arrêter à l'entrée du village, Vitalis continua jusqu'à une auberge devant laquelle se balançait une belle enseigne dorée ; par la porte de la cuisine, grande ouverte, on voyait une table chargée de viande, et sur un large fourneau plusieurs casseroles en cuivre rouge chantaient joyeusement, lançant au plafond des petits nuages de vapeur ; de la rue, on respirait une bonne odeur de soupe grasse qui chatouillait agréablement nos estomacs affamés.

Mon maître ayant pris ses airs « de monsieur » entra dans la cuisine, et le chapeau sur la tête, le cou tendu en arrière, il demanda à l'aubergiste une bonne chambre avec du feu.

Tout d'abord l'aubergiste, qui était un personnage de belle prestance, avait dédaigné de nous regarder, mais les grands airs de mon maître lui en imposèrent, et une fille de service reçut l'ordre de nous conduire.

— Vite, couche-toi, me dit Vitalis pendant que la servante allumait le feu.

Je restai un moment étonné : pourquoi me coucher ? j'aimais bien mieux me mettre à table qu'au lit.

— Allons vite, répéta Vitalis.

Et je n'eus qu'à obéir.

Il y avait un édredon sur le lit, Vitalis me l'appliqua jusqu'au menton.

— Tâche d'avoir chaud, me dit-il, plus tu auras chaud mieux cela vaudra.

Il me semblait que Joli-Cœur avait beaucoup plus que moi besoin de chaleur, car je n'avais nullement froid.

Pendant que je restais immobile sous l'édredon, pour tâcher d'avoir chaud, Vitalis au grand étonnement de la servante, tournait et retournait le pauvre petit Joli-Cœur, comme s'il voulait le faire rôtir.

— As-tu chaud? me demanda Vitalis après quelques instants.

— J'étouffe.

— C'est justement ce qu'il faut.

Et venant à moi vivement, il mit Joli-Cœur dans mon lit, en me recommandant de le tenir bien serré contre ma poitrine.

La pauvre petit bête, qui était ordinairement si rétive lorsqu'on lui imposait quelque chose qui lui déplaisait, semblait résignée à tout.

Elle se tenait collée contre moi, sans faire un mouvement; elle n'avait plus froid, son corps était brûlant.

Mon maître était descendu à la cuisine; bientôt il remonta portant un bol de vin chaud et sucré.

Il voulut faire boire quelques cuillerées de ce breuvage à Joli-Cœur, mais celui-ci ne put pas desserrer les dents.

Avec ses yeux brillants il nous regardait tristement comme pour nous prier de ne pas le tourmenter.

En même temps il sortait un de ses bras du lit et nous le tendait.

Je me demandais ce que signifiait ce geste qu'il répétait à chaque instant, quand Vitalis me l'expliqua.

Avant que je fusse entré dans la troupe, Joli-Cœur avait eu une fluxion de poitrine et on l'avait saigné au bras; à ce moment, se sentant de nouveau malade, il nous tendait le bras pour qu'on le saignât en-

core et le guérît comme on l'avait guéri la première
fois.

N'était-ce pas touchant?

Non-seulement Vitalis fut touché, mais encore il fut
inquiété.

Il était évident que le pauvre Joli-Cœur était malade, et même il fallait qu'il se sentît bien malade
pour refuser le vin sucré qu'il aimait tant.

—Bois le vin, dit Vitalis, et reste au lit, je vais aller chercher un médecin.

Il faut avouer que moi aussi j'aimais bien le vin sucré, et de plus j'avais une terrible faim; je ne me fis
donc pas donner cet ordre deux fois, et après avoir vidé
le bol, je me replaçai sous l'édredon, où la chaleur
du vin aidant, je faillis étouffer.

Notre maître ne fut pas longtemps sorti; bientôt il
revint amenant avec lui un monsieur à lunettes d'or,
— le médecin.

Craignant que ce puissant personnage ne voulût
pas se déranger pour un singe, Vitalis n'avait pas dit
pour quel malade il l'appelait; aussi, me voyant dans
le lit rouge comme une pivoine qui va ouvrir, le médecin vint à moi, et m'ayant posé la main sur le
front:

— Congestion, dit-il.

Et il secoua la tête d'un air qui n'annonçait rien de
bon.

Il était temps de le détromper, ou bien il allait
peut-être me saigner.

— Ce n'est pas moi qui suis malade, dis-je.

— Comment, pas malade? Cet enfant délire.

Sans répondre, je soulevai un peu la couverture, et montrant Joli-Cœur qui avait posé son petit bras autour de mon cou :

— C'est lui qui est malade, dis-je.

Le médecin avait reculé de deux pas en se tournant vers Vitalis :

— Un singe! criait-il, comment, c'est pour un singe que vous m'avez dérangé et par un temps pareil !

Je crus qu'il allait sortir indigné.

Mais c'était un habile homme que notre maître et qui ne perdait pas facilement la tête. Poliment et avec ses grands airs il arrêta le médecin. Puis il lui expliqua la situation : comment nous avions été surpris par la neige, et comment par la peur des loups, Joli-Cœur s'était sauvé sur un chêne où le froid l'avait glacé.

— Sans doute le malade n'était qu'un singe; mais quel singe de génie! et de plus un camarade, un ami pour nous! Comment confier un comédien aussi remarquable aux soins d'un simple vétérinaire! Tout le monde sait que les vétérinaires de village ne sont que des ânes. Tandis que tout le monde sait aussi que les médecins sont tous, à des degrés divers, des hommes de science; si bien que dans le moindre village on est certain de trouver le savoir et la générosité en allant sonner à la porte du médecin. Enfin, bien que le singe ne soit qu'un animal, selon les naturalistes, il se rapproche tellement de l'homme que ses maladies sont celles de celui-ci. N'est-il pas intéressant, au point de vue de la science et de l'art, d'étudier par où ces maladies se ressemblent ou ne se ressemblent pas?

Ce sont d'adroits flatteurs que les Italiens ; le médecin abandonna bientôt la porte pour se rapprocher du lit.

Pendant que notre maître parlait, Joli-Cœur qui avait sans doute deviné que ce personnage à lunettes était un médecin, avait plus de dix fois sorti son petit bras, pour l'offrir à la saignée.

—-Voyez comme ce singe est intelligent, il sait que vous êtes médecin, et il vous tend le bras pour que vous tâtiez son pouls.

Cela acheva de décider le médecin.

— Au fait, dit-il, le cas est peut-être curieux.

Il était, hélas! fort triste pour nous, et bien inquiétant : le pauvre M. Joli-Cœur était menacé d'une fluxion de poitrine.

Ce petit bras qu'il avait tendu si souvent, fut pris par le médecin, et la lancette s'enfonça dans sa veine, sans qu'il poussât le plus petit gémissement.

Il savait que cela devait le guérir.

Puis après la saignée vinrent les sinapismes, les cataplasmes, les potions et les tisanes.

Bien entendu, je n'étais pas resté dans le lit ; j'étais devenu garde-malade sous la direction de Vitalis.

Le pauvre petit Joli-Cœur aimait mes soins et il me récompensait par un doux sourire : son regard était devenu vraiment humain.

Lui naguère si vif, si pétulant, si contrariant, toujours en mouvement pour nous jouer quelque mauvais tour, était maintenant là, d'une tranquillité et d'une docilité exemplaires.

Il semblait qu'il avait besoin qu'on lui témoignât

de l'amitié, demandant même celle de Capi qui tant de fois avait été sa victime.

Comme un enfant gâté, il voulait nous avoir tous auprès de lui, et lorsque l'un de nous sortait, il se fâchait.

Sa maladie suivait la marche de toutes les fluxions de poitrine, c'est-à-dire que la toux s'était bientôt établie, le fatiguant beaucoup par les secousses qu'elle imprimait à son pauvre petit corps.

J'avais cinq sous pour toute fortune, je les employai à acheter du sucre d'orge pour Joli-Cœur.

Malheureusement j'aggravai son mal au lieu de le soulager.

Avec l'attention qu'il apportait à tout, il ne lui fallut pas longtemps pour observer que je lui donnais un morceau de sucre d'orge toutes les fois qu'il toussait.

Alors il s'empressa de profiter de cette observation, et il se mit à tousser à chaque instant, afin d'avoir plus souvent le remède qu'il aimait tant, si bien que ce remède au lieu de le guérir le rendit plus malade.

Quand je m'aperçus de sa ruse, je supprimai bien entendu le sucre d'orge, mais il ne se découragea pas : il commençait par m'implorer de ses yeux suppliants ; puis quand il voyait que ses prières étaient inutiles, il s'asseyait sur son séant, et courbé en deux, une main posée sur son ventre, il toussait de toutes ses forces, sa face se colorait, les veines de son front se distendaient, les larmes coulaient de ses yeux, et il finissait par suffoquer, non plus en jouant la comédie, mais pour tout de bon.

Mon maître ne m'avait jamais fait part de ses affaires, et c'était d'une façon incidente que j'avais appris qu'il avait dû vendre sa montre pour m'acheter ma peau de mouton, mais dans les circonstances difficiles que nous traversions, il crut devoir s'écarter de cette règle.

Un matin, en revenant de déjeuner, tandis que j'étais resté auprès de Joli-Cœur que nous ne laissions pas seul, il m'apprit que l'aubergiste avait demandé le paiement de ce que nous devions, si bien qu'après ce paiement, il ne lui restait plus que cinquante sous.

Que faire ?

Naturellement je ne trouvai pas de réponse à cette question.

Pour lui, il ne voyait qu'un moyen de sortir d'embarras, c'était de donner une représentation le soir même.

Une représentation sans Zerbino, sans Dolce, sans Joli-Cœur ! cela me paraissait impossible.

Mais nous n'étions pas dans une position à nous arrêter découragés devant une impossibilité : il fallait à tout prix soigner Joli-Cœur et le sauver : le médecin, les médicaments, le feu, la chambre, nous obligeaient à faire une recette immédiate d'au moins quarante francs pour payer l'aubergiste qui, voyant la couleur de notre argent, nous ouvrirait un nouveau crédit.

Quarante francs dans ce village, par ce froid, et avec les ressources dont nous disposions, quel tour de force !

Cependant mon maître, sans s'attarder aux réflexions, s'occupa activement à le réaliser.

Tandis que je gardais notre malade, il trouva une salle de spectacle dans les halles, car une réprésentation en plein air était impossible par le froid qu'il faisait; il composa et colla des affiches; il arrangea un théâtre avec quelques planches, et bravement il dépensa ses cinquante sous à acheter des chandelles qu'il coupa par le milieu, afin de doubler son éclairage.

Par la fenêtre de la chambre, je le voyais aller et venir dans la neige, passer et repasser devant notre auberge, et ce n'était pas sans angoisse que je me demandais quel serait le programme de cette représentation.

Je fus bientôt fixé à ce sujet, car le tambour du village, coiffé d'un képi rouge, s'arrêta devant l'auberge, et après un magnifique roulement, donna lecture de ce programme.

Ce qu'il était, on l'imaginera facilement lorsqu'on saura que Vitalis avait prodigué les promesses les plus extravagantes : il était question « d'un artiste célèbre dans l'univers entier, » — c'était Capi, — et « d'un jeune chanteur qui était un prodige, » — le prodige, c'était moi.

Mais la partie la plus intéressante de ce boniment était celle qui disait qu'on ne fixait pas le prix des places et qu'on s'en rapportait à la générosité des spectateurs, qui ne payeraient qu'après avoir vu, entendu et applaudi.

Cela me parut bien hardi, car nous applaudirait-on? Capi méritait vraiment d'être célèbre. Mais moi je n'avais nullement la conviction d'être un prodige.

En entendant le tambour, Capi avait aboyé joyeusement, et Joli-cœur s'était à demi soulevé, quoiqu'il fût très-mal en ce moment : tous deux, je le crois bien, avaient deviné qu'il s'agissait de notre représentation.

Cette idée, qui s'était présentée à mon esprit, me fut bientôt confirmée par la pantomime de Joli-Cœur : il voulut se lever et je dus le retenir de force ; alors il me demanda son costume de général anglais, l'habit et le pantalon rouge galonnés d'or, le chapeau à claque avec son plumet.

Il joignait les mains, il se mettait à genoux pour mieux me supplier.

Quand il vit qu'il n'obtenait rien de moi par la prière, il essaya de la colère, puis enfin des larmes.

l était certain que nous aurions bien de la peine à le décider à renoncer à son idée de reprendre son rôle le soir, et je pensai que dans ces conditions le mieux était de lui cacher notre départ.

Malheureusement quand Vitalis, qui ignorait ce qui s'était passé en son absence, rentra, sa première parole fut pour me dire de préparer ma harpe et tous les accessoires nécessaires à notre représentation.

A ces mots bien connus de lui, Joli-Cœur recommença ses supplications, les adressant cette fois à son maître ; il eût pu parler qu'il n'eût assurément pas mieux exprimé par le langage articulé ses désirs qu'il ne le faisait par les sons différents qu'il poussait, par les contractions de sa figure et par la mimique de tout son corps ; c'étaient de vraies larmes qui mouillaient ses joues, et c'étaient de vrais baisers ceux qu'il appliquait sur les mains de Vitalis.

— Tu veux jouer? dit celui-ci.

— Oui, oui, cria toute la personne de Joli-Cœur.

— Mais tu es malade, pauvre petit Joli-Cœur !

— Plus malade ! cria-t-il non moins expressivement.

C'était vraiment chose touchante de voir l'ardeur que ce pauvre petit malade, qui n'avait plus que le souffle, mettait dans ses supplications, et les mines ainsi que les poses qu'il prenait pour nous décider ; mais lui accorder ce qu'il demandait, c'eût été le condamner à une mort certaine.

L'heure était venue de nous rendre aux halles; j'arrangeai un bon feu dans la cheminée avec de grosses bûches qui devaient durer longtemps; j'enveloppai bien dans sa couverture le pauvre petit Joli-Cœur qui pleurait à chaudes larmes, et qui m'embrassait tant qu'il pouvait, puis nous partîmes.

En cheminant dans la neige, mon maître m'expliqua ce qu'il attendait de moi.

Il ne pouvait pas être question de nos pièces ordinaires, puisque nos principaux comédiens manquaient, mais nous devions, Capi et moi, donner tout ce que nous avions de zèle et de talent. Il s'agissait de faire une recette de quarante francs.

Quarante francs ! c'était bien là le terrible.

Tout avait été préparé par Vitalis, et il ne s'agissait plus que d'allumer les chandelles; mais c'était un luxe que nous ne devions nous permettre que quand la salle serait à peu près garnie, car il fallait que notre illumination ne finît pas avant la représentation.

Pendant que nous prenions possession de notre

théâtre, le tambour parcourait une dernière fois les rues du village, et nous entendions les roulements de sa caisse qui s'éloignaient ou se rapprochaient selon le caprice des rues.

Après avoir terminé la toilette de Capi et la mienne, j'allai me poster derrière un pilier pour voir l'arrivée de la compagnie.

Bientôt les roulements du tambour se rapprochèrent et j'entendis dans la rue une vague rumeur.

Elle était produite par les voix d'une vingtaine de gamins qui suivaient le tambour en marquant le pas.

Sans suspendre sa batterie, le tambour vint se placer entre deux lampions allumés à l'entrée de notre théâtre, et le public n'eut plus qu'à occuper ses places en attendant que le spectacle commençât.

Hélas! qu'il était lent à venir, et cependant à la porte, le tambour continuait ses ra et ses fla avec une joyeuse énergie ; tous les gamins du village étaient je pense installés ; mais ce n'étaient pas les gamins qui nous feraient une recette de quarante francs ; il nous fallait des gens importants à la bourse bien garnie et à la main facile à s'ouvrir. Enfin mon maître décida que nous devions commencer, bien que la salle fût loin d'être remplie ; mais nous ne pouvions attendre davantage, poussés que nous étions par la terrible question des chandelles.

Ce fut à moi de paraître le premier sur le théâtre, et en m'accompagnant de ma harpe je chantai deux chansonnettes. Pour être sincère je dois déclarer que les applaudissements que je recueillis furent assez rares.

Je n'ai jamais eu un bien grand amour-propre de comédien, mais dans cette circonstance, la froideur du public me désola. Assurément si je ne lui plaisais pas, il n'ouvrirait pas sa bourse. Ce n'était pas pour la gloire que je chantais, c'était pour le pauvre Joli-Cœur. Ah! comme j'aurais voulu le toucher, ce public, l'enthousiasmer, lui faire perdre la tête; mais autant que je pouvais voir dans cette halle pleine d'ombres bizarres, il me semblait que je l'intéressais fort peu et qu'il ne m'acceptait pas comme un prodige.

Capi fut plus heureux; on l'applaudit à plusieurs reprises, et à pleines mains.

La représentation continua; grâce à Capi elle se termina au milieu des bravos, non-seulement on claquait des mains, mais encore on trépignait des pieds.

Le moment décisif était arrivé. Pendant que sur la scène, accompagné par Vitalis, je dansais un pas espagnol, Capi, la sébile à la gueule, parcourait tous les rangs de l'assemblée.

Ramasserait-il les quarante francs? c'était la question qui me serrait le cœur, tandis que je souriais au public avec mes mines les plus agréables.

J'étais à bout de souffle et je dansais toujours, car je ne devais m'arrêter que lorsque Capi serait revenu : il ne se pressait point, et quand on ne lui donnait pas, il frappait des petits coups de patte sur la poche qui ne voulait pas s'ouvrir.

Enfin je le vis apparaître, et j'allais m'arrêter, quand Vitalis me fit signe de continuer.

Je continuai et me rapprochant de Capi, je vis que la

sébile n'était pas pleine, il s'en fallait de beaucoup.

A ce moment Vitalis qui, lui aussi, avait jugé la recette, se leva :

— Je crois pouvoir dire, sans nous flatter, que nous avons exécuté notre programme ; cependant, comme nos chandelles vivent encore, je vais, si la société le désire, lui chanter quelques airs ; Capi fera une nouvelle tournée, et les personnes qui n'avaient pas pu trouver l'ouverture de leur poche, à son premier passage, seront peut-être plus souples et plus adroites cette fois ; je les avertis de se préparer à l'avance.

Bien que Vitalis eût été mon professeur je ne l'avais jamais entendu vraiment chanter, ou tout au moins comme il chanta ce soir-là.

Il choisit deux airs que tout le monde connaît, mais que moi je ne connaissais pas alors, la romance de *Joseph* : « A peine au sortir de l'enfance, » et celle de *Richard Cœur-de-Lion* : « O Richard, ô mon roi ! »

Je n'étais pas à cette époque en état de juger si l'on chantait bien ou mal, avec art ou sans art, mais ce que je puis dire c'est le sentiment que sa façon de chanter provoqua en moi ; dans le coin de la scène où je m'étais retiré, je fondis en larmes.

A travers le brouillard qui obscurcissait mes yeux, je vis une jeune dame qui occupait le premier banc, applaudir de toutes ses forces. Je l'avais déjà remarquée, car ce n'était point une paysanne, comme celles qui composaient le public : c'était une vraie dame, jeune, belle et que, à son manteau de fourrure, j'avais jugée être la plus riche du village ; elle avait près d'elle un enfant qui, lui aussi, avait beaucoup applaudi Capi ; son fils sans doute, car il avait une grande ressemblance avec elle.

Après la première romance, Capi avait recommencé sa quête, et j'avais vu avec surprise que la belle dame n'avait rien mis dans la sébile.

Quand mon maître eut achevé l'air de *Richard*, elle me fit un signe de main, et je m'approchai d'elle.

— Je voudrais parler à votre maître, me dit-elle.

Cela m'étonna un peu que cette belle dame voulût parler à mon maître. Elle aurait mieux fait, selon moi, de mettre son offrande dans la sébile ; cependant j'allai transmettre ce désir ainsi exprimé à Vitalis, et pendant ce temps Capi revint près de nous.

La seconde quête avait été encore moins productive que la première.

— Que me veut cette dame ? demanda Vitalis.

— Vous parler.

— Je n'ai rien à lui dire.

— Elle n'a rien donné à Capi ; elle veut peut-être lui donner maintenant.

— Alors, c'est à Capi d'aller à elle et non à moi.

Cependant il se décida, mais en prenant Capi avec lui.

Je les suivis.

Pendant ce temps un domestique portant une lanterne et une couverture, était venu se placer près de la dame et de l'enfant.

Vitalis s'était approché et avait salué, mais froidement.

— Pardonnez-moi de vous avoir dérangé, dit la dame, mais j'ai voulu vous féliciter.

Vitalis s'inclina sans répliquer un seul mot.

— Je suis musicienne, continua la dame, c'est vous dire combien je suis sensible à un grand talent comme le vôtre.

Un grand talent chez mon maître, chez Vitalis, le chanteur des rues, le montreur de bêtes : je restai stupéfait.

— Il n'y a pas de talent chez un vieux bonhomme tel que moi, dit Vitalis.

— Ne croyez pas que je sois poussée par une curiosité indiscrète, dit la dame.

— Mais je serais tout prêt à satisfaire cette curiosité ; vous avez été surprise, n'est-ce pas, d'entendre chanter à peu près un montreur de chiens ?

— Emerveillée.

— C'est bien simple cependant ; je n'ai pas toujours été ce que je suis en ce moment ; autrefois, dans ma jeunesse, il y a longtemps, j'ai été... oui, j'ai été le domestique d'un grand chanteur, et par imitation, comme un perroquet, je me suis mis à répéter quelques airs que mon maître étudiait devant moi ; voilà tout.

La dame ne répondit pas, mais elle regarda assez longuement Vitalis, qui se tenait devant elle dans une attitude embarrassée.

— Au revoir, monsieur, dit-elle en appuyant sur le mot monsieur, qu'elle prononça avec une étrange intonation ; au revoir, et encore une fois laissez-moi vous remercier de l'émotion que je viens de ressentir.

Puis, se baissant vers Capi, elle mit dans la sébile une pièce d'or.

Je croyais que Vitalis allait reconduire cette dame, mais il n'en fit rien, et quand elle se fut éloignée de quelques pas, je l'entendis murmurer à mi-voix deux ou trois jurons italiens.

— Mais elle a donné un louis à Capi, dis-je.

Je crus qu'il allait m'allonger une taloche; cependant il arrêta sa main levée.

— Un louis, dit-il, comme s'il sortait d'un rêve, ah ! oui, c'est vrai, pauvre Joli-Cœur, je l'oubliais, allons le rejoindre.

Notre ménage fut vite fait, et nous ne tardâmes point à rentrer à l'auberge.

Je montai l'escalier le premier et j'entrai dans la chambre en courant; le feu n'était pas éteint, mais il ne donnait plus de flamme.

J'allumai vivement une chandelle et je cherchai Joli-Cœur, surpris de ne pas l'entendre.

Il était couché sur sa couverture, tout de son long, il avait revêtu son uniforme de général, et il paraissait dormir.

Je me penchai sur lui pour lui prendre doucement la main sans le réveiller.

Cette main était froide.

A ce moment, Vitalis entrait dans la chambre.

Je me tournai vers lui.

— Joli-Cœur est froid !

Vitalis se pencha près de moi

— Hélas! dit-il, il est mort. Cela devait arriver. Vois-tu, Remi, j'ai été coupable de t'enlever à madame Milligan, Je suis puni. Zerbino, Dolce. Aujourd'hui Joli-Cœur. Ce n'est pas la fin.

XVI

ENTRÉE A PARIS

Nous étions encore bien éloignés de Paris.

Il fallut nous mettre en route par les chemins couverts de neige et marcher du matin au soir, contre le vent du nord qui nous soufflait au visage.

Comme elles furent tristes ces longues étapes ! Vitalis marchait en tête, je venais derrière lui, et Capi marchait sur mes talons.

Nous avancions ainsi à la file sans échanger un seul mot durant des heures, le visage bleu par la bise, les pieds mouillés, l'estomac vide ; et les gens que nous croisions s'arrêtaient pour nous regarder défiler.

Évidemment des idées bizarres leur passaient par l'esprit : où donc ce grand vieillard conduisait-il cet enfant et ce chien ?

Le silence m'était extrêmement douloureux : j'aurais eu besoin de parler, de m'étourdir ; mais Vitalis ne me répondait que par quelques mots brefs, lorsque je lui adressais la parole, et encore sans se retourner.

Heureusement Capi était plus expansif, et souvent en marchant je sentais une langue humide et chaude se poser sur ma main ; c'était Capi qui me léchait pour me dire :

— Tu sais, je suis là, moi Capi, moi ton ami.

Et alors, je le caressais doucement sans m'arrêter.

Il paraissait aussi heureux de mon témoignage d'affection que je l'étais moi-même du sien ; nous nous comprenions, nous nous aimions.

Pour moi, c'était un soutien, et pour lui, j'en suis sûr, c'en était un aussi : le cœur d'un chien n'est pas moins sensible que celui d'un enfant.

Ces caresses consolaient si bien Capi, qu'elles lui faisaient, je crois, oublier quelquefois la mort de ses camarades ; la force de l'habitude reprenait le dessus, et tout à coup il s'arrêtait sur la route pour voir venir sa troupe, comme au temps où il en était le caporal, et où il devait fréquemment la passer en revue. Mais cela ne durait que quelques secondes ; la mémoire se réveillait en lui, et se rappelant brusquement pourquoi cette troupe ne venait pas, il nous dépassait rapidement, et regardait Vitalis en le prenant à témoin qu'il n'était pas en faute ; si Dolce, si Zerbino ne venaient pas, c'était qu'ils ne devaient plus venir. Il faisait cela avec des yeux si expressifs, si parlants, si pleins d'intelligence, que nous en avions le cœur serré.

Cela n'était pas de nature à égayer notre route, et cependant nous aurions eu bien besoin de distraction, moi au moins.

Partout sur la campagne s'étalait le blanc linceul de la neige ; point de soleil au ciel, mais un jour fauve et pâle ; point de mouvement dans les champs, point de paysans·au travail : point de hennissements de chevaux, point de beuglements de bœufs : mais seulement le croassement des corneilles qui, perchées au plus haut des branches dénudées criaient la faim sans trouver sur la terre une place où descendre pour chercher quelques vers ; dans les villages point de maisons ouvertes, mais le silence et la solitude ; le froid est âpre, on reste au coin de l'âtre, ou bien l'on travaille dans les étables et les granges fermées.

Et nous sur la route raboteuse ou glissante nous allons droit devant nous, sans nous arrêter, et sans autre repos que le sommeil de la nuit dans une écurie ou dans une bergerie ; avec un morceau de pain bien mince, hélas ! pour notre repas du soir qui est à la fois notre dîner et notre souper : quand nous avons la bonne chance d'être envoyés à la bergerie nous nous trouvons heureux, la chaleur des moutons nous défendra contre le froid ; et puis c'est la saison où les brebis allaitent leurs agneaux et les bergers me permettent quelquefois de téter une brebis qui a beaucoup de lait : nous ne disons pas que nous mourons presque de faim, mais Vitalis, avec son adresse ordinaire, sait insinuer « que le petit aime beaucoup le lait de brebis, parce que dans son enfance il a été habitué à en boire, de sorte que ça lui rappelle son pays. » Cette fable ne réussit pas toujours. Mais c'est une bonne soirée quand elle est bien accueillie. Assurément oui, j'aime beaucoup le lait de brebis, et quand j'en ai bu je me sens le lendemain plus dispos et plus fort.

Les kilomètres s'ajoutèrent aux kilomètres, les étapes aux étapes; nous approchâmes de Paris et quand même les bornes plantées le long de la route ne m'en auraient pas averti, je m'en serais aperçu à la circulation qui était devenue plus active, et aussi à la couleur de la neige couvrant le chemin qui était beaucoup plus sale que dans les plaines de la Champagne.

Chose étonnante, au moins pour moi, la campagne ne me parut pas plus belle, les villages ne furent pas autres que ceux que nous avions traversés quelques jours auparavant. J'avais tant de fois entendu parler des merveilles de Paris, que je m'étais naïvement figuré que ces merveilles devaient s'annoncer au loin par quelque chose d'extraordinaire. Je ne savais pas au juste ce que je devais attendre, et n'osais pas le demander, mais enfin j'attendais des prodiges : des arbres d'or, des rues bordées de palais de marbre, et dans ces rues des habitants vêtus d'habits de soie : cela m'eût paru tout naturel.

Si attentif que je fusse à chercher les arbres d'or, je remarquai néanmoins que les gens qui nous rencontraient ne nous regardaient plus : sans doute ils étaient trop pressés pour cela, ou bien ils étaient peut-être habitués à des spectacles autrement douloureux que celui que nous pouvions offrir.

Cela n'était guère rassurant.

Qu'allions-nous faire à Paris? et surtout dans l'état de misère où nous nous trouvions?

C'était la question que je me posais avec anxiété et qui bien souvent occupait mon esprit pendant ces longues marches.

14.

J'aurais bien voulu interroger Vitalis, mais je n'osais pas, tant il se montrait sombre, et, dans ses communications, bref.

Un jour enfin il daigna prendre place à côté de moi, et, à la façon dont il me regarda, je sentis que j'allais apprendre ce que j'avais tant de fois désiré connaître.

C'était un matin, nous avions couché dans une ferme, à peu de distance d'un gros village, qui, disaient les plaques bleues de la route, se nommait Boissy-Saint-Léger. Nous étions partis de bonne heure, c'est-à-dire à l'aube, et après avoir longé les murs d'un parc, et traversé dans sa longueur ce village de Boissy-Saint-Léger, nous avions, du haut d'une côte, aperçu devant nous un grand nuage de vapeurs noires qui planaient au-dessus d'une ville immense, dont on ne distinguait que quelques monuments élevés.

J'ouvrais les yeux pour tâcher de me reconnaître au milieu de cette confusion de toits, de clochers, de tours, qui se perdaient dans des brumes et dans des fumées, quand Vitalis, ralentissant le pas, vint se placer près de moi.

— Voilà donc notre vie changée, me dit-il, comme s'il continuait une conversation entamée depuis longtemps déjà, dans quatre heures nous serons à Paris.

— Ah ! c'est Paris qui s'étend là-bas?

— Mais sans doute.

Au moment même où Vitalis me disait que c'était Paris que nous avions devant nous, un rayon de lumière se dégagea du ciel, et j'aperçus rapide comme un éclair, un miroitement doré.

Décidément je ne m'étais pas trompé; j'allais trouver des arbres d'or.

Vitalis continua :

— A Paris nous allons nous séparer.

Instantanément la nuit se fit, je ne vis plus les arbres d'or.

Je tournai les yeux vers Vitalis. Lui-même me regarda, et la pâleur de mon visage, le tremblement de mes lèvres, lui dirent ce qui se passait en moi.

— Te voilà inquiet, dit-il, peiné aussi je crois bien.

— Nous séparer ! dis-je enfin après que le premier moment du saisissement fut passé.

— Pauvre petit !

Ce mot et surtout le ton dont il fut prononcé me firent monter les larmes aux yeux : il y avait si longtemps que je n'avais entendu une parole de sympathie.

— Ah ! vous êtes bon, m'écriai-je.

— C'est toi qui es bon, un bon garçon, un brave petit cœur. Vois-tu, il y a des moments dans la vie où l'on est disposé à reconnaître ces choses-là et à se laisser attendrir. Quand tout va bien, on suit son chemin sans trop penser à ceux qui vous accompagnent, mais quand tout va mal, quand on se sent dans une mauvaise voie, surtout quand on est vieux, c'est-à-dire sans foi dans le lendemain, on a besoin de s'appuyer sur ceux qui vous entourent et on est heureux de les trouver près de soi. Que moi je m'appuie sur toi, cela te paraît étonnant, n'est-ce pas vrai ? Et pourtant cela est ainsi. Et rien que par cela que tu as les yeux humides en m' outant, je me sens soulagé.

Car moi aussi, mon petit Remi, j'ai de la peine.

C'est seulement plus tard, quand j'ai eu quelqu'un à aimer, que j'ai senti et éprouvé la justesse de ces paroles.

— Le malheur est, continua Vitalis, qu'il faille toujours se séparer précisément à l'heure où l'on voudrait au contraire se rapprocher.

— Mais, dis-je timidement, vous ne voulez pas m'abandonner dans Paris ?

— Non, certes; je ne veux pas t'abandonner, crois-le bien. Que ferais-tu à Paris, tout seul, pauvre garçon ? Et puis, je n'ai pas le droit de t'abandonner, dis-toi bien cela. Le jour où je n'ai pas voulu te remettre aux soins de cette brave dame qui voulait se charger de toi et t'élever comme son fils, j'ai contracté l'obligation de t'élever moi-même de mon mieux. Par malheur, les circonstances me sont contraires. Je ne puis rien pour toi en ce moment, et voilà pourquoi je pense à nous séparer, non pour toujours, mais pour quelques mois, afin que nous puissions vivre chacun de notre côté pendant les derniers mois de la mauvaise saison. Nous allons arriver à Paris dans quelques heures. Que veux-tu que nous y fassions avec une troupe réduite au seul Capi ?

En entendant prononcer son nom, le chien vint se camper devant nous, et, ayant porté la main à son oreille pour faire le salut militaire, il la posa sur son cœur comme s'il voulait nous dire que nous pouvions compter sur son dévouement.

Dans la situation où nous nous trouvions, cela ne calma pas notre émotion.

Vitalis s'arrêta un moment pour lui passer la main
sur la tête.

— Toi aussi, dit-il, tu es un brave chien ; mais, hélas ! on ne vit pas de bonté dans le monde ; il en faut
pour le bonheur de ceux qui nous entourent, mais il
faut aussi autre chose, et cela nous ne l'avons point.
Que veux-tu que nous fassions avec le seul Capi ? Tu
comprends bien, n'est-ce pas, que nous ne pouvons
pas maintenant donner des représentations.

— Il est vrai.

— Les gamins se moqueraient de nous, nous jette-
raient des trognons de pommes et nous ne ferions pas
vingt sous de recette par jour ; veux-tu que nous vivions tous les trois avec vingt sous qui par les journées
do pluie, de neige ou de grand froid se réduiront à
rien ?

— Mais ma harpe ?

— Si j'avais deux enfants comme toi, cela irait
peut-être, mais un vieux comme moi avec un enfant
do ton âge, c'est une mauvaise affaire. Je ne suis pas
encore assez vieux. Si j'étais plus cassé, ou bien si
j'étais aveugle.,. Mais par malheur je suis ce que je
suis, c'est-à-dire non en état d'inspirer la pitié, et à
Paris pour émouvoir la compassion des gens pressés
qui vont à leurs affaires il faut être dans un état bien
lamentable. Encore faut-il n'avoir pas honte de faire
appel à la charité publique, et cela je ne le pourrais
jamais. Il nous faut autre chose. Voici donc à quoi
j'ai pensé, et ce que j'ai décidé. Je te donnerai jusqu'à la fin de l'hiver à un *padrone* qui t'enrôlera avec
d'autres enfants pour jouer de la harpe.

En parlant de ma harpe, ce n'était pas à une pareille conclusion que j'avais songé.

Vitalis ne me laissa pas le temps d'interrompre.

— Pour moi, dit-il en poursuivant, je donnerai des leçons de harpe, de *piva*, de violon aux enfants italiens qui travaillent dans les rues de Paris. Je suis connu dans Paris, où je suis resté plusieurs fois, et d'où je venais quand je suis arrivé dans ton village ; je n'ai qu'à demander des leçons pour en trouver plus que je n'en puis donner. Nous vivrons, mais chacun de notre côté. Puis en même temps que je donnerai mes leçons, je m'occuperai à instruire deux chiens pour remplacer Zerbino et Dolce. Je pousserai leur éducation, et au printemps nous pourrons nous remettre en route tous les deux, mon petit Remi, pour ne plus nous quitter, car la fortune n'est pas toujours mauvaise à ceux qui ont le courage de lutter. C'est justement du courage que je te demande en ce moment, et aussi de la résignation. Plus tard, les choses iront mieux : ce n'est qu'un moment à passer. Au printemps nous reprendrons notre existence libre. Je te conduirai en Allemagne, en Angleterre. Voilà que tu deviens plus grand et que ton esprit s'ouvre. Je t'apprendrai bien des choses et je ferai de toi un homme. J'ai pris cet engagement devant madame Milligan. Je le tiendrai. C'est en vue de ses voyages que j'ai déjà commencé à t'apprendre l'anglais ; le français, l'italien, c'est déjà quelque chose pour un enfant de ton âge ; sans compter que te voilà vigoureux. Tu verras, mon petit Remi, tu verras, tout n'est pas perdu.

Cette combinaison était peut-être ce qui convenait le mieux à notre condition présente. Et quand maintenant j'y songe, je reconnais que mon maître avait fait le possible pour sortir de notre fâcheuse situation. Mais les pensées de la réflexion ne sont pas les mêmes que celles du premier mouvement.

Dans ce qu'il me disait je ne voyais que deux choses :

Notre séparation.

Et le *padrone*.

Dans nos courses à travers les villages et les villes j'en avais rencontré plusieurs, de ces *padrones* qui mènent les enfants qu'ils ont engagés deci delà, à coups de bâton.

Ils ne ressemblaient en rien à Vitalis, durs, injustes, exigeants, ivrognes, l'injure et la grossièreté à la bouche, la main toujours levée.

Je pouvais tomber sur un de ces terribles patrons.

Et puis, quand même le hasard m'en donnerait un bon, c'était encore un changement.

Après ma nourrice, Vitalis.

Après Vitalis, un autre.

Est-ce que ce serait toujours ainsi ?

Est-ce que je ne trouverais jamais personne à aimer pour toujours ?

Peu à peu j'en étais venu à m'attacher à Vitalis comme à un père.

Je n'aurai donc jamais de père.

Jamais de famille.

Toujours seul au monde.

Toujours perdu sur cette vaste terre, où je ne pouvais me fixer nulle part.

J'aurais eu bien des choses à répondre, et les paroles me montaient du cœur aux lèvres, mais je les refoulai.

Mon maître m'avait demandé du courage et de la résignation, je voulais lui obéir et ne pas augmenter son chagrin.

Déjà, d'ailleurs, il n'était plus à mes côtés, et comme s'il avait peur d'entendre ce qu'il prévoyait que j'allais répondre, il avait repris sa marche à quelques pas en avant.

Je le suivis, et nous ne tardâmes pas à arriver à une rivière que nous traversâmes sur un pont boueux, comme je n'en avais jamais vu; la neige, noire comme du charbon pilé, recouvrait la chaussée d'une couche mouvante dans laquelle on enfonçait jusqu'à la cheville.

Au bout de ce pont se trouvait un village aux rues étroites, puis, après ce village, la campagne recommençait, mais non la campagne encombrée de maisons à l'aspect misérable.

Sur la route les voitures se suivaient et se croisaient maintenant sans interruption. Je me rapprochai de Vitalis et marchai à sa droite, tandis que Capi se tenait le nez sur nos talons.

Bientôt la campagne cessa et nous nous trouvâmes dans une rue dont on ne voyait pas le bout; de chaque côté, au loin, des maisons, mais pauvres, sales, et bien moins belles que celles de Bordeaux, de Toulouse et de Lyon.

La neige avait été mise en tas de place en place, et sur ces tas noirs et durs on avait jeté des cendres, des légumes pourris, des ordures de toute sorte, l'air était chargé d'odeurs fétides, les enfants qui jouaient devant les portes avaient la mine pâle; à chaque instant passaient de lourdes voitures qu'ils évitaient avec beaucoup d'adresse et sans paraître en prendre souci.

— Où donc sommes-nous? demandai-je à Vitalis.

— A Paris, mon garçon.

— A Paris !...

Etait-ce possible, c'était là Paris.

Où donc étaient mes maisons de marbre?

Où donc étaient mes passants vêtus d'habits de soie?

Comme la réalité était laide et misérable !

C'était là ce Paris que j'avais si vivement souhaité voir.

C'était là que j'allais passer l'hiver, séparé de Vitalis .. et de Capi.

XVII

UN PADRONE DE LA RUE DE LOURCINE

Bien que tout ce qui nous entourait me parût horrible, j'ouvris les yeux et j'oubliai presque la gravité de ma situation pour regarder autour de moi.

Plus nous avancions dans Paris, moins ce que j'apercevais répondait à mes rêveries enfantines et à mes espérances imaginatives : les ruisseaux gelés exhalaient une odeur de plus en plus infecte ; la boue, mêlée de neige et de glaçons, était de plus en plus noire, et là où elle était liquide, elle sautait sous les roues des voitures en plaques épaisses qui allaient se coller contre les devantures et les vitres des maisons occupées par des boutiques pauvres et malpropres.

Décidément, Paris ne valait pas Bordeaux.

Après avoir marché assez longtemps dans une large rue moins misérable que celles que nous venions de traverser, et où les boutiques devenaient plus grandes et plus belles à mesure que nous descendions, Vitalis tourna à droite, et bientôt nous nous trouvâmes dans un quartier tout à fait misérable : les maisons hautes et noires semblaient se rejoindre par le haut, le ruisseau non gelé coulait au milieu de la rue, et sans souci des eaux puantes qu'il roulait, une foule compacte piétinait sur le pavé gras. Jamais je n'avais vu des figures aussi pâles que celles des gens qui composaient cette foule : jamais non plus je n'avais vu hardiesse pareille à celle des enfants qui allaient et venaient au milieu des passants : dans des cabarets, qui étaient nombreux, il y avait des hommes et des femmes qui buvaient debout devant des comptoirs d'étain en criant très-fort.

Au coin d'une maison je lus le nom de la rue de Lourcine.

Vitalis, qui paraissait savoir où il allait, écartait doucement les groupes qui gênaient son passage, et je le suivais de près.

— Prends garde de me perdre, m'avait-il dit.

Mais la recommandation était inutile, je marchais sur ses talons, et pour plus de sûreté, je tenais dans ma main un des coins de sa veste.

Après avoir traversé une grande cour et un passage, nous arrivâmes dans une sorte de puits sombre et verdâtre où assurément le soleil n'avait jamais pénétré. Cela était encore plus laid et plus effrayant que tout ce que j'avais vu jusqu'alors.

— Garofoli est-il chez lui ? demanda Vitalis à un homme qui accrochait des chiffons contre la muraille, en s'éclairant d'une lanterne.

— Je ne sais pas, montez voir vous-même : vous savez où, au haut de l'escalier, la porte en face.

— Garofoli est le *padrone* dont je t'ai parlé, me dit-il en montant l'escalier dont les marches couvertes d'une croûte de terre étaient glissantes comme si elles eussent été creusées dans une glaise humide: c'est ici qu'il demeure.

La rue, la maison, l'escalier, n'étaient pas de nature à me remonter le cœur. Que serait le maître ?

L'escalier avait quatre étages; Vitalis, sans frapper, poussa la porte qui faisait face au palier, et nous nous trouvâmes dans une large pièce, une sorte de vaste grenier. Au milieu un grand espace vide, et tout autour une douzaine de lits. Les murs et le plafond étaient d'une couleur indéfinissable ; autrefois ils avaient été blancs, mais la fumée, la poussière, les saletés de toute sorte avaient noirci le plâtre qui, par places, était creusé ou troué ; à côté d'une tête dessinée au charbon, on avait sculpté des fleurs et des oiseaux.

— Garofoli, dit Vitalis en entrant, êtes-vous dans quelque coin? je ne vois personne ; répondez-moi, je vous prie; c'est Vitalis qui vous parle.

En effet, la chambre paraissait déserte autant qu'on en pouvait juger par la clarté d'un quinquet accroché à la muraille, mais à la voix de mon maître une voix faible et dolente, une voix d'enfant répondit :

— Le signor Garofoli est sorti ; il ne rentrera que dans deux heures.

En même temps celui qui nous avait répondu se montra : c'était un enfant d'une dizaine d'années ; il s'avança vers nous en se traînant, et je fus si vivement frappé de son aspect étrange que je le vois encore devant moi ; il n'avait pour ainsi dire pas de corps et se tête grosse et disproportionnée semblait immédiatement posée sur ses jambes, comme dans ces dessins comiques qui ont été à la mode il y a quelques années; cette tête avait une expression profonde de douleur et de douceur, avec la résignation dans les yeux et la désespérance dans sa phys'onomie générale. Ainsi bâti, il ne pouvait pas être beau, cependant il attirait le regard et le retenait par la sympathie et un certain charme qui se dégageait de ses grands yeux mouillés et tendres comme ceux d'un chien, et de ses lèvres parlantes.

— Es-tu bien certain qu'il reviendra dans deux heures? demanda Vitalis.

— Bien certain, signor; c'est le moment du dîner et jamais personne autre que lui ne sert le dîner.

— Eh bien, s'il rentre avant, tu lui diras que Vitalis reviendra dans deux heures.

— Dans deux heures, oui, signor.

Je me disposais à suivre mon maître lorsque celui-ci m'arrêta.

— Reste ici, dit-il, tu te reposeras ; je reviendrai.

Et comme j'avais fait un mouvement d'effroi.

— Je t'assure que je reviendrai.

J'aurais mieux aimé, malgré ma fatigue, suivre Vitalis, mais quand il avait commandé j'avais l'habitude d'obéir ; je restai donc.

Lorsqu'on n'entendit plus le bruit des pas lourds de mon maître dans l'escalier, l'enfant qui avait écouté, l'oreille penchée vers la porte, se retourna vers moi.

— Vous êtes du pays ? me dit-il en italien.

Depuis que j'étais avec Vitalis j'avais appris assez d'italien pour comprendre à peu près tout ce qui se disait en cette langue, mais je ne la parlais pas encore assez bien pour m'en servir volontiers.

— Non, répondis-je en français.

— Ah ! fit-il tristement en fixant sur moi ses grands yeux, tant pis, j'aurais aimé que vous fussiez du pays.

— De quel pays ?

— De Lucca ; vous m'auriez peut-être donné des nouvelles.

— Je suis Français.

— Ah ! tant mieux.

— Vous aimez mieux les Français que les Italiens ?

— Non, et ce n'est pas pour moi que je dis tant mieux, c'est pour vous ; parce que si vous étiez Italien, vous viendriez ici probablement pour être au service du signor Garofoli ; et l'on ne dit pas tant mieux à ceux qui entrent au service du signor padrone.

Ces paroles n'étaient pas de nature à me rassurer.

— Il est méchant ?

L'enfant ne répondit pas à cette interrogation directe, mais le regard qu'il fixa sur moi fut d'une effrayante éloquence. Puis, comme s'il ne voulait pas continuer une conversation sur ce sujet, il me tourna le dos et se dirigea vers une grande cheminée qui occupait l'extrémité de la pièce.

Un bon feu de bois de démolition brûlait dans cette

cheminée, et devant ce feu bouillait une grande marmite en fonte.

Je m'approchai alors de la cheminée pour me chauf-
fer, et je remarquai que cette marmite avait quelque
chose de particulier que tout d'abord je n'avais pas
vu. Le couvercle, surmonté d'un tube étroit par lequel
s'échappait la vapeur, était fixé à la marmite, d'un
côté par une charnière, et d'un autre par un cadenas.

J'avais compris que je ne devais pas faire de ques
tions indiscrètes sur Garofoli, mais sur la marmite ?...

— Pourquoi donc est-elle fermée au cadenas ?

— Pour que je ne puisse pas prendre une tasse de
bouillon. C'est moi qui suis chargé de faire la soupe,
mais le maître n'a pas confiance en moi.

Je ne pus m'empêcher de sourire.

— Vous riez, continua-t-il tristement, parce que
vous croyez que je suis gourmand. A ma place vous le
seriez peut-être tout autant. Il est vrai que ce n'est
pas gourmand que je suis, mais affamé, et l'odeur de
la soupe qui s'échappe par ce tube me rend ma faim
plus cruelle encore.

— Le signor Garofoli vous laisse donc mourir de
faim ?

— Si vous entrez ici, à son service, vous saurez
qu'on ne meurt pas de faim, seulement on en souffre.
Moi surtout, parce que c'est une punition.

— Une punition ! mourir de faim.

— Oui ; au surplus, je peux vous conter ça ; si
Garofoli devient votre maître, mon exemple pourra

vous servir. Le signor Garofoli est mon oncle et il
m'a pris avec lui par charité. Il faut vous dire que ma
mère est veuve, et, comme vous pensez bien, elle n'est
pas riche. Quand Garofoli vint au pays l'année dernière pour prendre des enfants, il proposa à ma
mère de m'emmener. Ça lui coûtait à ma mère, de
me laisser aller ; mais vous savez, quand il le faut ; et
il le fallait, parce que nous étions six enfants à la
maison et que j'étais l'aîné. Garofoli aurait mieux aimé prendre avec lui mon frère Leonardo qui vient
après moi, parce que Leonardo est beau, tandis que
moi je suis laid. Et pour gagner de l'argent, il ne faut
pas être laid ; ceux qui sont laids ne gagnent que des
coups ou des mauvaises paroles. Mais ma mère ne
voulut pas donner Leonardo : « C'est Mattia qui est
l'aîné, dit-elle, c'est à Mattia de partir, puisqu'il faut
qu'il en parte un ; c'est le bon Dieu qui l'a désigné,
je n'ose pas changer la règle du bon Dieu. » Me voilà donc parti avec mon oncle Garofoli ; vous pensez
que ç'a été dur de quitter la maison, ma mère qui pleurait, ma petite sœur Christina, qui m'aimait bien
parce qu'elle était la dernière et que je la portais toujours dans mes bras ; et puis aussi mes frères, mes
camarades et le pays.

Je savais ce qu'il y avait de dur dans ces séparations,
et je n'avais pas oublié le serrement de cœur qui
m'avait étouffé quand pour la dernière fois j'avais
aperçu la coiffe blanche de mère Barberin.

Le petit Mattia continua son récit :

— J'étais tout seul avec Garofoli, continua Mattia,
en quittant la maison, mais au bout de huit jours nous

étions une douzaine, et l'on se mit en route pour la
France. Ah ! elle a été bien longue la route pour moi
et pour les camarades, qui eux aussi étaient tristes.
Enfin, on arriva à Paris ; nous n'étions plus que onze
parce qu'il y en avait un qui était resté à l'hôpital de
Dijon. A Paris on fit un choix parmi nous ; ceux qui
étaient forts furent placés chez des fumistes ou des
maîtres ramoneurs ; ceux qui n'étaient pas assez solides pour un métier allèrent chanter ou jouer de la
vielle dans les rues. Bien entendu, je n'étais pas assez
fort pour travailler, et il paraît que j'étais trop laid
pour faire de bonnes journées en jouant de la vielle.
Alors Garofoli me donna deux petites souris blanches
que je devais montrer sous les portes, dans les passages, et il taxa ma journée à trente sous. « Autant
de sous qui te manqueront le soir, me dit-il, autant
de coups de bâton pour toi. » Trente sous, c'est dur à
ramasser ; mais les coups de bâton, c'est dur aussi à
recevoir, surtout quand c'est Garofoli qui les admi-
nistre. Je faisais donc tout ce que je pouvais pour ramasser ma somme ; mais, malgré ma peine, je n'y
parvenais pas souvent. Presque toujours mes camarades avaient leurs sous en rentrant ; moi, je ne les
avais presque jamais. Cela redoublait la colère de Garofoli. « Comment donc s'y prend cet imbécile de
Mattia ? » disait-il. Il y avait un autre enfant qui,
comme moi, montrait des souris blanches et qui avait
été taxé à quarante sous, que tous les soirs il rapportait. Plusieurs fois, je sortis avec lui pour voir
comment il s'y prenait et par où il était plus adroit
que moi. Alors je compris pourquoi il obtenait si fa-

cilement les quarante sous et moi si difficilement mes
trente. Quand un monsieur et une dame nous donnaient, la dame disait toujours : « A celui qui est gentil, pas à celui qui est si laid. » Celui qui était laid,
c'était moi. Je ne sortis plus avec mon camarade,
parce que si c'est triste de recevoir des coups de bâton
à la maison, c'est encore plus triste de recevoir des
mauvaises paroles dans la rue, devant tout le monde.
Vous ne savez pas cela, vous, parce qu'on ne vous a
jamais dit que vous étiez laid ; mais moi... Enfin, Garofoli voyant que les coups n'y faisaient rien, employa
un autre moyen. « Pour chaque sou qui te manquera,
je te retiendrai une pomme de terre à ton souper, me
dit-il. Puisque ta peau est dure aux coups, ton estomac sera peut-être tendre à la faim. » Est-ce que les
menaces vous ont jamais fait faire quelque chose,
vous ?

— Dame, c'est selon.

— Moi, jamais ; d'ailleurs je ne pouvais faire plus que
ce que j'avais fait jusque-là ; et je ne pouvais pas dire
à ceux à qui je tendais la main : « Si vous ne me donnez pas un sou, je n'aurai pas de pommes de terre ce
soir ». Les gens qui donnent aux enfants ne se déci-
dent pas par ces raisons-là.

— Et par quelles raisons se décident-ils ? on donne
pour faire plaisir.

— Ah bien ! vous êtes encore jeune, vous ; on donne
pour se faire plaisir à soi-même et non aux autres ; on
donne à un enfant parce qu'il est gentil, et ça c'est la
meilleure des raisons ; on lui donne pour l'enfant
qu'on a perdu ou bien pour l'enfant qu'on désire : on

lui donne parce qu'on a bien chaud, tandis que lui tremble de froid sous une porte cochère. Oh! je connais toutes ces manières-là; j'ai eu le temps de les étudier; tenez, il fait froid aujourd'hui, n'est-ce pas?

— Très-froid.

— Eh bien! allez vous mettre sous une porte et tendez la main à un monsieur que vous verrez venir rapidement tassé dans un petit paletot, vous me direz ce qu'il vous donnera; tendez-la, au contraire, à un monsieur qui marchera doucement, enveloppé dans un gros pardessus ou dans des fourrures, et vous aurez peut-être une pièce blanche. Après un mois ou six semaines de ce régime-là, je n'avais pas engraissé; j'étais devenu pâle, si pâle, que souvent j'entendais dire autour de moi : « Voilà un enfant qui va mourir de faim. » Alors la souffrance fit ce que la beauté n'avait pas voulu faire : elle me rendit intéressant et me donna des yeux; les gens du quartier me prirent en pitié, et si je ne ramassais pas beaucoup plus de sous, je ramassai tantôt un morceau de pain, tantôt une soupe. Ce fut mon bon temps; je n'avais plus de coups de bâton, et si j'étais privé de pommes de terre au souper, cela m'importait peu quand j'avais eu quelque chose pour mon dîner. Mais un jour Garofoli me vit chez une fruitière mangeant une assiettée de soupe, et il comprit pourquoi je supportais sans me plaindre la privation des pommes de terre. Alors il décida que je ne sortirais plus et que je resterais à la chambrée pour préparer la soupe et faire le ménage. Mais comme en préparant la soupe je pouvais en manger, il inventa cette marmite : tous les matins, avant de sortir, il met dans la marmite la viande et des légumes il ferme le couvercle au cadenas, et je n'ai plus qu'à faire bouillir le pot ; je sens l'odeur du bouillon, et c'est tout ; quant à en prendre, vous comprenez que par ce petit tube si étroit c'est impossible. C'est depuis que je suis à la cuisine que je suis devenu si pâle ; l'odeur du bouillon, ça ne nourrit pas, ça augmente la faim, voilà tout. Est-ce que je suis bien pâle ? Comme je ne sors plus, je ne l'entends pas dire, et il n'y a pas de miroir ici.

Je n'étais pas alors un esprit très-expérimenté, cependant je savais qu'il ne faut pas effrayer ceux qui sont malades en leur disant qu'on les trouve malades.

— Vous ne me paraissez pas plus pâle qu'un autre, répondis-je.

— Je vois bien que vous me dites ça pour me rassurer, mais cela me ferait plaisir d'être très-pâle, parce que cela signifierait que je suis très-malade et je voudrais être tout à fait malade.

Je le regardai avec stupéfaction.

— Vous ne me comprenez pas, dit-il, avec un sourire, c'est pourtant bien simple. Quand on est très-malade on vous soigne ou on vous laisse mourir. Si on me laisse mourir ça sera fini, je n'aurai plus faim, je n'aurai plus de coups ; et puis l'on dit que ceux qui sont morts vivent dans le ciel ; alors de dedans le ciel je verrais maman là-bas, au pays, et en parlant au bon Dieu je pourrais peut-être empêcher ma sœur Christina d'être malheureuse : en le priant bien. Si au contraire on me soigne, on m'enverra à l'hôpital et je serais content d'aller à l'hôpital.

J'avais l'effroi instinctif de l'hôpital et bien souvent en chemin, quand accablé de fatigue je m'étais senti malaise, je n'avais eu qu'à penser à l'hôpital pour me retrouver aussitôt disposé à marcher; je fus étonné d'entendre Mattia parler ainsi :

— Si vous saviez comme on est bien à l'hôpital, dit-il, en continuant; j'y ai déjà été, à Sainte-Eugénie; il y a là un médecin, un grand blond, qui a toujours du sucre d'orge dans sa poche, c'est du *cassé* parce que le *cassé* coûte moins cher, mais il n'en est pas moins bon pour cela : et puis les sœurs vous parlent doucement : « Fais cela, mon petit; tire la langue, pauvre petit. » Moi j'aime qu'on me parle doucement, ça me donne envie de pleurer; et quand j'ai envie de pleurer ça me rend tout heureux. C'est bête, n'est-ce pas? Mais maman me parlait toujours doucement. Les sœurs parlent comme parlait maman, et si ce n'est pas les mêmes paroles, c'est la même musique. Et puis, quand on commence à être mieux, du bon bouillon, du vin. Quand j'ai commencé à me sentir sans forces ici, parce que je ne mangeais pas, j'ai été content; je me suis dit : « Je vais être malade et Garofoli m'enverra à l'hôpital. » Ah! bien oui, malade; assez malade pour souffrir moi-même, mais pas assez pour gêner Garofoli; alors il m'a gardé. C'est étonnant comme les malheureux ont la vie dure. Par bonheur, Garofoli n'a pas perdu l'habitude de m'administrer des corrections, à moi comme aux autres il faut dire, si bien qu'il y a huit jours il m'a donné un bon coup de bâton sur la tête. Pour cette fois j'espère que l'affaire est dans le sac; j'ai la tête enflée; vous voyez bien là cette grosse bosse blanche, il disait hier que c'était peut-être une tumeur; je ne sais pas ce que c'est qu'une tumeur, mais à la façon dont il en parlait, je crois que c'est grave; toujours est-il que je souffre beaucoup; j'ai des élancements sous les cheveux plus douloureux que dans des crises de dents; ma tête est lourde comme si elle pesait cent livres; j'ai des éblouissements, des étourdissements, et la nuit, en dormant, je ne peux m'empêcher de gémir et de crier. Alors je crois que d'ici deux ou trois jours cela va le décider à m'envoyer à l'hôpital; parce que, vous comprenez, un moutard qui crie la nuit, ça gêne les autres, et Garofoli n'aime pas à être gêné. Quel bonheur qu'il m'ait donné ce coup de bâton! Voyons, là, franchement, est-ce que je suis bien pâle?

Disant cela il vint se placer en face de moi et me regarda les yeux dans les yeux. Je n'avais plus les mêmes raisons pour me taire, cependant je n'osais pas répondre sincèrement et lui dire quelle sensation effrayante me produisaient ses grands yeux brûlants, ses joues caves et ses lèvres décolorées.

— Je crois que vous êtes assez malade pour entrer à l'hôpital!

— Enfin!

— Et de sa jambe traînante, il essaya une révérence. Mais presque aussitôt, se dirigeant vers la table il commença à l'essuyer.

— Assez causé, dit-il, Garofoli va rentrer et rien ne serait prêt; puisque vous trouvez que j'ai ce qu'il me faut de coups pour entrer à l'hospice, ce n'est plus la peine d'en récolter de nouveaux: ceux-là seraient

perdus ; et maintenant ceux que je reçois me paraissent plus durs que ceux que je recevais il y a quelques
mois. Ils sont bons, n'est-ce pas, ceux qui disent
qu'on s'habitue à tout.

Tout en parlant il allait clopin-clopant, autour de la
table, mettant les assiettes et les couverts en place.
Je comptai vingt assiettes, c'était donc vingt enfants
que Garofoli avait sous sa direction ; comme je ne
voyais que douze lits on devait coucher deux ensemble.
Quels lits ! pas de draps, mais des couvertures rousses
qui devaient avoir été achetées dans une écurie, alors
qu'elles n'étaient plus assez chaudes pour les chevaux.

— Est-ce que c'est partout comme ici ? dis-je épouvanté.

— Où, partout ?

— Partout chez ceux qui ont des enfants.

— Je ne sais pas, je ne suis jamais allé ailleurs ; seulement, vous, tâchez d'aller ailleurs.

— Où cela ?

— Je ne sais pas ; n'importe où, vous serez mieux
qu'ici.

N'importe où ; c'était vague ; et dans tous les cas
comment m'y prendre pour changer la décision de
Vitalis ?

Comme je réfléchissais sans rien trouver bien entendu, la porte s'ouvrit et un enfant entra ; il tenait un
violon sous son bras, et dans sa main libre, il portait
un gros morceau de bois de démolition. Ce morceau,
pareil à ceux que j'avais vu mettre dans la cheminée,
me fit comprendre où Garofoli prenait sa provision, et
le prix qu'elle lui coûtait.

— Donne-moi ton morceau de bois, dit Mattia en allant au-devant du nouveau venu.

Mais celui-ci, au lieu de donner ce morceau de bois à son camarade, le passa derrière son dos.

— Ah! mais non, dit-il.

— Donne, la soupe sera meilleure.

— Si tu crois que je l'ai apporté pour la soupe: je n'ai que trente six sous, je compte sur lui pour que Garofoli ne me fasse pas payer trop cher les quatre sous qui me manquent.

— Il n'y a pas de morceau qui tienne; tu les payeras, va; chacun son tour.

Mattia dit cela méchamment, comme s'il était heureux de la correction qui attendait son camarade. Je fus surpris de cet éclair de dureté dans une figure si douce; c'est plus tard seulement que j'ai compris qu'à vivre avec les méchants on peut devenir méchant soi-même.

C'était l'heure de la rentrée de tous les élèves de Garofoli; après l'enfant au morceau de bois il en arriva un autre, puis après celui-là dix autres encore. Chacun en entrant allait accrocher son instrument à un clou au-dessus de son lit; celui-ci un violon, celui-là une harpe, un autre une flûte, ou une *piva*; ceux qui n'étaient pas musiciens mais simplement montreurs de bêtes fourraient dans une cage leurs marmottes ou leurs cochons de Barbarie.

Un pas plus lourd résonna dans l'escalier, je sentis que c'était Garofoli; et je vis entrer un petit homme à figure fiévreuse, à démarche hésitante; il ne portait point le costume italien, mais il était habillé d'un paletot gris.

Son premier coup d'œil fut pour moi, un coup d'œil qui me fit froid au cœur.

— Qu'est-ce que c'est que ce garçon? dit-il.

Mattia lui répondit vivement et poliment en lui donnant les explications dont Vitalis l'avait chargé.

— Ah! Vitalis est à Paris, dit-il, que me veut-il?

— Je ne sais pas, répondit Mattia.

— Ce n'est pas à toi que je parle, c'est à ce garçon.

— Le *padrone* va venir, dis-je, sans oser répondre franchement, il vous expliquera lui-même ce qu'il désire.

— Voilà un petit qui connaît le prix des paroles; tu n'es pas Italien?

— Non, je suis Français.

Deux enfants s'étaient approchés de Garofoli aussitôt qu'il était entré, et tous deux se tenaient près de lui attendant qu'il eût fini de parler. Que lui voulaient-ils? J'eus bientôt réponse à cette question que je me posais avec curiosité.

L'un lui prit son feutre et alla le placer délicatement sur un lit, l'autre lui approcha aussitôt une chaise; à la gravité, au respect avec lesquels ils accomplissaient ces actes si simples de la vie, on eût dit deux enfants de chœur s'empressant religieusement autour de l'officiant; par là je vis à quel point Garofoli était craint, car assurément ce n'était pas la tendresse qui les faisait agir ainsi et s'empresser.

Lorsque Garofoli fut assis, un autre enfant lui apporta vivement une pipe bourrée de tabac et en même temps un quatrième lui présenta une allumette allumée.

— Elle sent le soufre, animal ! cria-t-il lorsqu'il l'eut approchée de sa pipe ; et il la jeta dans la cheminée.

Le coupable s'empressa de réparer sa faute en allumant une nouvelle allumette qu'il laissa brûler assez longtemps avant de l'offrir à son maître.

Mais celui-ci ne l'accepta pas.

— Pas toi, imbécile, dit-il en le repoussant durement, — puis se tournant vers un autre enfant avec un sourire qui certainement était une insigne faveur :

— Riccardo, une allumette, mon mignon ?

Et le mignon s'empressa d'obéir.

— Maintenant, dit Garofoli lorsqu'il fut installé et que sa pipe commença à brûler, à nos comptes, mes petits anges ; Mattia, le livre ?

C'était vraiment grande bonté à Garofoli de daigner parler, car ses élèves épiaient si attentivement ses désirs ou ses intentions, qu'ils les devinaient avant que celui-ci les exprimât.

n'avait pas demandé son livre de comptes que Mattia posait devant lui un petit registre crasseux.

Garofoli fit un signe et l'enfant qui lui avait présenté l'allumette non désoufrée s'approcha.

— Tu me dois un sou d'hier, tu m'as promis de me le rendre aujourd'hui, combien m'apportes-tu ?

L'enfant hésita longtemps avant de répondre ; il était pourpre.

— Il me manque un sou.

— Ah ! il te manque ton sou, et tu me dis cela tranquillement.

— Ce n'est pas le sou d'hier, c'est un sou pour aujourd'hui.

— Alors c'est deux sous? tu sais que je n'ai jamais vu ton pareil.

— Ce n'est pas ma faute.

— Pas de niaiseries, tu connais la règle : défais ta veste, deux coups pour hier, deux coups pour aujourd'hui ; et en plus pas de pommes de terre pour ton audace ; Riccardo, mon mignon, tu as bien gagné cette récréation par ta gentillesse ; prends les lanières.

Riccardo était l'enfant qui avait apporté la bonne allumette avec tant d'empressement ; il décrocha de la muraille un fouet à manche court se terminant par deux lanières en cuir avec de gros nœuds. Pendant ce temps, celui auquel il manquait un sou défaisait sa veste et laissait tomber sa chemise de manière à être nu jusqu'à la ceinture.

— Attends un peu, dit Garofoli avec un mauvais sourire, tu ne seras peut-être pas seul, et c'est toujours un plaisir d'avoir de la compagnie, et puis Riccardo n'aura pas besoin de s'y reprendre à plusieurs reprises.

Debout devant leur maître, les enfants se tenaient immobiles ; à cette plaisanterie cruelle, ils se mirent tous ensemble à rire d'un rire forcé.

— Celui qui a ri le plus fort, dit Garofoli, est, j'en suis certain, celui auquel il manque le plus. Qui a ri fort ?

Tous désignèrent celui qui était arrivé le premier apportant un morceau de bois.

— Allons, toi, combien te manque-t-il ? demanda Garofoli.

— Ce n'est pas ma faute.

— Désormais, celui qui répondra : « ce n'est pas ma faute, » recevra un coup de lanière en plus de ce qui lui est dû; combien te manque-t-il ?

— J'ai apporté un morceau de bois, ce beau morceau-là ?

— Ça c'est quelque chose; mais va chez le boulanger et demande-lui du pain en échange de ton morceau de bois, t'en donnera-t-il? Combien te manque-t-il de sous; voyons, parle donc.

— J'ai fait trente-six sous.

— Il te manque quatre sous, misérable gredin, quatre sous! et tu reparais devant moi! Riccardo, tu es un heureux coquin, mon mignon, tu vas bien t'amuser : bas la veste !

— Mais, le morceau de bois?

— Je te le donne pour dîner.

Cette stupide plaisanterie fit rire tous les enfants qui n'étaient pas condamnés.

Pendant cet interrogatoire il était survenu une dizaine d'enfants . tous vinrent, à tour de rôle, rendre leurs comptes; avec deux déjà condamnés aux lanières, il s'en trouva trois autres qui n'avaient point leur chiffre.

— Ils sont donc cinq brigands qui me volent et me pillent! s'écria Garofoli d'une voix gémissante; voilà ce que c'est d'être trop généreux; comment voulez-vous que je paye la bonne viande et les bonnes pommes de terre que je vous donne, si vous ne voulez pas travailler? Vous aimez mieux jouer; il faudrait pleurer avec les jobards, et vous aimez mieux rire entre vous ; croyez-vous donc qu'il ne vaut pas mieux faire semblant de pleurer en tendant la main, que de pleurer pour de bon en tendant le dos. Allons, à bas les vestes !

Riccardo se tenait le fouet à la main et les cinq patients étaient rangés à côté de lui.

— Tu sais, Riccardo, dit Garofoli, que je ne te regarde pas parce que ces corrections me font mal, mais je t'entends, et au bruit je jugerai bien la force des coups : vas-y de tout cœur, mon mignon, c'est pour ton pain que tu travailles.

Et il se tourna le nez vers le feu, comme s'il lui était impossible de voir cette exécution. Pour moi, oublié dans un coin, je frémissais d'indignation et aussi de peur. C'était l'homme qui allait devenir mon maître ; si je ne rapportais pas les trente ou les quarante sous qu'il lui plairait d'exiger de moi, il me faudrait tendre le dos à Riccardo. Ah! je comprenais maintenant comment Mattia pouvait parler de la mort si tranquillement et avec un sentiment d'espérance.

Le premier claquement du fouet frappant sur la peau me fit jaillir les larmes des yeux. Comme je me croyais oublié, je ne me contraignis point, mais, je me trompais. Garofoli m'observait à la dérobée; j'en eus bientôt la preuve.

— Voilà un enfant qui a bon cœur, dit-il en me désignant du doigt ; il n'est pas comme vous, brigands, qui riez du malheur de vos camarades et de mon chagrin; que n'est-il de vos camarades; il vous servirait d'exemple !

Ce mot me fit trembler de la tête aux pieds : leur camarade !

Au deuxième coup de fouet le patient poussa un gémissement lamentable, au troisième un cri déchirant.

Garofoli leva la main, Riccardo resta le fouet suspendu.

Je crus qu'il voulait faire grâce ; mais ce n'était pas de grâce qu'il s'agissait.

— Tu sais combien les cris me font mal, dit doucement Garofoli en s'adressant à sa victime, tu sais que si le fouet te déchire la peau, tes cris me déchirent le cœur ; je te préviens donc que pour chaque cri, tu auras un nouveau coup de fouet : et ce sera ta faute ; pense à ne pas me rendre malade de chagrin ; si tu avais un peu de tendresse pour moi, un peu de reconnaissance, tu te tairais : Allons, Riccardo !

Celui-ci leva le bras et les lanières cinglèrent le dos du malheureux.

— Mamma ! mamma ! cria celui-ci.

Heureusement je n'en vis point davantage, la porte de l'escalier s'ouvrit et Vitalis entra.

Un coup d'œil lui fit comprendre ce que les cris qu'il avait entendus en montant l'escalier lui avaient déjà dénoncé, il courut sur Riccardo et lui arracha le fouet de la main ; puis se retournant vivement vers Garofoli, il se posa devant lui les bras croisés.

Tout cela s'était passé si rapidement, que Garofoli resta un moment stupéfait, mais bientôt se remettant et reprenant son sourire doucereux :

— N'est-ce pas, dit-il, que c'est terrible ; cet enfant n'a pas de cœur.

— C'est une honte! s'écria Vitalis.

— Voilà justement ce que je dis, interrompit Garofoli.

— Pas de grimaces, continua mon maître avec force, vous savez bien que ce n'est pas à cet enfant que je parle, mais à vous; oui, c'est une honte, une lâcheté de martyriser ainsi des enfants qui ne peuvent pas se défendre.

— De quoi vous mêlez-vous, vieux fou? dit Garofoli changeant de ton.

— De ce qui regarde la police.

— La police, s'écria Garofoli en se levant, vous me menacez de la police, vous?

— Oui, moi, répondit mon maître sans se laisser intimider par la fureur du *padrone*.

— Écoutez, Vitalis, dit celui-ci en se calmant et en prenant un ton moqueur, il ne faut pas faire le méchant, et me menacer de causer, parce que, de mon côté, je pourrais bien causer aussi. Et alors qui est-ce qui ne serait pas content? Bien sûr je n'irai rien dire à la police, vos affaires ne la regardent pas. Mais il y en a d'autres qu'elles intéressent, et si j'allais répéter à ceux-là ce que je sais, si je disais seulement un nom, un seul nom, qui est-ce qui serait obligé d'aller cacher sa honte?

Mon maître resta un moment sans répondre. Sa honte? J'étais stupéfait. Avant que je fusse revenu de la surprise dans laquelle m'avaient jeté ces étranges paroles, il m'avait pris par la main.

— Suis-moi.

Et il m'entraîna vers la porte.

— Eh bien! dit Garofoli en riant, sans rancune, mon vieux; vous vouliez me parler?

— Je n'ai plus rien à vous dire.

Et sans une seule parole, sans se retourner, il descendit l'escalier me tenant toujours par la main. Avec quel soulagement je le suivais! j'échappais donc à Garofoli; si j'avais osé, j'aurais embrassé Vitalis.

XVIII

LES CARRIÈRES DE GENTILLY

Tant que nous fûmes dans la rue où il y avait du monde, Vitalis marcha sans rien dire, mais bientôt nous nous trouvâmes dans une ruelle déserte ; alors il s'assit sur une borne et passa à plusieurs reprises sa main sur son front, ce qui chez lui était un signe d'embarras.

— C'est peut-être beau d'écouter la générosité, dit-il comme s'il se parlait à lui-même, mais avec cela nous voilà sur le pavé de Paris, sans un sou dans la poche et sans un morceau de pain dans l'estomac. As-tu faim ?

— Je n'ai rien mangé depuis le petit croûton que vous m'avez donné ce matin.

— Eh bien ! mon pauvre enfant, tu es exposé à te coucher ce soir sans dîner ; encore si nous savions où coucher !

— Vous comptiez donc coucher chez Garofoli ?

— Je comptais que toi tu y coucherais, et comme pour ton hiver il m'eût donné une vingtaine de francs, j'étais tiré d'affaire pour le moment. Mais en voyant comment il traite les enfants, je n'ai pas été maître de moi. Tu n'avais pas envie de rester avec lui, n'est-ce pas?

— Oh! vous êtes bon.

— Peut-être le cœur du jeune homme n'est-il pas tout à fait mort dans le vieux vagabond. Par malheur, le vagabond avait bien calculé, et le jeune homme a tout dérangé. Maintenant où aller?

Il était tard déjà, et le froid, qui s'était amolli durant la journée, était redevenu âpre et glacial; le vent soufflait du nord, la nuit serait dure.

Vitalis resta longtemps assis sur la borne, tandis que nous nous tenions immobiles devant lui, Capi et moi, attendant qu'il eût pris une décision. Enfin, il se leva.

— Où allons-nous?

— A Gentilly, tâcher de trouver une carrière où j'ai couché autrefois. Es-tu fatigué?

— Je me suis reposé chez Garofoli.

— Le malheur est que je ne me suis pas reposé, moi, et que je n'en peux plus. Enfin, il faut aller. En avant, mes enfants!

C'était son mot de bonne humeur pour les chiens et pour moi; mais ce soir-là il le dit tristement.

Nous voilà donc en route dans les rues de Paris; la nuit est noire et le gaz, dont le vent fait vaciller la flamme dans les lanternes, éclaire mal la chaussée; nous glissons à chaque pas sur un ruisseau gelé ou sur une nappe de glace qui a envahi les trottoirs; Vitalis me tient par la main et Capi est sur nos talons.

De temps en temps seulement il reste en arrière pour chercher dans un tas d'ordures s'il ne trouvera pas un os ou une croûte, car la faim lui tenaille aussi l'estomac; mais les ordures sont prises en un bloc de glace et sa recherche est vaine; l'oreille basse, il nous rejoint.

Après les grandes rues, des ruelles; après ces ruelles, d'autres grandes rues; nous marchons toujours, et les rares passants que nous rencontrons semblent nous regarder avec étonnement : est-ce notre costume, est-ce notre démarche fatiguée qui frappent l'attention? Les sergents de ville que nous croisons tournent autour de nous et s'arrêtent pour nous suivre de l'œil.

Cependant, sans prononcer une seule parole, Vitalis s'avance courbé en deux; malgré le froid, sa main brûle la mienne; il me semble qu'il tremble. Parfois, quand il s'arrête pour s'appuyer une minute sur mon épaule, je sens tout son corps agité d'une secousse convulsive.

D'ordinaire je n'osais pas trop l'interroger, mais cette fois je manquai à ma règle; j'avais d'ailleurs comme un besoin de lui dire que je l'aimais ou tout au moins que je voulais faire quelque chose pour lui.

— Vous êtes malade! dis-je dans un moment d'arrêt.

— Je le crains; en tous cas, je suis fatigué; ces jours de marche ont été trop longs pour mon âge, et le froid de cette nuit est trop rude pour mon vieux sang; il m'aurait fallu un bon lit, un souper dans une

chambre close et devant un bon feu. Mais tout ça c'est
un rêve : en avant, les enfants !

En avant! nous étions sortis de la ville ou tout au
moins des maisons; et nous marchions tantôt entre
une double rangée de murs, tantôt en pleine campagne, nous marchions toujours. Plus de passants,
plus de sergents de ville, plus de lanternes ou de becs
de gaz; seulement de temps en temps une fenêtre
éclairée çà et là et au-dessus de nos têtes, le ciel d'un
bleu sombre avec de rares étoiles. Le vent qui soufflait plus âpre et plus rude nous collait nos vêtements
sur le corps : il nous frappait heureusement dans le
dos, mais comme l'emmanchure de ma veste était dé-
cousue, il entrait par ce trou et me glissait le long du
bras, ce qui était loin de me réchauffer.

Bien qu'il fît sombre et que des chemins se croi-
sassent à chaque pas, Vitalis marchait comme un
homme qui sait où il va et qui est parfaitement sûr
de sa route; aussi je le suivais sans crainte de nous
perdre, n'ayant d'autre inquiétude que celle de savoir
si nous n'allions pas arriver enfin à cette carrière.

Mais tout à coup il s'arrêta.

— Vois-tu un bouquet d'arbres? me dit-il.

— Je ne vois rien.

— Tu ne vois pas une masse noire ?

Je regardai de tous les côtés avant de répondre;
nous devions être au milieu d'une plaine, car mes
yeux se perdirent dans des profondeurs sombres sans
que rien les arrêtât, ni arbres ni maisons; le vide autour de nous ; pas d'autre bruit que celui du vent
sifflant ras de terre dans les broussailles invisibles.

— Ah ! si j'avais tes yeux ! dit Vitalis, mais je vois trouble, regarde là-bas.

Il étendit la main droit devant lui, puis comme je ne répondais pas, car je n'osais pas dire que je ne voyais rien, il se remit en marche.

Quelques minutes se passèrent en silence, puis il s'arrêta de nouveau et me demanda encore si je ne voyais pas de bouquet d'arbres. Je n'avais plus la même sécurité que quelques instants auparavant, et un vague effroi fit trembler ma voix quand je répondis que je ne voyais rien.

— C'est la peur qui te fait danser les yeux, dit Vitalis.

— Je vous assure que je ne vois pas d'arbres.

— Pas de grande roue ?

— On ne voit rien.

— Nous sommes-nous trompés !

Je n'avais pas à répondre, je ne savais ni où nous étions, ni où nous allions.

| Marchons encore cinq minutes, et si nous ne voyons pas les arbres nous reviendrons en arrière ; je me serai trompé de chemin.

Maintenant que je comprenais que nous pouvions être égarés, je ne me sentais plus de forces. Vitalis me tira par le bras.

— Eh bien !

— Je ne peux plus marcher.

— Et moi, crois-tu que je peux te porter ? si je me tiens encore debout c'est soutenu par la pensée que si nous nous asseyons nous ne nous relèverons pas et mourrons là de froid. Allons !

Je le suivis.

— Le chemin a-t-il des ornières profondes ?

— Il n'en a pas du tout.

— Il faut retourner sur nos pas.

Le vent qui nous soufflait dans le dos, nous frappa à la face et si rudement, qu'il me suffoqua : j'eus la sensation d'une brûlure.

Nous n'avancions pas bien rapidement en venant, mais en retournant nous marchâmes plus lentement encore.

— Quand tu verras des ornières, préviens-moi, dit Vitalis; le bon chemin doit être à gauche, avec une tête d'épine au carrefour.

Pendant un quart d'heure, nous avançâmes ainsi luttant contre le vent; dans le silence morne de la nuit, le bruit de nos pas résonnait sur la terre durcie : bien que pouvant à peine mettre une jambe devant l'autre, c'était moi maintenant qui traînais Vitalis. Avec quelle anxiété je sondais le côté gauche de la route !

Une petite étoile rouge brilla tout à coup dans l'ombre.

— Une lumière, dis-je en étendant la main.

— Où cela ?

Vitalis regarda, mais bien que la lumière scintillât à une distance qui ne devait pas être très-grande, il ne vit rien. Par là je compris que sa vue était affaiblie, car d'ordinaire elle était longue et perçante la nuit.

— Que nous importe cette lumière, dit-il, c'est une lampe qui brûle sur la table d'un travailleur ou bien près du lit d'un mourant, nous ne pouvons pas aller frapper à cette porte. Dans la campagne, pendant la nuit, nous pourrions demander l'hospitalité, mais aux environs de Paris on ne donne pas l'hospitalité. Il n'y a pas de maisons pour nous. Allons!

Pendant quelques minutes encore nous marchâmes, puis il me sembla apercevoir un chemin qui coupait le nôtre, et au coin de ce chemin un corps noir qui devait être la tête d'épine. Je lâchai la main de Vitalis pour avancer plus vite. Ce chemin était creusé par de profondes ornières.

— Voilà l'épine; il y a des ornières.

— Donne-moi la main, nous sommes sauvés, la carrière est à cinq minutes d'ici; regarde bien, tu dois voir le bouquet d'arbres.

Il me sembla voir une masse sombre, et je dis que je reconnaissais les arbres.

L'espérance nous rendit l'énergie, mes jambes furent moins lourdes, la terre fut moins dure à mes pieds.

Cependant les cinq minutes annoncées par Vitalis me parurent éternelles.

— Il y a plus de cinq minutes que nous sommes dans le bon chemin, dit-il en s'arrêtant.

— C'est ce qui me semble.

— Où vont les ornières?

— Elles continuent droit.

— L'entrée de la carrière doit être à gauche, nous aurons passé devant sans la voir; dans cette nuit épaisse rien n'est plus facile; pourtant nous aurions dû comprendre aux ornières que nous allions trop loin.

— Je vous assure que les ornières n'ont pas tourné à gauche.

— Enfin, rebroussons toujours sur nos pas.

Une fois encore nous revînmes en arrière.

— Vois-tu le bouquet d'arbres?

— Oui, là, à gauche.

— Et les ornières?

— Il n'y en a pas.

— Est-ce que je suis aveugle? dit Vitalis en passant la main sur ses yeux, marchons droit sur les arbres et donne-moi la main.

— Il y a une muraille.

— C'est un amas de pierres.

— Non, je vous assure que c'est une muraille.

Ce que je disais était facile à vérifier, nous n'étions qu'à quelques pas de la muraille. Vitalis franchit ces quelques pas, et comme s'il ne s'en rapportait pas à ses yeux, il appliqua les deux mains contre l'obstacle que j'appelais une muraille et qu'il appelait, lui, un amas de pierres.

— C'est bien un mur; les pierres sont régulièrement rangées et je sens le mortier : où donc est l'entrée? cherche les ornières.

Je me baissai sur le sol et suivis la muraille jusqu'à son extrémité sans rencontrer la moindre ornière : puis revenant vers Vitalis je continuai ma recherche du côté opposé. Le résultat fut le même : partout un mur : nulle part une ouverture dans ce mur, ou sur la terre un chemin, un sillon, une trace quelconque indiquant une entrée.

— Je ne trouve rien que la neige.

La situation était terrible ; sans doute mon maître s'était égaré et ce n'était pas là que se trouvait la carrière qu'il cherchait.

Quand je lui eus dit que je ne trouvais pas les ornières, mais seulement la neige, il resta un moment sans répondre, puis appliquant de nouveau ses mains contre le mur, il le parcourut d'un bout à l'autre Capi qui ne comprenait rien à cette manœuvre, aboyait avec impatience.

Je marchais derrière Vitalis.

— Faut-il chercher plus loin ?

— Non, la carrière est murée.

— Murée ?

— On a fermé l'ouverture, et il est impossible d'entrer.

— Mais alors ?

— Que faire, n'est-ce pas ? je n'en sais rien ; mourir ici.

— Oh ! maître.

— Oui, tu ne veux pas mourir toi, tu es jeune, la vie te tient : eh bien ! marchons, peux-tu marcher ?

— Mais vous ?

— Quand je ne pourrai plus, je tomberai comme un vieux cheval.

— Où aller ?

— Rentrer dans Paris ; quand nous rencontrerons des sergents de ville nous nous ferons conduire au poste de police ; j'aurais voulu éviter cela ; mais je ne veux pas te laisser mourir de froid ; allons, mon petit Remi, allons, mon enfant, du courage !

Et nous reprîmes en sens contraire la route que

nous avions déjà parcourue. Quelle heure était-il ? Je n'en avais aucune idée. Nous avions marché longtemps, bien longtemps et lentement. Minuit, une heure du matin peut-être. Le ciel était toujours du même bleu sombre, sans lune, avec de rares étoiles qui paraissaient plus petites qu'à l'ordinaire. Le vent, loin de se calmer, avait redoublé de force ; il soulevait des tourbillons de poussière neigeuse sur le bord de la route et nous la fouettait au visage. Les maisons devant lesquelles nous passions étaient closes et sans lumière : il me semblait que si les gens qui dormaient là chaudement dans leurs draps avaient su combien nous avions froid, ils nous auraient ouvert leur porte.

En marchant vite nous aurions pu réagir contre le froid, mais Vitalis n'avançait plus qu'à grand'peine en soufflant ; sa respiration était haute et haletante comme s'il avait couru. Quand je l'interrogeais, il ne me répondait pas, et de la main, lentement, il me faisait signe qu'il ne pouvait pas parler.

De la campagne nous étions revenus en ville, c'est-à-dire que nous marchions entre des murs au haut desquels çà et là se balançait un réverbère avec un bruit de ferraille.

Vitalis s'arrêta : je compris qu'il était à bout.

— Voulez-vous que je frappe à l'une de ces portes ? dis-je.

— Non, on ne nous ouvrirait pas ; ce sont des jardiniers, des maraîchers qui demeurent là ; ils ne se lèvent pas la nuit. Marchons toujours.

Mais il avait plus de volonté que de forces. Après quelques pas il s'arrêta encore.

— Il faut que je me repose un peu, dit-il, je n'en puis plus.

Une porte s'ouvrait dans une palissade, et au-dessus de cette palissade se dressait un grand tas de fumier monté droit, comme on en voit si souvent dans les jardins des maraîchers; le vent, en soufflant sur le tas, avait desséché le premier lit de paille et il en avait éparpillé une assez grande épaisseur dans la rue, au pied même de la palissade.

— Je vais m'asseoir là, dit Vitalis.

— Vous disiez que si nous nous asseyions, nous serions pris par le froid et ne pourrions plus nous relever.

Sans me répondre, il me fit signe de ramasser la paille contre la porte, et il se laissa tomber sur cette litière plutôt qu'il ne s'y assit; ses dents claquaient et tout son corps tremblait.

— Apporte encore de la paille, me dit-il, le tas de fumier nous met à l'abri du vent.

A l'abri du vent, cela était vrai, mais non à l'abri du froid. Lorsque j'eus amoncelé tout ce que je pus ramasser de paille, je vins m'asseoir près de Vitalis.

— Tout contre moi, dit-il, et mets Capi sur toi, il te passera un peu de sa chaleur.

Vitalis était un homme d'expérience, qui savait que le froid, dans les conditions où nous étions, pouvait devenir mortel. Pour qu'il s'exposât à ce danger, il fallait qu'il fût anéanti.

Il l'était réellement. Depuis quinze jours, il s'était couché chaque soir ayant fait plus que forcé, et cette dernière fatigue arrivant après toutes les autres, le

trouvait trop faible pour la supporter, épuisé par une
longue suite d'efforts, par les privations et par l'âge.

Eut-il conscience de son état ? Je ne l'ai jamais su.
Mais au moment où ayant ramené la paille sur moi,
je me serrais contre lui, je sentis qu'il se penchait
sur mon visage et qu'il m'embrassait. C'était la seconde fois ; ce fut, hélas ! la dernière.

Un petit froid empêche le sommeil chez les gens qui
se mettent au lit en tremblant, un grand froid pro-
longé frappe d'engourdissement et de stupeur ceux
qu'il saisit en plein air. Ce fut là notre cas.

A peine m'étais-je blotti contre Vitalis que je fus
anéanti et que mes yeux se fermèrent. Je fis effort
pour les ouvrir, et, comme je n'y parvenais pas, je me
pinçai le bras fortement ; mais ma peau était insensible, et ce fut à peine si, malgré toute la bonne volonté que j'y mettais, je pus me faire un peu de mal.
Cependant la secousse me rendit jusqu'à un certain
point la conscience de la vie. Vitalis, le dos appuyé
contre la porte, haletait péniblement, par des sac-
cades courtes et rapides. Dans mes jambes, appuyé
contre ma poitrine, Capi dormait déjà. Au-dessus de
notre tête, le vent soufflait toujours et nous couvrait
de brins de paille qui tombaient sur nous comme des
feuilles sèches qui se seraient détachées d'un arbre.
Dans la rue, personne, près de nous, au loin, tout
autour de nous, un silence de mort.

Ce silence me fit peur ; peur de quoi? je ne m'en
rendis pas compte ; mais une peur vague, mêlée
d'une tristesse qui m'emplit les yeux de larmes. Il me
sembla que j'allais mourir là.

Et la pensée de la mort me reporta à Chavanon.
Pauvre maman Barberin! mourir sans la revoir, sans
revoir notre maison, mon jardinet. Et, par je ne sais
quelle extravagance d'imagination, je me retrouvai
dans ce jardinet : le soleil brillait, gai et chaud ; les
jonquilles ouvraient leurs fleurs d'or, les merles chantaient dans les buissons, et, sur la haie d'épine, mère
Barberin étendait le linge qu'elle venait de laver au
ruisseau qui chantait sur les cailloux.

Brusquement mon esprit quitta Chavanon, pour rejoindre le *Cygne* : Arthur dormait dans son lit ;
madame Milligan était éveillée et comme elle entendait
le vent souffler elle se demandait où j'étais par ce
grand froid.

Puis mes yeux se fermèrent de nouveau, mon
cœur s'engourdit, il me sembla que je m'évanouissais.

XIX

LISE

Quand je me réveillai j'étais dans un lit; la flamme d'un grand feu éclairait la chambre où j'étais couché.

Je regardai autour de moi.

Je ne connaissais pas cette chambre.

Je ne connaissais pas non plus les figures qui m'entouraient: un homme en veste grise et en sabots jaunes; trois ou quatre enfants dont une petite fille de cinq ou six ans qui fixait sur moi des yeux étonnés; ces yeux étaient étranges, ils parlaient.

Je me soulevai.

On s'empressa autour de moi.

— Vitalis? dis-je.

— Il demande son père, dit une jeune fille qui paraissait l'aînée des enfants.

— Ce n'est pas mon père, c'est mon maître; où est-il? Où est Capi?

Vitalis eût été mon père, on eût pris sans doute des ménagements pour me parler de lui; mais comme il n'était que mon maître, on jugea qu'il n'y avait qu'à me dire simplement la vérité, et voici ce qu'on m'apprit.

La porte dans l'embrasure de laquelle nous nous étions blottis était celle d'un jardinier. Vers deux heures du matin, ce jardinier avait ouvert cette porte pour aller au marché, et il nous avait trouvés couchés sous notre couverture de paille. On avait commencé par nous dire de nous lever, afin de laisser passer la voiture ; puis, comme nous ne bougions ni l'un ni l'autre, et que Capi seul répondait en aboyant pour nous défendre, on nous avait pris par le bras pour nous secouer. Nous n'avions pas bougé davantage Alors on avait pensé qu'il se passait quelque chose de grave. On avait apporté une lanterne : le résultat de l'examen avait été que Vitalis était mort, mort de froid, et que je ne valais pas beaucoup mieux que lui. Cependant, comme grâce à Capi couché sur ma poitrine, j'avais conservé un peu de chaleur au cœur, j'avais résisté et je respirais encore. On m'avait alors porté dans la maison du jardinier et l'on m'avait couché dans le lit d'un des enfants qu'on avait fait lever. J'étais resté là six heures, à peu près mort; puis la circulation du sang s'était rétablie, la respiration avait repris de la force, et je venais de m'éveiller.

Si engourdi, si paralysé que je fusse de corps et d'intelligence, je me trouvai cependant assez éveillé pour comprendre dans toute leur étendue les paroles que je venais d'entendre. Vitalis mort!

C'était l'homme à la veste grise, c'est-à-dire le jardinier qui me faisait ce récit, et pendant qu'il parlait, la petite fille au regard étonné ne me quittait pas des yeux. Quand son père eut dit que Vitalis était mort, elle comprit sans doute, elle sentit par une intuition rapide le coup que cette nouvelle me portait, car quittant vivement son coin elle s'avança vers son père, lui posa une main sur le bras et me désigna de l'autre main en faisant entendre un son étrange qui n'était point la parole humaine mais quelque chose comme un soupir doux et compatissant.

D'ailleurs le geste était si éloquent qu'il n'avait pas besoin d'être appuyé par des mots ; je sentis dans ce geste et dans le regard qui l'accompagnait une sympathie instinctive, et pour la première fois depuis ma séparation d'avec Arthur j'éprouvai un sentiment indéfinissable de confiance et de tendresse, comme au temps où mère Barberin me regardait avant de m'embrasser. Vitalis était mort, j'étais abandonné, et cependant il me sembla que je n'étais point seul, comme s'il eût été encore là près de moi.

— Eh bien, oui, ma petite Lise, dit le père en se penchant vers sa fille, ça lui fait de la peine, mais il faut bien lui dire la vérité, si ce n'est pas nous, ce seront les gens de la police.

Et il continua à me raconter comment on avait été prévenir les sergents de ville, et comment Vitalis avait été emporté par eux tandis qu'on m'installait, moi, dans le lit d'Alexis, son fils aîné.

— Et Capi ? dis-je, lorsqu'il eut cessé de parler.

— Capi !

— Oui, le chien ?

— Je ne sais pas, il a disparu.

— Il a suivi le brancard, dit l'un des enfants.

— Tu l'as vu, Benjamin ?

— Je crois bien, il marchait sur les talons des por-
teurs, la tête basse, et de temps en temps il sautait
sur le brancard, puis quand on le faisait descendre,
il poussait un cri plaintif, comme un hurlement
étouffé.

Pauvre Capi ! lui qui tant de fois avait suivi, en bon
comédien, l'enterrement pour rire de Zerbino, en
prenant une mine de pleureur, en poussant des sou-
pirs qui faisaient se pâmer les enfants les plus
sombres...

Le jardinier et ses enfants me laissèrent seul, et
sans trop savoir ce que je faisais, et surtout ce que
j'allais faire, je me levai.

Ma harpe avait été déposée aux pieds du lit sur lequel on m'avait couché, je passai la bandoulière autour de mon épaule, et j'entrai dans la pièce où le
jardinier était entré avec ses enfants. Il fallait bien
partir, pour aller où ?... je n'en avais pas conscience,
mais je sentais que je devais partir... et je partais.

Dans le lit, en me réveillant, je ne m'étais pas
trouvé trop mal à mon aise, courbaturé seulement,
avec une insupportable chaleur à la tête ; mais, quand
je fus sur mes jambes, il me sembla que j'allais tomber, et je fus obligé de me retenir à une chaise. Cependant, après un moment de repos, je poussai la
porte et me retrouvai en présence du jardinier et de
ses enfants.

Ils étaient assis devant une table, auprès d'un feu
qui flambait dans une haute cheminée, et en train de
manger une bonne soupe aux choux.

L'odeur de la soupe me porta au cœur et me rappela brutalement que je n'avais pas dîné la veille ; j'eus une sorte de défaillance et je chancelai. Mon malaise se traduisit sur mon visage.

— Est-ce que tu te trouves mal, mon garçon ! demanda le jardinier d'une voix compatissante.

Je répondis qu'en effet je ne me sentais pas bien, et que si on voulait le permettre je resterais assis un moment auprès du feu.

Mais ce n'était plus de chaleur que j'avais besoin, c'était de nourriture ; le feu ne me remit pas, et le fumet de la soupe, le bruit des cuillers dans les assiettes, le clappement de langue de ceux qui mangeaient, augmentèrent encore ma faiblesse.

Si j'avais osé, comme j'aurais demandé une assiettée de soupe, mais Vitalis ne m'avait pas appris à tendre la main, et la nature ne m'avait pas créé mendiant ; je serais plutôt mort de faim que de dire « j'ai faim ». Pourquoi, je n'en sais trop rien ? si ce n'est parce que je n'ai jamais voulu demander que ce que je pouvais rendre.

La petite fille au regard étrange, celle qui ne parlait pas et que son père avait appelée Lise, était en face de moi, et au lieu de manger elle me regardait sans baisser ou détourner les yeux. Tout à coup elle se leva de table, et prenant son assiette qui était pleine de soupe, elle me l'apporta et me la mit sur les genoux.

Faiblement, car je n'avais plus de voix pour parler, je fis un geste de la main pour la remercier, mais son père ne m'en laissa pas le temps.

— Accepte, mon garçon, dit-il, ce que Lise donne est bien donné ; et si le cœur t'en dit, après celle-là une autre.

Si le cœur m'en disait ! L'assiette de soupe fut engloutie en quelques secondes. Quand je reposai ma cuiller, Lise, qui était restée devant moi me regardant fixement, poussa un petit cri qui n'était plus un soupir cette fois, mais une exclamation de contentement. Puis, me prenant l'assiette, elle la tendit à son père pour qu'il la remplît, et quand elle fut pleine, elle me la rapporta avec un sourire si doux, si encourageant que, malgré ma faim, je restai un moment sans penser à prendre l'assiette.

Comme la première fois, la soupe disparut promptement ; ce n'était plus un sourire qui plissait les lèvres des enfants me regardant, mais un vrai rire qui leur épanouissait la bouche et les lèvres.

— Eh bien ! mon garçon, dit le jardinier, tu es une jolie cuiller.

Je me sentis rougir jusqu'aux cheveux ; mais après un moment je crus qu'il valait mieux avouer la vérité que de me laisser accuser de gloutonnerie, et je répondis que je n'avais pas dîné la veille.

— Et déjeuné ?

— Pas déjeuné non plus.

— Et ton maître ?

— Il n'avait pas mangé plus que moi.

— Alors il est mort autant de faim que de froid.

La soupe m'avait rendu la force ; je me levai pour partir.

— Où veux-tu aller ? dit le père.

, — Partir.

— Où vas-tu ?

— Je ne sais pas.

— Tu as des amis à Paris ?

— Non.

— Des gens de ton pays ?

— Personne.

— Où est ton garni ?

— Nous n'avions pas de logement ; nous sommes arrivés hier.

— Qu'est-ce que tu veux faire ?

— Jouer de la harpe, chanter mes chansons et gagner ma vie.

— Où cela ?

— A Paris.

— Tu ferais mieux de retourner dans ton pays, chez tes parents ; où demeurent tes parents ?

— Je n'ai pas de parents.

— Tu disais que le vieux à barbe blanche n'était pas ton père ?

— Je n'ai pas de père.

— Et ta mère ?

— Je n'ai pas de mère.

— Tu as bien un oncle, une tante, des cousins, des cousines, quelqu'un.

— Non, personne.

— D'où viens-tu ?

— Mon maître m'avait acheté au mari de ma nourrice. Vous avez été bon pour moi, je vous en remercie bien de tout cœur, et, si vous voulez, je reviendrai dimanche pour vous faire danser en jouant de la harpe, si cela vous amuse.

En parlant, je m'étais dirigé vers la porte ; mais j'avais fait à peine quelques pas que Lise, qui me suivait, me prit par la main et me montra ma harpe en souriant.

Il n'y avait pas à se tromper.

— Vous voulez que je joue?

Elle fit un signe de tête, et frappa joyeusement des mains.

— Eh bien, oui, dit le père, joue-lui quelque chose.

Je pris ma harpe et, bien que je n'eusse pas le cœur à la danse ni à la gaîté, je me mis à jouer une valse, ma bonne, celle que j'avais bien dans les doigts ; ah ! comme j'aurais voulu jouer aussi bien que Vitalis et faire plaisir à cette petite fille qui me remuait si doucement le cœur avec ses yeux !

Tout d'abord elle m'écouta en me regardant fixement, puis elle marqua la mesure avec ses pieds ; puis bientôt, comme si elle était entraînée par la musique, elle se mit à tourner dans la cuisine, tandis que ses deux frères et sa sœur aînée restaient tranquillement assis : elle ne valsait pas, bien entendu, et elle ne faisait pas les pas ordinaires, mais elle tournoyait gracieusement avec un visage épanoui.

Assis près de la cheminée, son père ne la quittait pas des yeux, il paraissait tout ému et il battait des mains. Quand la valse fut finie et que je m'arrêtai, elle vint se camper gentiment en face de moi et me fit une belle révérence. Puis, tout de suite frappant ma

17.

harpe d'un doigt, elle fit un signe qui voulait dire
« encore ».

J'aurais joué pour elle toute la journée avec plaisir ;
mais son père dit que c'était assez parce qu'il ne voulait pas qu'elle se fatiguât à tourner.

Alors au lieu de jouer un air de valse ou de danse,
je chantai ma chanson napolitaine que Vitalis m'avait
apprise :

> Fenesta vascia e patrona crudele
> Quanta sospire m'aje fatto jettare.
> M'arde stocore comm'a na cannela
> Bella quanno te sento anno menarre.

Cette chanson était pour moi ce qu'a été le « Des
chevaliers de ma patrie » de *Robert le Diable* pour
Nourrit, et le « Suivez-moi » de *Guillaume Tell* pour
Duprez, c'est-à-dire mon morceau par excellence,
celui dans lequel j'étais habitué à produire mon plus
grand effet : l'air en est doux et mélancolique, avec
quelque chose de tendre qui remue le cœur.

Aux premières mesures, Lise vint se placer en face
de moi, ses yeux fixés sur les miens, remuant les lèvres comme si mentalement elle répétait mes paroles,
puis quand l'accent de la chanson devint plus triste,
elle recula doucement de quelques pas, si bien qu'à
la dernière strophe elle se jeta en pleurant sur les genoux de son père.

— Assez, dit celui-ci.

— Est-elle bête ! dit un de ses frères, celui qui
s'appelait Benjamin, elle danse et puis tout de suite elle
pleure.

— Pas si bête que toi ! elle comprend, dit la sœur
aînée, en se penchant sur elle pour l'embrasser.

Pendant que Lise se jetait sur les genoux de son père, j'avais mis ma harpe sur mon épaule et je m'étais dirigé du côté de la porte.

— Où vas-tu? me dit-il.

— Je pars.

— Tu tiens donc bien à ton métier de musicien?

— Je n'en ai pas d'autre.

— Les grands chemins ne te font pas peur?

— Je n'ai pas de maison.

— Cependant la nuit que tu viens de passer a dû te donner à réfléchir?

— Bien certainement, j'aimerais mieux un bon lit et le coin du feu.

— Le veux-tu, le coin du feu et le bon lit, avec le travail bien entendu? Si tu veux rester, tu travailleras, tu vivras avec nous. Tu comprends, n'est-ce pas, que ce n'est pas la fortune que je te propose, ni la fainéantise. Si tu acceptes, il y aura pour toi de la peine à prendre, du mal à te donner, il faudra se lever matin, piocher dur dans la journée, mouiller de sueur le pain que tu gagneras. Mais le pain sera assuré, tu ne seras plus exposé à coucher à la belle étoile comme la nuit dernière, et peut-être à mourir abandonné au coin d'une borne ou au fond d'un fossé ; le soir tu trouveras ton lit prêt et en mangeant ta soupe tu auras la satisfaction de l'avoir gagnée, ce qui la rend bonne, je t'assure. Et puis enfin si tu es un bon garçon, et j'ai dans l'idée quelque chose qui me dit que tu en es un, tu auras en nous une famille.

Lise s'était retournée, et à travers ses larmes elle me regardait en souriant.

Surpris par cette proposition, je restai un moment indécis, ne me rendant pas bien compte de ce que j'entendais.

Alors Lise, quittant son père, vint à moi, et, me prenant par la main, me conduisit devant une gravure enluminée qui était accrochée à la muraille ; cette gravure représentait un petit Saint-Jean vêtu d'une peau de mouton.

Du geste elle fit signe à son père et à ses frères de regarder la gravure, et en même temps, ramenant la main vers moi, elle lissa ma peau de mouton et montra mes cheveux qui, comme ceux de Saint-Jean, étaient séparés au milieu du front et tombaient sur mes épaules en frisant.

Je compris qu'elle trouvait que je ressemblais au Saint-Jean et sans trop savoir pourquoi cela me fit plaisir et en même temps me toucha doucement.

— C'est vrai, dit le père, qu'il ressemble au Saint-Jean.

Lise frappa des mains en riant.

— Eh bien, dit le père en revenant à sa proposition, cela te va-t-il mon garçon ?

Une famille !

J'aurais donc une famille ! Ah ! combien de fois déjà ce rêve tant caressé s'était-il évanoui : mère Barberin, madame Milligan, Vitalis, tous, les uns après les autres m'avaient manqué.

Je ne serais plus seul.

Ma position était affreuse : je venais de voir mourir un homme avec lequel je vivais depuis plusieurs années et qui avait été pour moi presque un père ; en même temps j'avais perdu mon compagnon, mon camarade, mon ami, mon bon et cher Capi que j'aimais tant et qui, lui aussi, m'avait pris en si grande amitié, et cependant quand le jardinier me proposa de rester chez lui un sentiment de confiance me raffermit le cœur.

Tout n'était donc pas fini pour moi : la vie pouvait recommencer.

Et ce qui me touchait, bien plus que le pain assuré dont on me parlait, c'était cet intérieur que je voyais si uni, cette vie de famille qu'on me promettait.

Ces garçons seraient mes frères.

Cette jolie petite Lise serait ma sœur.

Dans mes rêves enfantins j'avais plus d'une fois imaginé que je retrouverais mon père et ma mère, mais je n'avais jamais pensé à des frères et à des sœurs.

Et voilà qu'ils s'offraient à moi.

Ils ne l'étaient pas réellement, cela était vrai, de par la nature, mais ils pourraient le devenir de par l'amitié : pour cela il n'y avait qu'à les aimer (ce à quoi j'étais tout disposé), et à me faire aimer d'eux, ce qui ne devait pas être difficile, car ils paraissaient tous remplis de bonté.

Vivement je dépassai la bandoulière de ma harpe de dessus mon épaule.

— Voilà une réponse, dit le père en riant, et une bonne, on voit qu'elle est agréable pour toi. Accroche ton instrument à ce clou, mon garçon, et le jour où tu ne te trouveras pas bien avec nous, tu le reprendras

pour t'envoler ; seulement tu auras soin de faire
comme les hirondelles et les rossignols, tu choisiras
ta saison pour te mettre en route.

La maison à la porte de laquelle nous étions venus
nous abattre dépendait de la Glacière ; et le jardinier
qui l'occupait se nommait Acquin. Au moment où l'on
me reçut dans cette maison, la famille se composait
de cinq personnes : le père qu'on appelait père
Pierre ; deux garçons, Alexis et Benjamin, et deux
filles, Etiennette, l'aînée, et Lise, la plus jeune des
enfants.

Lise était muette, mais non muette de naissance ;
c'est-à-dire que le mutisme n'était point chez elle la
conséquence de la surdité. Pendant deux ans elle
avait parlé, puis tout à coup, un peu avant d'atteindre
sa quatrième année, elle avait perdu l'usage de la parole. Cet accident, survenu à la suite de convulsions,
n'avait heureusement pas atteint son intelligence, qui
s'était au contraire développée avec une précocité
extraordinaire ; non-seulement elle comprenait tout,
mais encore elle disait, elle exprimait tout. Dans les
familles pauvres et même dans beaucoup d'autres familles, il arrive trop souvent que l'infirmité d'un enfant est pour lui une cause d'abandon ou de répulsion. Mais cela ne s'était pas produit pour Lise, qui,
par sa gentillesse et sa vivacité, son humeur douce et
sa bonté expansive, avait échappé à cette fatalité. Ses
frères la supportaient sans lui faire payer son malheur ; son père ne voyait que par elle ; sa sœur aînée
Etiennette l'adorait.

Autrefois le droit d'aînesse était un avantage dans

les familles nobles ; aujourd'hui, dans les familles d'ouvriers, c'est quelquefois hériter d'une lourde responsabilité que naître la première. Madame Acquin était morte un an après la naissance de Lise, et depuis ce jour Etiennette, qui avait alors deux années seulement de plus que son frère aîné, était devenue la mère de famille. Au lieu d'aller à l'école, elle avait dû rester à la maison, préparer la nourriture, coudre un bouton ou une pièce aux vêtements de son père ou de ses frères, et porter Lise dans ses bras ; on avait oublié qu'elle était fille, qu'elle était sœur, et l'on avait vite pris l'habitude de ne voir en elle qu'une servante, et une servante avec laquelle on ne se gênait guère, car on savait bien qu'elle ne quitterait pas la maison et ne se fâcherait jamais.

A porter Lise sur ses bras, à traîner Benjamin par la main, à travailler toute la journée, se levant tôt pour faire la soupe du père avant son départ pour la halle, se couchant tard pour remettre tout en ordre après le souper, à laver le linge des enfants au lavoir, à arroser l'été quand elle avait un instant de répit, à quitter son lit la nuit pour étendre les paillassons pendant l'hiver, quand la gelée prenait tout à coup, Etiennette n'avait pas eu le temps d'être une enfant, de jouer, de rire. A quatorze ans, sa figure était triste et mélancolique comme celle d'une vieille fille de trente-cinq ans, cependant avec un rayon de douceur et de résignation.

Il n'y avait pas cinq minutes que j'avais accroché ma harpe au clou qui m'avait été désigné, et que j'étais en train de raconter comment nous avions été

surpris par le froid et la fatigue en revenant de Gentilly, où nous avions espéré coucher dans une carrière, quand j'entendis un grattement à la porte qui
ouvrait sur le jardin, et en même temps un aboiement
plaintif.

— C'est Capi ! dis-je en me levant vivement.

Mais Lise me prévint ; elle courut à la porte et l'ouvrit.

Le pauvre Capi s'élança d'un bond contre moi, et,
quand je l'eus pris dans mes bras, il se mit à me lécher la figure en poussant des petits cris de joie : tout
son corps tremblait.

— Et Capi ? dis-je.

Ma question fut comprise.

— Eh bien, Capi restera avec toi.]

Comme s'il comprenait, le chien sauta à terre et,
mettant la patte droite sur son cœur, il salua. Cela fit
beaucoup rire les enfants, surtout Lise, et pour les
amuser je voulus que Capi leur jouât une pièce de
son répertoire, mais lui ne voulut pas m'obéir et sautant sur mes genoux, il recommença à m'embrasser ;
puis, descendant, il se mit à me tirer par la manche
de ma veste.

— Il veut que je sorte.

— Pour te mener auprès de ton maître.

Les hommes de police qui avaient emporté Vitalis avaient dit qu'ils avaient besoin de m'interroger et
qu'ils viendraient dans la journée, quand je serais ré-
chauffé et réveillé. C'était bien long, bien incertain
de les attendre. J'étais anxieux d'avoir des nouvelles
de Vitalis. Peut-être n'était-il pas mort comme on l'a-

vait cru? Je n'étais pas mort, moi. Il pouvait comme moi, être revenu à la vie.

Voyant mon inquiétude et devinant sa cause, le père m'emmena au bureau du commissaire, où l'on m'adressa questions sur questions, auxquelles je ne répondis que quand on m'eut assuré que Vitalis était mort. Ce que je savais était bien simple, je le racontai. Mais le commissaire voulut en apprendre davantage, et il m'interrogea longuement sur Vitalis et sur moi.

Sur moi je répondis que je n'avais plus de parents et que Vitalis m'avait loué moyennant une somme d'argent qu'il avait payée d'avance au mari de ma nourrice.

— Et maintenant? me dit le commissaire.

A ce mot, le père intervint.

— Nous nous chargerons de lui, si vous voulez bien nous le confier.

Non-seulement le commissaire voulut bien me confier au jardinier, mais encore il le félicita pour sa bonne action.

Il fallait maintenant répondre au sujet de Vitalis, et cela m'était assez difficile, car je ne savais rien ou presque rien.

Il y avait cependant un point mystérieux dont j'aurais pu parler : c'était ce qui c'était passé lors de notre dernière représentation, quand Vitalis avait chanté de façon à provoquer l'admiration et l'étonnement de la dame ; il y avait aussi les menaces de Garofoli, mais je me demandais si je ne devais pas garder le silence à ce sujet.

Ce que mon maître avait si soigneusement caché durant sa vie, devait-il être révélé après sa mort ?

Mais il n'est pas facile à un enfant de cacher quelque chose à un commissaire de police qui connaît son métier, car ces gens-là ont une manière de vous interroger qui vous perd bien vite quand vous essayez de vous échapper.

Ce fut ce qui m'arriva.

En moins de cinq minutes le commissaire m'eut fait dire ce que je voulais cacher et ce que lui tenait à savoir.

— Il n'y a qu'à le conduire chez ce Garofoli, dit-il à un agent ; une fois dans la rue de Lourcine, il reconnaîtra la maison ; vous monterez avec lui et vous interrogerez ce Garofoli.

Nous nous mîmes tous les trois en route : l'agent, le père et moi.

Comme l'avait dit le commissaire, il me fut facile de reconnaître la maison, et nous montâmes au quatrième étage. Je ne vis pas Mattia qui sans doute était entré à l'hôpital. En apercevant un agent de police et en me reconnaissant, Garofoli pâlit ; certainement il avait peur.

Mais il se rassura bien vite quand il apprit de la bouche de l'agent ce qui nous amenait chez lui.

— Ah ! le pauvre vieux est mort, dit-il.

— Vous le connaissiez ?

— Parfaitement.

— Eh bien ! dites-moi ce que vous savez

— C'est bien simple. Son nom n'était point Vitalis ; il s'appelait Carlo Balzani, et si vous aviez vécu, il y a

trente-cinq ou quarante ans, en Italie, ce nom suffi-
rait seul pour vous dire ce qu'était l'homme dont vous
vous inquiétez. Carlo Balzani était à cette époque le
chanteur le plus fameux de toute l'Italie, et ses succès
sur nos grandes scènes ont été célèbres : il a chanté
partout, à Naples, à Rome, à Milan, à Venise, à Flo-
rence, à Londres, à Paris. Mais il est venu un jour
où la voix s'est perdue ; alors, ne pouvant plus être le
roi des artistes, il n'a pas voulu que sa gloire fût
amoindrie en la compromettant sur des théâtres indi-
gnes de sa réputation. Il a abdiqué son nom de Carlo
Balzani et il est devenu Vitalis, se cachant de tous ceux
qui l'avaient connu dans son beau temps. Cependant il
fallait vivre ; il a essayé de plusieurs métiers et n'a
pas réussi, si bien que de chute en chute, il s'est fait
montreur de chiens savants. Mais dans sa misère, la
fierté lui était restée, et il serait mort de honte si le
public avait pu apprendre que le brillant Carlo Balzani était devenu le pauvre Vitalis. Un hasard m'avait
rendu maître de ce secret.

C'était donc là l'explication du mystère qui m'avait
tant intrigué.

Pauvre Carlo Balzani, cher Vitalis !

XX

JARDINIER

On devait enterrer mon maître le lendemain, et le père m'avait promis de me conduire à l'enterrement.

Mais le lendemain je ne pus me lever, car je fus pris dans la nuit d'une grande fièvre qui débuta par un frisson suivi d'une bouffée de chaleur ; il me semblait que j'avais le feu dans la poitrine et que j'étais malade comme Joli-Cœur, après sa nuit passée sur l'arbre, dans la neige.

En réalité, j'avais une violente inflammation, c'est-à-dire une fluxion de poitrine causée par le refroidissement que j'avais éprouvé dans la nuit où mon pauvre maître avait péri.

Ce fut cette fluxion de poitrine qui me mit à même d'apprécier la bonté de la famille Acquin, et surtout les qualités de dévouement d'Etiennette.

Bien que chez les pauvres gens on soit ordinairement peu disposé à appeler les médecins, je fus pris d'une façon si violente et si effrayante, qu'on fit pour moi une exception à cette règle, qui est de nature autant que d'habitude. Le médecin, appelé, n'eut pas besoin d'un long examen et d'un récit détaillé pour voir quelle était ma maladie ; tout de suite il déclara qu'on devait me porter à l'hospice.

C'était, en effet, le plus simple et le plus facile. Cependant cet avis ne fut pas adopté par le père.

— Puisqu'il est venu tomber à notre porte, dit-il, et non à celle de l'hospice, c'est que nous devons le garder.

Le médecin avait combattu avec toutes sortes de bonnes paroles ce raisonnement fataliste, mais sans l'ébranler. On devait me garder, on m'avait gardé.

Et à toutes ses occupations, Etiennette avait ajouté celle de garde-malade, me soignant doucement, méthodiquement, comme l'eût fait une sœur de Saint-Vincent de Paul, sans jamais une impatience ou un oubli. Quand elle était obligée de m'abandonner pour les travaux de la maison, Lise la remplaçait, et bien des fois, dans ma fièvre, j'ai vu celle-ci aux pieds de mon lit, fixant sur moi ses grands yeux inquiets. L'esprit troublé par le délire, je croyais qu'elle était mon ange gardien, et je lui parlais comme j'aurais parlé à un ange, en lui disant mes espérances et mes désirs. C'est depuis ce moment que je me suis habitué à la considérer, malgré moi, comme un être idéal, entouré d'une sorte d'auréole, que j'étais tout surpris de voir vivre de notre vie quand je m'attendais au contraire à la voir s'envoler avec de grandes ailes blanches.

Ma maladie fut longue et douloureuse, avec plusieurs

rechutes qui eussent découragé peut-être des parents,
mais qui ne lassèrent ni la patience ni le dévouement
d'Etiennette. Pendant plusieurs nuits, il fallut me
veiller, car j'avais la poitrine prise de manière à
croire que j'allais étouffer d'un moment à l'autre, et
ce furent Alexis et Benjamin qui, alternativement, se
remplacèrent auprès de mon lit. Enfin, la convales-
cence arriva ; mais, comme la maladie fut longue,
capricieuse, et il me fallut attendre que le printemps
commençât à reverdir les prairies de la Glacière pour
sortir de la maison.

Alors Lise, qui ne travaillait point, prit la place
d'Etiennette et ce fut elle qui me promena sur les
bords de la Bièvre. Vers midi, quand le soleil était
dans son plein, nous partions, et nous tenant par la
main nous nous en allions doucement suivis de Capi.
Le printemps fut doux et beau cette année-là, ou
tout au moins il m'en est resté un doux et beau souvenir, ce qui est la même chose.

C'est un quartier peu connu des Parisiens que celui
qui se trouve entre la Maison-Blanche et la Glacière ;
on sait vaguement qu'il y a quelque part par là une
petite vallée, mais comme la rivière qui l'arrose est
la Bièvre, on dit et l'on croit que cette vallée est un
des endroits les plus sales et les plus tristes de la
banlieue de Paris. Il n'en est rien cependant, et l'endroit vaut mieux que sa réputation. La Bièvre, que
l'on juge trop souvent par ce qu'elle est devenue
industriellement dans le faubourg Saint-Marcel, et
non par ce qu'elle était naturellement à Verrières ou à
Rungis, coule là, ou tout au moins coulait là au temps

dont je parle, sous un épais couvert de saules et de peupliers, et sur ses bords s'étendent de vertes prairies qui montent doucement jusqu'à des petits coteaux couronnés de maisons et de jardins ; l'herbe est fraîche et drue au printemps, les pâquerettes émaillent d'étoiles blanches son tapis d'émeraude, et dans les saules qui feuillissent, dans les peupliers dont les bourgeons sont enduits d'une résine visqueuse, les oiseaux, le merle, la fauvette, le pinson voltigent en disant par leurs chants qu'on est encore à la campagne et non déjà à la ville.

Ce fut ainsi que je vis cette petite vallée, — qui depuis a bien changé, — et l'impression qu'elle m'a laissée est vivace dans mon souvenir comme au jour où je la reçus. Si j'étais peintre je vous dessinerais le rideau de peupliers sans oublier un seul arbre, — et les gros saules avec les groseillers épineux qui verdissaient sur leurs têtes, les racines implantées dans leur tronc pourri, — et les glacis des fortifications sur lesquels nous faisions de si belles glissades en nous lançant sur un seul pied, — et la Butte-aux-Cailles avec son moulin à vent ; — et la cour Saint-Hélène avec sa population de blanchisseuses ; et les tanneries qui salissent et infectent les eaux de la rivière, — et la ferme Sainte-Anne, où de pauvres fous qui cultivent la terre passent à côté de vous souriant d'un sourire idiot, les membres ballants, la bouche mi-ouverte montrant un bout de langue, avec une vilaine grimace.

Dans nos promenades, Lise naturellement ne parlait pas, mais chose étonnante, nous n'avions pas besoin

de paroles, nous nous regardions et nous nous comprenions si bien avec nos yeux que j'en venais à ne
plus lui parler moi-même.

A la longue les forces me revinrent et je pus
m'employer aux travaux du jardin : j'attendais ce
moment avec impatience, car j'avais hâte de faire pour
les autres ce que les autres faisaient pour moi, de
travailler pour eux et de leur rendre, dans la mesure
de mes forces, ce qu'ils m'avaient donné. Je n'avais
jamais travaillé, car si pénibles que soient les longues
marches, elle ne sont pas un travail continu qui
demande la volonté et l'application, mais il me semblait que je travaillerais bien, au moins courageuse-
ment, à l'exemple de ceux que je voyais autour de
moi.

C'était la saison où les giroflées commencent à
arriver sur les marchés de Paris, et la culture du père
Acquin était à ce moment celle des giroflées ; notre
jardin en était rempli ; il y en avait des rouges, des
blanches, des violettes disposées par couleurs, sépa-
rées sous les châssis, de sorte qu'il y avait des lignes
toutes blanches et d'autres à côté toutes rouges, ce
qui était très-joli ; et le soir, avant que les châssis
fussent refermés, l'air était embaumé par le parfum de
toutes ces fleurs.

La tâche qu'on me donna, la proportionnant à mes
forces encore bien faibles, consista à lever les panneaux vitrés le matin, quand la gelée était passée,
et à les refermer le soir avant qu'elle arrivât ; dans la
journée je devais les ombrer avec du paillis que je
jetais dessus pour préserver les plantes d'un coup de

soleil. Cela n'était ni bien difficile, ni bien pénible, mais cela était assez long, car j'avais plusieurs centaines de panneaux à remuer deux fois par jour et à surveiller pour les ombrer ou les découvrir selon l'ardeur du soleil.

Pendant ce temps, Lise restait auprès du manége qui servait à élever l'eau nécessaire aux arrosages, et quand la vieille Cocotte, fatiguée de tourner, les yeux encapuchonnés dans son masque de cuir, ralentissait le pas, elle l'excitait en faisant claquer un petit fouet; un des frères renversait les seaux que faisait monter ce manége, et l'autre aidait son père ; ainsi chacun avait son poste, et personne ne perdait son temps.

J'avais vu les paysans travailler dans mon village, mais je n'avais aucune idée de l'application, du courage et de l'intensité avec lesquels travaillent les jardiniers des environs de Paris, qui, debout bien avant que le soleil paraisse, au lit bien tard après qu'il est couché, se dépensent tout entiers et peinent tant qu'ils ont de forces durant cette longue journée ; j'avais vu aussi cultiver la terre, mais je n'avais aucune idée de ce qu'on peut lui faire produire par le travail, en ne lui laissant pas de repos : je fus à bonne école chez le père Acquin.

On ne m'employa pas toujours aux châssis; les forces me vinrent, et j'eus aussi la satisfaction de pouvoir mettre quelque chose dans la terre, et la satisfaction beaucoup plus grande encore de le voir pousser : c'était mon ouvrage à moi, ma chose, ma création, et cela me donnait comme un sentiment de fierté ; j'étais donc propre à quelque chose, je le prouvais, et, ce qui m'était plus doux encore, je le sentais : cela, je vous assure, paye de bien des peines

Malgré les fatigues que cette vie nouvelle m'imposa, je m'habituai bien vite à cette existence laborieuse qui ressemblait si peu à mon existence vagabonde de bohémien. Au lieu de courir en liberté comme autrefois, n'ayant d'autre peine que d'aller droit devant moi sur les grandes routes, il fallait maintenant rester enfermé entre les quatre murs d'un jardin, et du matin au soir travailler rudement, la chemise mouillée sur le dos, les arrosoirs au bout des bras et les pieds nus dans les sentiers boueux ; mais autour de moi chacun travaillait tout aussi rudement ; les arrosoirs du père étaient plus lourds que les miens, et sa chemise était plus mouillée de sueur que les nôtres. C'est un grand soulagement dans la peine que l'égalité. Et puis je rencontrais là ce que je croyais avoir perdu à jamais : la vie de la famille. Je n'étais plus seul, je n'étais plus l'enfant abandonné ; j'avais mon lit à moi, j'avais ma place à moi à la table qui nous réunissait tous. Si durant la journée quelquefois Alexis ou Benjamin m'envoyaient une taloche, la main retombée je n'y pensais plus, pas plus qu'ils ne pensaient à celles que je leur rendais ; et le soir, tous autour de la soupe, nous nous retrouvions amis et frères.

Pour être vrai, il faut dire que tout ne nous était pas travail et fatigue ; nous avions aussi nos heures de repos et de plaisir, courtes, bien entendu, mais précisément par cela même plus délicieuses

Le dimanche, dans l'après-midi, on se réunissait sous un petit berceau de vignes qui touchait la maison;

j'allais prendre ma harpe au clou où elle restait accrochée pendant toute la semaine, et je faisais danser
les deux frères et les deux sœurs. Ni les uns ni les
autres n'avaient appris à danser, mais Alexis et Benjamin avaient été une fois à un bal de noces aux *Mille-
Colonnes*, et ils en avaient rapporté des souvenirs plus
ou moins exacts de ce qu'est la contredanse ; c'étaient
ces souvenirs qui les guidaient. Quand ils étaient las
de danser, ils me faisaient chanter mon répertoire, et
ma chanson napolitaine produisait toujours son irrésistible effet sur Lise.

> Fenesta vascia e patrona crudele.

Jamais je n'ai chanté la dernière strophe sans voir
ses yeux mouillés.

Alors, pour la distraire, je jouais une pièce bouf-
fonne avec Capi. Pour lui aussi ces dimanches étaient
des jours de fête ; ils lui rappelaient le passé, et quand
il avait fini son rôle, il l'eût volontiers recommencé.

Deux années s'écoulèrent ainsi, et comme le père
m'emmenait souvent avec lui au marché, au quai aux
Fleurs, à la Madeleine, au Château-d'Eau, ou bien
chez les fleuristes à qui nous portions nos plantes, j'en
arrivai petit à petit à connaître Paris et à comprendre
que si ce n'était pas une ville de marbre et d'or comme
je l'avais imaginé, ce n'était point davantage une ville
de boue comme mon entrée par Charenton et le quartier Mouffetard me l'avait fait croire un peu trop
vite.

Je vis les monuments, j'entrai dans quelques-uns, je
me promenai le long des quais, sur les boulevards, dans

le jardin du Luxembourg, dans celui des Tuileries, aux Champs-Élysées. Je vis des statues. Je restai en admiration devant le mouvement des foules. Je me fis une sorte d'idée de ce qu'était l'existence d'une grande capitale.

Heureusement mon éducation ne se fit point seulement par les yeux et selon les hasards de mes promenades ou de mes courses à travers Paris. Avant de s'établir jardinier à son compte « le père » avait travaillé aux pépinières du Jardin des Plantes, et là il s'était trouvé en contract avec des gens de science et d'étude dont le frottement lui avait donné la curiosité de lire et d'apprendre. Pendant plusieurs années il avait employé ses économies à acheter des livres et ses quelques heures de loisir à lire ces livres. Mais lorsqu'il s'était marié et que les enfants étaient arrivés, les heures de loisir avaient été rares ; il avait fallu avant tout gagner le pain de chaque jour ; les livres avaient été abandonnés, mais ils n'avaient été ni perdus, ni vendus ; et on les avait gardés dans une armoire. Le premier hiver que je passai dans la famille Acquin fut très-long, et les travaux de jardinage se trouvèrent sinon suspendus, au moins ralentis pendant plusieurs mois. Alors pour occuper les soirées que nous passions au coin du feu, les vieux livres furent tirés de l'armoire et distribués entre nous. C'étaient pour la plupart des ouvrages sur la botanique et l'histoire des plantes avec quelques récits de voyages. Alexis et Benjamin n'avaient point hérité des goûts de leur père pour l'étude, et régulièrement tous les soirs, après avoir ouvert leur volume, ils s'endormaient sur la troisième ou la quatrième page. Pour moi, moins disposé au sommeil ou plus curieux, je lisais jusqu'au moment où nous devions nous coucher : les premières leçons de Vitalis n'avaient point été perdues ; et en me disant cela, en me couchant je pensais à lui avec attendrissement.

Mon désir d'apprendre rappela au père le temps où il prenait deux sous sur son déjeuner pour acheter des livres, et à ceux qui étaient dans l'armoire il en ajouta quelques autres qu'il me rapporta de Paris. Les choix étaient faits par le hasard ou les promesses du titre, mais enfin c'étaient toujours des livres, et, s'ils mirent alors un peu de désordre dans mon esprit sans direction, ce désordre s'effaça plus tard et ce qu'il y avait de bon en eux me resta et m'est resté ; tant il est vrai que toute lecture profite.

Lise ne savait pas lire, mais en me voyant plongé dans les livres aussitôt que j'avais une heure de liberté, elle eut la curiosité de savoir ce qui m'intéressait si vivement. Tout d'abord elle voulut me prendre ces livres qui m'empêchaient de jouer avec elle ; puis, voyant que malgré tout je revenais à eux, elle me demanda de les lui lire. Ce fut un nouveau lien entre nous. Repliée sur elle-même, l'intelligence toujours aux aguets, n'étant point occupée par les frivolités ou les niaiseries de la conversation, elle devait trouver dans la lecture ce qu'elle trouva en effet : une distrac_tion et une nourriture.

Combien d'heures nous avons passées ainsi : elle assise devant moi, ne me quittant pas des yeux, moi lisant. Souvent je m'arrêtais en rencontrant des mots

ou des passages que je ne comprenais pas et je la regardais. Alors nous restions quelquefois longtemps
à chercher ; puis quand nous ne trouvions pas, elle
me faisait signe de continuer avec un geste qui voulait dire « plus tard ». Je lui appris aussi à dessiner,
c'est-à-dire à ce que j'appelais dessiner. Cela fut long,
difficile, mais enfin j'en vins à peu près à bout. Sans
doute j'étais un assez pauvre maître. Mais nous nous
entendions, et le bon accord du maître et de l'élève
vaut souvent mieux que le talent. Quelle joie
quand elle traça quelques traits où l'on pouvait reconnaître ce qu'elle avait voulu faire! Le père Acquin
m'embrassa :

— Allons, dit-il en riant, j'aurais pu faire une
plus grande bêtise que de te prendre. Lise te payera
cela plus tard.

Plus tard, c'est-à-dire quand elle parlerait, car on
n'avait point renoncé à lui rendre la parole, seulement
les médecins avaient dit que pour le moment il n'y
avait rien à faire et qu'il fallait attendre une crise.

Plus tard était aussi le geste triste qu'elle me faisait quand je lui chantais des chansons. Elle avait
voulu que je lui apprisse à jouer de la harpe et très-
vite ses doigts s'étaient habitués à imiter les miens.
Mais naturellement elle n'avait pas pu apprendre à
chanter, et cela la dépitait. Bien des fois j'ai vu des
larmes dans ses yeux qui me disaient son chagrin.
Mais dans sa bonne et douce nature le chagrin ne
persistait pas : elle s'essuyait les yeux et avec
un sourire résigné, elle me faisait son geste : plus
tard.

Adopté par le père Acquin et traité en frère par les enfants, je serais probablement resté à jamais à la Glacière sans une catastrophe qui tout à coup vint une fois encore changer ma vie ; car il était dit que je ne pourrais pas rester longtemps heureux, et que quand je me croirais le mieux assuré du repos, ce serait justement l'heure où je serais rejeté de nouveau, par des événements indépendants de ma volonté, dans ma vie aventureuse.

XXI

LA FAMILLE DISPERSÉE

Il y avait des jours où me trouvant seul et réfléchis-sant, je me disais :

— Tu es trop heureux mon garçon, ça ne durera pas.

Comment me viendrait le malheur, je ne le pré-voyais pas, mais j'étais à peu près certain que, d'un côté ou de l'autre, il me viendrait.

Cela me rendait assez souvent triste, mais d'un autre côté cela avait de bon que pour éviter ce mal-heur, je m'appliquais à faire de mon mieux ce que je faisais, me figurant que ce serait par ma faute, que je serais frappé.

Ce ne fut point par ma faute, mais si je me trom-pai sur ce point, je ne devinai que trop juste quant au malheur.

J'ai dit que le père cultivait les giroflées : c'est une culture assez facile et que les jardiniers des environs de Paris réussissent à merveille, témoin les grosses plantes trapues garnies de fleurs du haut en bas qu'ils apportent sur les marchés aux mois d'avril et de mai. La seule habileté nécessaire au jardinier qui cultive les giroflées, est celle qui consiste à choisir des plantes à fleurs doubles, car le monde repousse les fleurs simples. Or, comme les graines qu'on sème donnent dans une proportion à peu près égale des plantes simples et des plantes doubles, il y a un intérêt important à ne garder que les plantes doubles ; sans cela on serait exposé à soigner chèrement cinquante pour cent de plantes qu'il faudrait jeter au moment de les voir fleurir, c'est-à-dire après un an de culture. Ce choix se nomme l'*essimplage* et il se fait à l'inspection de certains caractères qui se montrent dans les feuilles et dans le port de la plante. Peu de jardiniers savent pratiquer cette opération de l'*essimplage* et même c'est un secret qui s'est conservé dans quelques familles. Quand les cultivateurs de giroflées ont besoin de faire leur choix de plantes doubles, ils s'adressent à ceux de leurs confrères qui possèdent ce secret, et ceux-ci « vont en ville », ni plus ni moins que des médecins ou des experts, donner leur consultation.

Le père était un des plus habiles *essimpleurs* de Paris ; aussi au moment où doit se faire cette opération, toutes ses journées étaient-elles prises. C'était alors pour nous et particulièrement pour Etiennette notre mauvais temps, car entre confrères on ne se visite pas sans boire un litre, quelquefois deux, quelquefois trois, et quand il avait ainsi visité deux ou trois jardiniers, il rentrait à la maison la figure rouge, la parole embarrassée et les mains tremblantes.

Jamais Etiennette ne se couchait sans qu'il fût rentré, même quand il rentrait tard, très-tard.

Alors quand j'étais éveillé, ou quand le bruit qu'il faisait me réveillait, j'entendais de ma chambre leur conversation.

— Pourquoi n'es-tu pas couchée? disait le père.

— Parce que j'ai voulu voir si tu n'avais besoin de rien.

— Ainsi mademoiselle Gendarme me surveille!

— Si je ne veillais pas, à qui parlerais-tu?

— Tu veux voir si je marche droit; eh bien! regarde, je parie que je vais à la porte des enfants sans quitter ce rang de pavés.

Un bruit de pas inégaux retentissait dans la cuisine, puis il se faisait un silence.

— Lise va bien? disait-il.

— Oui, elle dort, si tu voulais ne pas faire de bruit.

— Je ne fais pas de bruit, je marche droit, il faut bien que je marche droit puisque les filles accusent leur père. Qu'est-ce qu'elle a dit en ne me voyant pas rentrer pour souper?

— Rien; elle a regardé ta place.

— Ah! elle a regardé ma place.

— Oui.

— Plusieurs fois? Est-ce qu'elle a regardé plusieurs fois?

— Souvent.

— Et qu'est-ce qu'elle disait?

— Ses yeux disaient que tu n'étais pas là.

— Alors elle te demandait pourquoi je n'étais pas là, et tu lui disais que j'étais avec les amis.

—Non, elle ne me demandait rien, et je ne lui disais rien : elle savait bien où tu étais.

— Elle le savait, elle savait que... Elle s'est bien endormie ?

— Non ; il y a un quart d'heure seulement que le sommeil l'a prise, elle voulait t'attendre.

— Et toi, qu'est-ce que tu voulais ?

— Je voulais qu'elle ne te vît pas rentrer.

Puis après un moment de silence :

— Tiennette, tu es une bonne fille ; écoute, demain je vais chez Louisot, eh bien ! je te jure, tu entends bien, je te jure de rentrer pour souper ; je ne veux plus que tu m'attendes, et je ne veux pas que Lise s'endorme tourmentée.

Mais les promesses, les serments ne servaient pas toujours et il n'en rentrait pas moins tard, une fois qu'il acceptait un verre de vin. A la maison, Lise était toute-puissante, dehors elle était oubliée.

— Vois-tu, disait-il, on boit un coup sans y penser, parce qu'on ne peut pas refuser les amis ; on boit le second parce qu'on a bu le premier, et l'on est bien décidé à ne pas boire le troisième ; mais boire donne soif. Et puis, le vin vous monte à la tête ; on sait que quand on est lancé on oublie les chagrins ; on ne pense plus aux créanciers ; on voit tout éclairé par le soleil ; on sort de sa peau pour se promener dans un autre monde, le monde où l'on désirait aller. Et l'on boit. Voilà.

Il faut dire que cela n'arrivait pas souvent. D'ailleurs la saison de l'essimplage n'était pas longue, et quand cette saison était passée le père n'ayant plus de motifs pour sortir, ne sortait plus. Il n'était pas homme à aller au cabaret tout seul, ni par paresse à perdre son temps.

La saison des giroflées terminée, nous préparions d'autres plantes, car il est de règle qu'un jardinier ne doit pas avoir une seule place de son jardin vide : aussitôt que des plantes sont vendues d'autres doivent les remplacer.

L'art pour un jardinier qui travaille en vue du marché est d'apporter ses fleurs sur le marché au moment où il a chance d'en tirer le plus haut prix. Or, ce moment est celui des grandes fêtes de l'année : la Saint-Pierre, la Sainte-Marie, la Saint-Louis, car le nombre est considérable de ceux qui s'appellent Pierre, Marie, Louis ou Louise et par conséquent le nombre est considérable aussi des pots de fleurs ou des bouquets qu'on vend ces jours-là et qui sont destinés à souhaiter la fête à un parent ou à un ami. Tout le monde a vu la veille de ces fêtes les rues de Paris pleines de fleurs, non-seulement dans les boutiques ou sur les marchés, mais encore sur les trottoirs, au coin des rues, sur les marches des maisons, partout où l'on peut disposer un étalage.

Le père Acquin, après sa saison de giroflées, travaillait en vue des grandes fêtes du mois de juillet et du mois d'août, surtout du mois d'août, dans lequel se trouve la Sainte-Marie et la Saint-Louis, et pour cela nous préparions des milliers de reines-marguerites, des fuchsias, des lauriers-roses tout autant que nos châssis et nos serres pouvaient en contenir : il fallait que toutes ces plantes arrivassent à floraison au jour dit, ni trop tôt, elles auraient été passées au moment

de la vente, ni trop tard, elles n'auraient pas encore
été en fleurs. On comprend que cela exige un certain
talent, car on n'est pas maître du soleil, ni du temps,
qui est plus ou moins beau. Le père Acquin était
passé maître dans cet art, et jamais ses plantes n'arrivaient trop tôt ni trop tard. Mais aussi que de soins,
que de travail !

Au moment où j'en suis arrivé de mon récit, notre
saison s'annonçait comme devant être excellente ;
nous étions au 5 août et toutes nos plantes étaient
à point : dans le jardin, en plein air, les reines-marguerites montraient leurs corolles prêtes à s'épanouir,
et dans les serres ou sous les châssis dont le verre était
soigneusement blanchi au lait de chaux pour tamiser
la lumière, fuchsias et lauriers-roses commençaient à
fleurir : ils formaient de gros buissons ou des pyramides garnies de boutons du haut en bas, le coup d'œil
était superbe ; et, de temps en temps, je voyais le
père se frotter les mains avec contentement.

— La saison sera bonne, disait-il à ses fils.

Et en riant tout bas, il faisait le compte de ce que
la vente de toutes ces fleurs lui rapporterait.

On avait rudement travaillé pour en arriver là et sans
prendre une heure de congé, même le dimanche ;
cependant tout étant à point et en ordre, il fut décidé
que pour notre récompense nous irions tous dîner ce
dimanche 5 août à Arcueil chez un des amis du père,
jardinier comme lui; Capi lui-même serait de la partie.
On travaillerait jusqu'à trois ou quatre heures, puis
quand tout serait fini, on fermerait la porte à clef, et
l'on s'en irait gaiement, on arriverait à Arcueil, vers

cinq ou six heures, puis après dîner on reviendrait tout de suite pour ne pas se coucher trop tard et être au travail le lundi de bonne heure, frais et dispos.

Quelle joie !

Il fut fait ainsi qu'il avait été décidé, et quelques minutes avant quatre heures, le père tournait la clef dans la serrure de la grande porte.

— En route tout le monde ! dit-il joyeusement.

— En avant, Capi !

Et prenant Lise par la main, je me mis à courir avec elle accompagné par les aboiements joyeux de Capi qui sautait autour de nous. Peut-être croyait-il que nous nous en allions pour longtemps sur les grands chemins, ce qui lui aurait mieux plu que de rester à la maison, où il s'ennuyait, car il ne m'était pas toujours possible de m'occuper de lui, — ce qu'il aimait par-dessus tout.

Nous étions tous endimanchés et superbes avec nos beaux habits à manger du rôti. Il y avait des gens qui se retournaient pour nous voir passer. Je ne sais pas ce que j'étais moi-même, mais Lise, avec son chapeau de paille, sa robe bleue et ses bottines de toile grise était bien la plus jolie petite fille qu'on puisse voir, la plus vivante ; c'était la grâce dans la vivacité ; ses yeux, ses narines frémissantes, ses épaules, ses bras, ses mains, tout en elle parlait et disait son plaisir.

Le temps passa si vite que je n'en eus pas conscience ; tout ce que je sais, c'est que comme nous arrivions à la fin du dîner, l'un de nous remarqua que le ciel s'emplissait de nuages noirs du côté du couchant, et comme notre table était servie en plein air sous un gros suréau, il nous fut facile de constater qu'un orage se préparait.

— Les enfants, il faut se dépêcher de rentrer à la Glacière.

A ce mot, il y eut une exclamation générale :

— Déjà !

Lise ne dit rien, mais elle fit des gestes de dénégation et de protestation.

— Si le vent s'élève, dit le père, il peut chavirer les panneaux : en route !

Il n'y avait pas à répliquer davantage ; nous savions tous que les panneaux vitrés sont la fortune des jardiniers, et que si le vent casse les verres, c'est la ruine pour eux.

— Je pars en avant, dit le père ; viens avec moi, Benjamin, et toi aussi Alexis, nous prendrons le pas accéléré. Remi viendra en arrière avec Etiennette et Lise.

Et sans en dire davantage ils partirent à grands pas, tandis que nous les suivions moins vite, réglant notre marche, Etiennette et moi, sur celle de Lise.

Il ne s'agissait plus de rire, et nous ne courions plus, nous ne gambadions plus.

Le ciel devenait de plus en plus noir et l'orage arrivait rapidement précédé par des nuages de poussière que le vent, qui s'était élevé, entraînait en gros tourbillons. Quand on se trouvait pris dans un de ces tourbillons il fallait s'arrêter, tourner le dos au vent, et se boucher les yeux avec les deux mains car on était aveuglé ; si l'on respirait on sentait dans sa bouche un goût de cailloux.

Le tonnerre roulait dans le lointain et ses gronde-
ments se rapprochaient rapidement se mêlant à des
éclats stridents.

Etiennette et moi nous avions pris Lise par la main,
et nous la tirions après nous, mais elle avait peine à
nous suivre, et nous ne marchions pas aussi vite que
nous aurions voulu.

Arriverions-nous avant l'orage?

Le père, Benjamin et Alexis, arriveraient-ils?

Pour eux, la question était de tout autre importance; pour nous, il s'agissait simplement de n'être
pas mouillés, pour eux de mettre les châssis à l'abri
de la destruction, c'est-à-dire de les fermer pour que
le vent ne pût pas les prendre en dessous et les cul-
buter pêle-mêle.

Les fracas du tonnerre étaient de plus en plus répé-
tés, et les nuages s'étaient tellement épaissis qu'il faisait presque nuit; quand le vent les entr'ouvrait, on
apercevait çà et là dans leurs tourbillons noirs des profondeurs cuivrées. Evidemment ces nuages allaient
crever d'un instant à l'autre.

Chose étrange, au milieu des éclats du tonnerre
nous entendîmes un bruit formidable qui arrivait sur
nous, et qui était inexplicable: il semblait que c'était
un régiment de cavaliers qui se précipitaient pour fuir
l'orage: mais cela était absurde; comment des cavaliers seraient-ils venus dans ce quartier?

Tout à coup la grêle se mit à tomber; quelques grêlons d'abord qui nous frappèrent au visage, puis presque instantanément, une vraie avalanche; il fallut
nous jeter sous une grande porte.

Et alors nous vîmes tomber l'averse de grêle la plus terrible qu'on puisse imaginer; en un instant la rue fut couverte d'une couche blanche comme en plein hiver; les grêlons étaient gros comme des œufs de pigeon et en tombant ils produisaient un tapage assourdissant au milieu duquel éclataient de temps en temps des bruits de vitres cassées; avec les grêlons qui glissaient des toits dans la rue tombaient toutes sortes de choses, des morceaux de tuiles, des plâtras, des ardoises broyées, surtout des ardoises qui faisaient des tas noirs au milieu de la blancheur de la grêle.

— Hélas! les panneaux! s'écria Etiennette.

C'était aussi la pensée qui m'était venue à l'esprit.

— Peut-être le père sera-t-il arrivé à temps?

— Quand même ils seraient arrivés avant la grêle, jamais ils n'auront eu le temps de couvrir les panneaux avec les paillassons; tout va être perdu.

— On dit que la grêle ne tombe que par places.

— Nous sommes trop près de la maison pour qu'elle nous ait épargnés; si elle tombe sur le jardin comme ici, le pauvre père va être ruiné; oh! mon Dieu, il comptait tant sur la vente, et il avait tant besoin de cet argent!

Sans bien connaître le prix des choses j'avais bien souvent entendu dire que les panneaux vitrés coûtaient 15 ou 1,800 francs le cent, et je compris tout de suite quel désastre ce pouvait être pour nous, si la grêle avait brisé nos cinq ou six cents panneaux, sans parler des serres ni des plantes.

J'aurais voulu interroger Etiennette, mais c'était à peine si nous pouvions nous entendre tant le tapage produit par les grêlons était assourdissant; et puis, à vrai dire, Etiennette ne paraissait pas disposée à parler; elle regardait tomber la grêle avec une figure désolée, comme doit l'être celle des gens qui voient brûler leur maison.

Cette terrible averse ne dura pas longtemps, cinq ou six minutes peut-être, et elle cessa tout à coup comme tout à coup elle avait commencé : le nuage fila sur Paris et nous pûmes sortir de dessous notre grande porte. Dans la rue, les grêlons durs et ronds roulaient sous les pieds comme les galets de la mer, et il y en avait une telle épaisseur que les pieds enfonçaient dedans jusqu'à la cheville.

Lise, ne pouvant marcher dans cette grêle glacée, avec ses bottines de toile, je la pris sur mon dos; son visage si gai en venant, était maintenant navré, des larmes roulaient dans ses yeux.

Nous ne tardâmes pas à arriver à la maison dont la grande porte était restée ouverte; nous entrâmes vivement dans le jardin.

Quel spectacle! tout était brisé, haché: panneaux, fleurs, morceaux de verre, grêlons formaient un mélange, un fouillis sans forme ; de ce jardin si beau, si riche le matin, rien ne restait que ces débris sans nom.

Où était le père?

Nous le cherchâmes, ne le voyant nulle part, et nous arrivâmes ainsi à la grande serre dont pas une vitre n'était restée intacte: il était assis, affaissé pour mieux dire, sur un escabeau au milieu des débris qui couvraient le sol, Alexis et Benjamin près de lui immobiles.

— Oh! mes pauvres enfants! s'écria-t-il en levant la tête à notre approche, qui lui avait été signalée par le bruit du verre que nous écrasions sous nos pas, oh! mes pauvres enfants!

Et, prenant Lise dans ses bras, il se mit à pleurer sans ajouter un mot.

Qu'aurait-il dit?

C'était un désastre; mais, si grand qu'il fût aux yeux, il était plus terrible encore par ses conséquences.

Bientôt j'appris par Etiennette et par les garçons combien le désespoir du père était justifié. Il y avait dix ans que le père avait acheté ce jardin et avait bâti lui-même cette maison. Celui qui lui avait vendu le terrain lui avait aussi prêté de l'argent pour acheter le matériel nécessaire à son métier de fleuriste. Le tout était payable ou remboursable, en quinze ans, par annuités. Jusqu'à cette époque, le père avait pu payer régulièrement ces annuités, à force de travail et de privations. Ces payements réguliers étaient d'autant plus indispensables, que son créancier n'attendait qu'une occasion, c'est-à-dire qu'un retard, pour reprendre terrain, maison, matériel, en gardant, bien entendu, les dix annuités qu'il avait déjà reçues : c'était même là, paraît-il, sa spéculation, et c'était parce qu'il espérait bien qu'en quinze ans, il arriverait un jour où le père ne pourrait pas payer, qu'il avait risqué cette spéculation, pour lui sans danger, — tandis qu'elle en était pleine, au contraire, pour son débiteur.

Ce jour était enfin venu, grâce à la grêle,

Maintenant qu'allait-il se passer?

Nous ne restâmes pas longtemps dans l'incertitude, et le lendemain du jour où le père devait payer son annuité avec le produit de la vente des plantes, nous vîmes entrer à la maison un monsieur en noir, qui n'avait pas l'air trop poli et qui nous donna un papier timbré sur lequel il écrivit quelques mots dans une ligne restée en blanc.

C'était un huissier.

Et depuis ce jour il revint à chaque instant, si bien qu'il finit par connaître nos noms.

— Bonjour Remi, disait-il; bonjour Alexis, cela va bien, mademoiselle Etiennette?

Et il nous donnait son papier timbré, en souriant, comme à des amis.

— Au revoir, les enfants!

— Au diable?

Le père ne restait plus à la maison, il courait la ville. Où allait-il? je n'en sais rien, car lui qui autrefois était si communicatif, il ne disait plus un mot. Il allait chez les gens d'affaires, sans doute devant les tribunaux.

Et à cette pensée je me sentais effrayé; Vitalis aussi avait paru devant les tribunaux et je savais ce qui en était résulté.

Pour le père, le résultat se fit beaucoup plus attendre et une partie de l'hiver s'écoula ainsi; comme nous n'avions pas pu, bien entendu, réparer nos serres et faire vitrer nos panneaux, nous cultivions le jardin en légumes et en fleurs qui ne demandaient pas d'abri; cela ne serait pas d'un grand produit, mais enfin cela serait toujours quelque chose, et puis c'était du travail.

Un soir le père rentra plus accablé encore que de coutume.

— Les enfants, dit-il, c'est fini.

Je voulus sortir, car je compris qu'il allait se passer quelque chose de grave, et, comme il s'adressait à ses enfants, il me semblait que je ne devais pas écouter.

Mais d'un geste il me retint :

— N'es-tu pas de la famille, dit-il, et quoique tu ne sois pas bien âgé pour entendre ce que j'ai à te dire, tu as déjà été assez éprouvé par le malheur pour le comprendre : les enfants, je vais vous quitter.

Il n'y eut qu'une exclamation, qu'un cri de douleur.

Lise sauta dans ses bras et l'embrassa en pleurant.

— Oh! vous pensez bien que ce n'est pas volontairement qu'on abandonne des bons enfants comme vous, une chère petite comme Lise.

Et il la serra sur son cœur.

— Mais j'ai été condamné à payer et comme je n'ai pas l'argent, on va tout vendre ici, puis comme ce ne sera pas assez, on me mettra en prison, où je resterai cinq ans; ne pouvant pas payer avec mon argent je payerai avec mon corps, avec ma liberté.

Nous nous mîmes tous à pleurer.

— Oui, c'est bien triste, dit-il, mais il n'y a pas à aller contre la loi, et c'est la loi; il paraît qu'autrefois elle était encore plus dure, m'a dit mon avocat, et que quand un débiteur ne pouvait pas payer ses créanciers, ceux-ci avaient le droit de mettre son corps en morceaux et de se le partager en autant de parties qu'ils le voulaient; moi on me met simplemeut en prison, et j'y serai sans doute dans quelques jours, j'y serai pour cinq ans. Que deviendrez-vous pendant ce temps-là? Voilà le terrible.

Il se fit un silence; je ne sais ce qu'il fut pour les autres enfants, mais pour moi il fut affreux.

— Vous pensez bien que je n'ai pas été sans réfléchir à cela; et voilà ce que j'ai décidé pour ne pas vous laisser seuls et abandonnés après que j'aurai été arrêté.

Un peu d'espérance me revint.

— Remi va écrire à ma sœur Catherine Suriot, a Dreuzy, dans la Nièvre; il va lui expliquer la position et la prier de venir; avec Catherine qui ne perd pas facilement la tête, et qui connaît les affaires, nous déciderons le meilleur.

C'était la première fois que j'écrivais une lettre, ce fut un pénible, un cruel début.

Bien que les paroles du père fussent vagues, elles contenaient pourtant une espérance, et dans la position où nous étions, c'était déjà beaucoup que d'espérer.

Quoi?

Nous ne le voyions pas; mais nous espérions; Catherine allait arriver et c'était une femme qui connaissait les affaires; cela suffisait à des enfants simples et ignorants tels que nous.

Pour ceux qui connaissent les affaires, il n'y a plus de difficultés en ce monde.

Cependant elle n'arriva pas aussi tôt que nous

l'avions imaginé, et les gardes du commerce, c'est-à-dire les gens qui arrêtent les débiteurs, arrivèrent avant elle.

Le père allait justement s'en aller chez un de ses amis, lorsqu'en sortant dans la rue, il les trouva devant lui ; je l'accompagnais, en une seconde nous fûmes entourés. Mais le père ne voulait pas se sauver, il pâlit comme s'il allait se trouver mal et demanda aux gardes d'une voix faible à embrasser ses enfants.

—Il ne faut pas vous désoler, mon brave, dit l'un d'eux, la prison pour dettes n'est pas si terrible que ça et on y trouve de bons garçons.

Nous rentrâmes à la maison, entourés des gardes du commerce.

J'allai chercher les garçons dans le jardin.

Quand nous revînmes, le père tenait dans ses bras Lise, qui pleurait à chaudes larmes.

Alors un des gardes lui parla à l'oreille, mais je n'entendis pas ce qu'il lui dit.

—Oui, répondit le père, vous avez raison, il le faut.

Et se levant brusquement, il posa Lise à terre, mais elle se cramponna à lui, et ne voulut pas lâcher sa main.

Alors il embrassa Etiennette, Alexis et Benjamin.

Je me tenais dans un coin, les yeux obscurcis par les larmes, il m'appela :

— Et toi, Remi, ne viens-tu pas m'embrasser, n'es-tu pas mon enfant ?

Nous étions éperdus.

—Restez là, dit le père d'un ton de commandement, je vous l'ordonne.

Et vivement il sortit après avoir mis la main de Lise dans celle d'Etiennette.

J'aurais voulu le suivre, et je me dirigeai vers la porte, mais Etiennette me fit signe de m'arrêter.

Où aurais-je été ? Qu'aurais-je fait ?

Nous restâmes anéantis au milieu de notre cuisine ; nous pleurions tous et personne d'entre nous ne trouvait un mot à dire.

Quel mot ?

Nous savions bien que cette arrestation devait se faire un jour ou l'autre, mais nous avions cru qu'alors Catherine serait là, et Catherine c'était la défense.

Mais Catherine n'était pas là.

Elle arriva cependant une heure environ après le départ du père, et elle nous trouva tous dans la cuisine sans que nous eussions échangé une parole. Celle qui jusqu'à ce moment nous avait soutenus était à son tour écrasée ; Etiennette si forte, si vaillante pour lutter, était maintenant aussi faible que nous ; elle ne nous encourageait plus, sans volonté, sans direction, toute à sa douleur qu'elle ne refoulait que pour tâcher de consoler celle de Lise. Le pilote était tombé à la mer, et nous enfants, désormais sans personne au gourvernail, sans phare pour nous guider, sans rien pour nous conduire au port, sans même savoir s'il y avait un port pour nous, nous restions perdus au milieu de l'océan de la vie, ballottés au caprice du vent, incapables d'un mouvement ou d'une idée, l'effroi dans l'esprit, la désespérance dans le cœur.

C'était une maîtresse femme que la tante Catherine, femme d'initiative et de volonté ; elle avait été nourrice à Paris, pendant dix ans, à cinq reprises différentes ; elle connaissait les difficultés de ce monde, et comme elle le disait elle-même, elle savait se retourner.

Ce fut un soulagement pour nous de l'entendre nous commander et de lui obéir, nous avions retrouvé une indication, nous étions replacés debout sur nos jambes.

Pour une paysanne sans éducation, comme sans fortune, c'était une lourde responsabilité qui lui tombait sur les bras, et bien faite pour inquiéter les plus braves ; une famille d'orphelins dont l'aîné n'avait pas seize ans et dont la plus jeune était muette. Que faire de ces enfants ? Comment s'en charger quand on avait bien du mal à vivre soi-même?

Le père d'un des enfants qu'elle avait nourris était notaire; elle l'alla consulter, et ce fut avec lui, d'après ses conseils et ses soins, que notre sort fut arrêté. Puis ensuite elle alla s'entendre avec le père à la prison, et huit jours après son arrivée à Paris, sans nous avoir une seule fois parlé de ses démarches et de ses intentions, elle nous fit part de la décision qui avait été prise.

Comme nous étions trop jeunes pour continuer à travailler seuls, chacun des enfants s'en irait chez des oncles et des tantes qui voulaient bien les prendre :

Lise chez tante Catherine dans le Morvan.

Alexis chez un oncle qui était mineur à Varses, dans les Cévennes.

Benjamin chez un autre oncle qui était jardinier à Saint-Quentin.

Et Etiennette chez une tante qui était mariée dans la Charente au bord de la mer, à Esnandes.

J'écoutais ces dispositions, attendant qu'on en vînt à moi. Mais comme la tante Catherine avait cessé de parler, je m'avançai :

— Et moi ? dis-je.

— Toi, mais tu n'es pas de la famille.

— Je travaillerai pour vous.

— Tu n'es pas de la famille.

— Demandez à Alexis, à Benjamin si je n'ai pas du courage à l'ouvrage..

— Et à la soupe aussi, n'est-il pas vrai ?

— Si, si, il est de la famille, dirent-ils tous.

Lise s'avança et joignit les mains devant sa tante avec un geste qui en disait plus que de longs discours.

— Ma pauvre petite, dit la tante Catherine, je te comprends bien, tu veux qu'il vienne avec toi ; mais vois-tu dans la vie, on ne fait pas ce qu'on veut. Toi tu es ma nièce, et quand nous allons arriver à la maison, si l'homme dit une parole de travers, ou fait la mine pour se tasser à table, je n'aurai qu'un mot à répondre: «Elle est de la famille, qui donc en aura pitié si ce n'est nous?» Et ce que je te dis là pour nous, est tout aussi vrai pour l'oncle de Saint-Quentin, pour celui de Varses, pour la tante d'Esnandes. On accepte ses parents, on n'accueille pas les étrangers ; le pain est mince rien que pour la seule famille, il n'y en a pas pour tout le monde.

Je sentis bien qu'il n'y avait rien à faire, rien à ajouter. Ce qu'elle disait n'était que trop vrai. « Je n'étais pas de la famille. » Je n'avais rien à réclamer ; demander, c'était mendier. Et cependant, est-ce que je les aurais mieux aimés si j'avais été de leur famille ? Alexis, Benjamin n'étaient-ils pas mes frères, Etiennette, Lise n'étaient-elles pas mes sœurs ? Je ne les aimais donc pas assez ? Et Lise ne m'aimait donc pas autant qu'elle aimait Benjamin ou Alexis ?

La tante Catherine ne différait jamais l'exécution de ses résolutions : elle nous prévint que notre séparation aurait lieu le lendemain, et là-dessus elle nous envoya coucher.

A peine étions-nous dans notre chambre que tout le monde m'entoura, et que Lise se jeta sur moi en pleurant. Alors je compris que malgré le chagrin de se séparer c'était à moi qu'ils pensaient, c'était moi qu'ils plaignaient, et je sentis que j'étais bien leur frère. Alors une idée se fit jour dans mon esprit troublé, ou plus justement, car il faut dire le bien comme le mal, une inspiration du cœur me monta du cœur dans l'esprit.

— Ecoutez, leur dis-je, je vois bien que si vos parents ne veulent pas de moi, vous me faites de votre famille, vous.

— Oui, dirent-ils tous les trois, tu seras toujours notre frère.

Lise, qui ne pouvait pas parler, ratifia ces mots en me serrant la main et en me regardant si profondément que les larmes me montèrent aux yeux.

— Eh bien ! oui, je le serai, et je vous le prouverai.

— Où veux-tu te placer ? dit Benjamin.

— Il y a une place chez Pernuit : veux-tu que

j'aille la demander demain matin pour toi ? dit Etiennette.

— Je ne veux pas me placer ; en me plaçant, je resterais à Paris ; je ne vous verrais plus. Je vais reprendre ma peau de mouton, je vais décrocher ma harpe
du clou où le père l'avait mise, et j'irai de Saint-
Quentin à Varses, de Varses à Esnandes, d'Esnandes
à Dreuzy ; je vous verrai tous, les uns après les autres,
et ainsi, par moi, vous serez toujours ensemble. Je
n'ai pas oublié mes chansons et mes airs de danse ;
je gagnerai ma vie.

A la satisfaction qui parut sur toutes les figures, je
vis que mon idée réalisait leurs propres inspirations,
et, dans mon chagrin, je me sentis tout heureux.
Longtemps on parla de notre projet, de notre séparation, de notre réunion, du passé, de l'avenir. Puis
Etiennette voulut que chacun s'allât mettre au lit ;
mais personne ne dormit bien cette nuit-là et moi
moins bien encore que les autres peut-être.

Le lendemain, dès le petit matin, Lise m'emmena
dans le jardin, et je compris qu'elle avait quelque
chose à me dire.

— Tu veux me parler ?
Elle fit un signe affirmatif.

— Tu as du chagrin de nous séparer ; tu n'as pas
besoin de me le dire, je le vois dans tes yeux et le
sens dans mon cœur.

Elle fit signe que ce n'était pas de cela qu'il était
question.

— Dans quinze jours, je serai à Dreuzy.
Elle secoua la tête.

— Tu ne veux pas que j'aille à Dreuzy ?

Pour nous comprendre, c'était généralement par interrogations que je procédais, et elle répondait par un signe négatif ou affirmatif.

Elle me dit qu'elle voulait que je vienne à Dreuzy ; mais, étendant la main dans trois directions différentes, elle me fit comprendre que je devais, avant, aller voir ses deux frères et sa sœur.

— Tu veux que j'aille avant à Varses, à Esnandes et à Saint-Quentin ?

Elle sourit, heureuse d'avoir été comprise.

— Pourquoi ? Moi je voudrais te voir la première.

Alors de ses mains, de ses lèvres et surtout de ses yeux parlants elle me fit comprendre pourquoi elle me faisait cette demande ; je vous traduis ce qu'elle m'expliqua :

— Pour que j'aie des nouvelles d'Etiennette, d'Alexis et de Benjamin, il faut que tu commences par les voir : tu viendras alors à Dreuzy et tu me répéteras ce que tu as vu, ce qu'ils t'ont dit.

Chère Lise !

Ils devaient partir à huit heures du matin, et la tante Catherine avait demandé un grand fiacre pour les conduire tous d'abord à la prison embrasser le père, puis ensuite chacun avec leur paquet au chemin de fer où ils devaient s'embarquer.

A sept heures, Étiennette à son tour m'emmena dans le jardin.

— Nous allons nous séparer, dit-elle ; je voudrais te laisser un souvenir, prends cela ; c'est une ménagère ; tu trouveras là dedans du fil, des aiguilles, et aussi

mes ciseaux, que mon parrain m'a donnés ; en chemin, tu auras besoin de tout cela, car je ne serai pas
là pour te remettre une pièce ou te coudre un bouton. En te servant de mes ciseaux, tu penseras à
nous.

Pendant qu'Etiennette me parlait, Alexis rôdait
autour de nous ; lorsqu'elle fut rentrée dans la maison, tandis que je restais tout ému dans le jardin, il
s'approcha de moi :

— J'ai deux pièces de cent sous, dit-il ; si tu veux en
accepter une, ça me fera plaisir.

De nous cinq, Alexis était le seul qui eût le sentiment de l'argent, et nous nous moquions toujours de son avarice ; il amassait sou à sou et prenait un véritable bonheur à avoir des pièces de dix
sous et de vingt sous neuves, qu'il comptait sans cesse
dans sa main en les faisant reluire au soleil et en les
écoutant chanter.

Son offre me remua le cœur : je voulus refuser,
mais il insista et me glissa dans la main une belle
pièce brillante ; par là je sentis que son amitié pour
moi devait être bien forte puisqu'elle l'emportait sur
son amitié pour son petit trésor.

Benjamin ne m'oublia pas davantage, et il voulut
aussi me faire un cadeau ; il me donna son couteau et
en échange il exigea un sou « parce que les couteaux
coupent l'amitié. »

L'heure marchait vite ; encore un quart d'heure,
encore cinq minutes et nous allions être séparés : Lise
ne penserait-elle pas à moi ?

Au moment où le roulement de la voiture se fit entendre, elle sortit de la chambre de tante Catherine et me fit signe de la suivre dans le jardin.

— Lise ! appela tante Catherine.

Mais Lise, sans répondre, continua son chemin en se hâtant.

Dans les jardins des fleuristes et des maraîchers, tout est sacrifié à l'utilité, et la place n'est point donnée aux plantes de fantaisie ou d'agrément. Cependant dans notre jardin, il y avait un gros rosier de Bengale qu'on n'avait point arraché parce qu'il était dans un coin perdu.

Lise se dirigea vers ce rosier auquel elle coupa une branche, puis se tournant vers moi, elle divisa en deux ce rameau qui portait deux petits boutons près d'éclore et m'en donna un.

Ah ! que le langage des lèvres est peu de chose comparé à celui des yeux ! que les mots sont froids et vides comparés aux regards !

— Lise ! Lise ! cria la tante.

Déjà les paquets étaient sur le fiacre.

Je pris ma harpe et j'appelai Capi, qui, à la vue de l'instrument et de mon ancien costume, qui n'avait rien d'effrayant pour lui, sautait de joie, comprenant sans doute que nous allions nous remettre en route et qu'il pourrait sauter, courir en liberté, ce qui, pour lui, était plus amusant que de rester enfermé.

Le moment des adieux était venu. La tante Catherine l'abrégea ; elle fit monter Etiennette, Alexis et Benjamin, et me dit de lui donner Lise sur ses genoux.

Puis, comme je restais abasourdi, elle me repoussa doucement et ferma la portière.

— En route, dit-elle.

Et la voiture partit.

A travers mes larmes, je vis la tête de Lise se pencher par la glace baissée et sa main m'envoyer un baiser. Puis la voiture tourna rapidement le coin de la rue, et je ne vis plus qu'un tourbillon de poussière.

C'était fini.

Appuyé sur ma harpe, Capi à mes pieds, je restai assez longtemps à regarder machinalement la poussière qui retombait doucement dans la rue.

Un voisin avait été chargé de fermer la maison et d'en garder les clefs pour le propriétaire; il me tira de mon anéantissement et me rappela à la réalité.

— Vas-tu rester là? me dit-il.

— Non, je pars.

— Où vas-tu?

— Droit devant moi.

Sans doute, il eut un mouvement de pitié, car me tendant la main :

— Si tu veux rester, dit-il, je te garderai, mais sans gages parce que tu n'es pas assez fort; plus tard, je ne dis pas.

Je le remerciai.

— A ton goût, ce que j'en disais c'était pour toi; bon voyage!

Et il s'en alla.

La voiture était partie; la maison était fermée.

Je passai la bandoulière de ma harpe sur mon épaule : ce mouvement que j'avais fait si souvent autrefois provoqua l'attention de Capi; il se leva, attachant sur mon visage ses yeux brillants.

— Allons, Capi !

Il avait compris ; il sauta devant moi en aboyant.

Je détournai les yeux de cette maison, où j'avais vécu deux ans, où j'avais cru vivre toujours et je les portai devant moi.

Le soleil était haut à l'horizon, le ciel pur, le temps chaud ; cela ne ressemblait guère à la nuit glaciale dans laquelle j'étais tombé de fatigue et d'épuisement au pied de ce mur.

Ces deux années n'avaient donc été qu'une halte ; il me fallait reprendre ma route.

Mais cette halte avait été bienfaisante.

Elle m'avait donné la force.

Et ce qui valait mieux encore que la force que je sentais dans mes membres, c'était l'amitié que je me sentais dans le cœur.

Je n'étais plus seul au monde.

Dans la vie j'avais un but : être utile et faire plaisir à ceux que j'aimais et qui m'aimaient.

Une existence nouvelle s'ouvrait devant moi.

En avant !

FIN DE LA PREMIÈRE PARTIE ET DU TOME PREMIER

TABLE DES CHAPITRES

DU PREMIER VOLUME

I. — Au village.		3
II. — Un père nourricier.		15
III. — La troupe de signor Vitalis.		27
IV. — La maison maternelle.		43
V. — En route		55
VI. — Mes débuts.		64
VII. — J'apprends à lire.		80
VIII. — Par monts et par vaux.		92
IX. — Je rencontre un géant chaussé de bottes ds sept lieues.		97
X. — Devant la justice		109
XI. — En bateau.		126
XII. — Mon premier ami		158
XIII. — Enfant trouvé.		179
XIV. — Neige et loups.		191
XV. — Monsieur Joli-Cœur		224
XVI. — Entrée à Paris.		242
XVII. — Un padrone de la rue de Lourcine		254
XVIII. — Les carrières de Gentilly.		277
XIX. — Lise.		290
XX. — Jardinier		308
XXI. — La famille dispersée.		320

FIN DE LA TABLE

F. Aureau. — Imprimerie de Lagny.

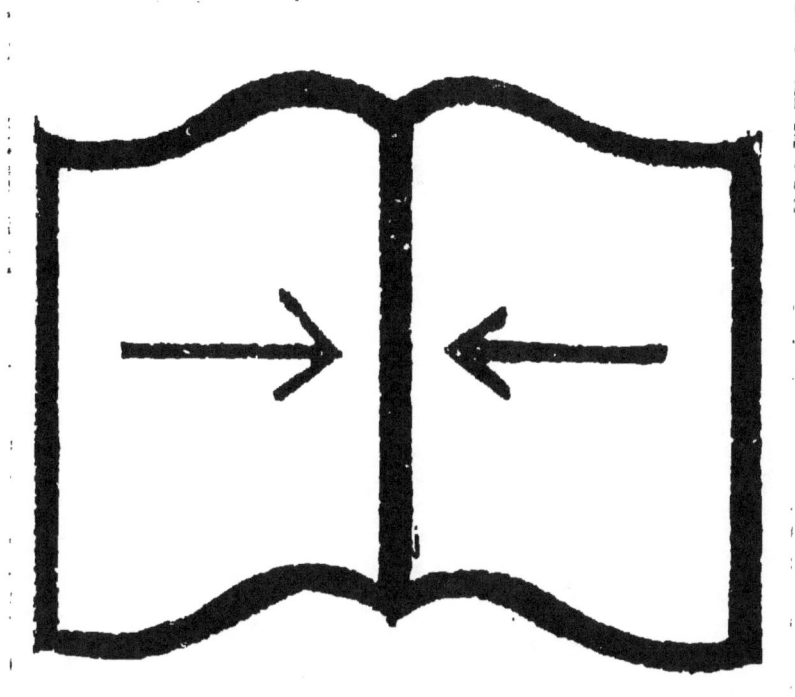

RELIURE SERREE
Absence de marges
intérieures

VALABLE POUR TOUT OU PARTIF DU
DOCUMENT REPRODUIT

www.ingramcontent.com/pod-product-compliance
Lightning Source LLC
Chambersburg PA
CBHW060939030726
47503CB00003B/654